태양의 파스타, 콩수프

태양의 파스타, 콩수프

초판1쇄 발행 2012년 8월 10일

펴낸이 정광진

지은이 미야시타 나츠(宮下奈都)

옮긴이 임정희

펴낸곳 (주)봄풀출판

인쇄 예림

신고번호 제406-2010-000089호

신고년월일 2009년 1월 6일

주소 413-756 경기도 파주시 교하읍 문발로 115 세종출판벤처타운 304호

전화 031-955-5071

팩스 031-955-5073

이메일 spring_grass@nate.com

ISBN 978-89-93677-47-8 03830

책값은 뒤표지에 있습니다.

잘못된 책은 바꾸어 드립니다.

태양의 파스타, 콩수프

미야시타 나츠(宮下奈都) 지음 | 임정희 옮김

봄풀

이 표류자

　뭐지? 지금 내 입 속의 이 퍽퍽한 것은? 뭔가 먹는 건데 아무런 맛도 없고 물기도 거의 없다. 습관적으로 씹고는 있지만, 얼마나 씹어야 하는지 알 수가 없다. 아무래도 이건 삼킬 수 있는 상황이 아니다. 진땀이 난다. 살짝 티슈에 싸서 뱉어 버릴까?

　얼핏 고개를 들어 보니 걱정스런 얼굴로 유즈루가 테이블 건너편에서 이쪽을 보고 있다.

　왜 그래, 유즈루? 왜 그런 얼굴을 하고 있어? 뭐, 마음에 걸리는 거라도 있어? 그렇게 생각하는 순간, 비스듬히 유즈루가 기울어지고 있는 것처럼 느껴졌다. 그런데 기울어지는 건 나였던 모양이다.

　"아스와! 아스와!" 하고 부르는 소리가 들리고, 멀리 달아나고 있던 의식이 되돌아온다.

"괜찮아, 아스와?"

테이블 건너편에서 유즈루가 손을 내밀고 있다. 그 손을 붙잡으려 하다가 꾹 참는다. 안 괜찮아, 전혀. 어떻게 괜찮을 수가 있겠어?

만약 중요한 이야기를, 그것도 안 좋은 이야기를 듣는다면, 그게 식사 전이면 좋겠어? 후면 좋겠어? 이런 말을 했었지. 멍청하게 아무 것도 모르고 덜렁대던 내가 원망스럽다.

"그야 당연히 식사 후지."

더 생각할 것도 없다는 듯 대답하자 유즈루는 그게 이상한 모양이었다.

"왜?"

"생각해 봐. 이제 맛있게 밥을 먹을 참인데 나쁜 이야기를 먼저 들으면 식사가 엉망진창이 될 거 아냐."

"그렇군." 하면서 고개를 끄덕이고, 유즈루는 평소처럼 의젓한 얼굴로 웃었다.

"유즈루는?"

"음, 나는 역시 식사하기 전이야."

"왜?"

"맛있게 밥을 먹고 나서 나쁜 이야기를 들으면, 그때까지 맛있게 먹고 즐거웠던 시간까지 전부 배신을 당하는 기분이 들 테니까."

유즈루는 변함없이 온화한 미소를 띠고 있었던 것 같다. 둘이서 영화를 보고, 그 감상평을 이야기하면서 식사를 하고 있을 때였다.

실제로는 영화 같은 일이 잘 일어날 리 만무하다. 벼랑 끝에 몰려 마지막 선택을 해야 한다든지, 갑자기 사랑의 폭풍우에 휩쓸리게 된다든지, 식사 시간이 엉망진창이 되어 버릴 이야기를 듣게 된다든지 하는 것들 말이다.

다만, 늘 다정하고 온화해 보이던 유즈루한테서 약간 의외다 싶은 면을 본 듯한 느낌은 들었다. 기분 나쁜 이야기를 들으면 그전에 즐거웠던 시간까지 다 헛것이 되어 버리는 걸까? 그때까지 주욱 좋았다 하더라도, 어떤 일 하나 때문에 모든 것이 싹 새로 칠해져 버리게 되는 것일까? 어느 순간에 검은색이 틈입해 들어온다 해도, 그리고 그때부터 전부 검은색이 되어 버린다 해도, 그전까지 흰색이었던 것은 여전히 흰색으로 있을 것이다. 적어도 내 안에서는 그랬다. 그런데 유즈루는 그렇지 않단다. 지금까지 온통 흰색뿐이었던 유즈루한테 바람이 불어와 모조리 착착착착 검은색으로 뒤집혀 버리는 풍경이 머릿속에 떠올랐다.

사귀기 시작한 지 1년쯤 되었을 때만 해도 분명히 그랬다. 서로에게 익숙해지고 이미 많은 것을 알게 된 다음이라 뭔가 모르는 면이 튀어나오면 그것이 묘하게 신선했던 것이다. 처음 만났을 때부터 하나씩 하나씩 알아가면서 상대방 안에서 내가 아는 영역이 점점 늘어나고 있다고 생각했다. 그런데 과연 도대체 뭐가 얼마만큼 늘어났을까? 지금 눈앞에 있는 이 사람이 생판 모르는 사람처럼 보여서 무섭다.

유즈루. 흔들리는 윤곽선이 부옇게 상을 맺는다. 중요한 이야기는 식사 전 아니면 후에 하기로 하지 않았어? 한껏 맛있게 식사를 하고 있는데 갑자기 중간에 말을 꺼내다니, 이거 반칙이잖아.

나는 가방에서 티슈를 꺼냈다. 그리고 도저히 삼켜질 것 같지 않은, 퍼석퍼석한 포크피카타(돼지고기를 얇게 저며 밀가루와 치즈 달걀물을 입혀 구운 요리-옮긴이) 비슷한 물체를 티슈에 뱉었다.

"정말 미안하다는 생각은 하고 있어."

유즈루는 다시 말했다.

"하지만 나는 이 이상……."

"잠깐……."

나는 간신히 왼손을 들어 유즈루의 말을 막았다.

"그럼 어떡해. 식장도 예약했고 사회 볼 사람도 부탁해 놨잖아. 나는 친구들한테 날짜까지 다 연락했단 말이야."

하나도 중요하지 않은 이야기를 하고 있다는 것은 알고 있다. 식장이나 사회자는 상관없었다. 체면이라든지 약간의 위약금 따위는 어떻게 되든 상관없는 일로 여겨질 만큼 유즈루는 나와의 결혼을 없었던 것으로 하고 싶은 것이다.

갑자기 토할 것 같아서 무릎 위에 펴 놓았던 냅킨을 가지고 입을 막았다. 그런 채로 잠시 크게 숨을 들이쉬자 속이 가라앉는 듯했다. 고개를 들었다. 유즈루가 테이블 건너편에서 얇게 기름막이 쳐진 듯한 눈을 하고 이쪽을 바라봤다.

"왜?"

겨우 할 수 있는 말이 그거였다.

"왜 지금 말하는 거야?"

간신히 거기까지 말하고 나자 다시 메스꺼움이 올라와 냅킨으로 입을 막았다.

"아니, 실은 말해야지, 말해야지, 생각은 했는데, 말이 좀처럼 잘 안 나와서⋯⋯."

"언제부터?"

"얼마 전, 아니 실은 한참 됐어."

"좀 됐다면, 신혼집 알아보러 다니고 같이 가구 보러 다니고 할 때 부터?"

자못 엄숙하게 고개를 끄덕이는 유즈루를 보며, 메스꺼움만이 아니라 뭔가 시커먼 것이 목구멍에서부터 조금씩 밀려 올라오고 있는 듯한 느낌이 들었다.

"그렇게 오래 전부터 생각했다면서 왜 하필이면 한창 밥을 먹고 있는 도중에 말하는 거야? 기분 나쁜 이야기는 '식사 후에'라고 내가 분명히 말했잖아!"

유즈루는 멀뚱멀뚱한 얼굴로 멍청히 쳐다봤다. 잊어버리고 있었던 것이다. 그래. 잊어버리고 있어도 될 정도인지도 모르지. 나도 이제 막 생각이 달라진 참이다. 식사 전이든 후든, 먹고 있던 중이든 결국 그 식사는 엉망진창이 되는 것이다. 그리고 덧붙이자면, 그때까지 좋았고 즐거웠던 일들도 모조리 착착착착 배신을 때리는 것이다. 그렇다. 유즈루가 말한 대로였다.

깡그리 맛이 달아난 식사를 접고, 그때까지도 계속 먹고 있는 유즈루를 다른 차원에서 사는 인간 보듯이 바라보며, 이 자리를 박차고 나가야겠다고 생각했다. 그러나 박차고 일어날 힘이 없었다.

"아스와의 마음이 가라앉을 때쯤 되면 부모님께도 죄송하다는 말씀 드리러 갈 생각이야."

냅킨으로 입을 닦으며 유즈루가 말했다. 사과는 나한테 먼저 해야 하는 것이 순서 아닌가? 이게 순서다, 아니다, 그런 걸 문제 삼으려는 것이 아니다. 사과를 받으면 뭐가 달라지나? 안다. 하지만 사과도 안 하는 건 말도 안 되는 거 아닌가?

밖으로 나오니 온통 납작한 회색이었다. 장마가 주춤하며 맑게 갠 금요일이 맞을 텐데, 이상하리만큼 색깔이 안 보인다. 색깔만 그런 게 아니었다. 거리의 냄새와 온도도 몽땅 사라져 버리고 없었다.

역 쪽으로 걸어가면서, 왜 사과하지 않느냐고 물었다. 진짜 바보 같은 질문이었다. 그 밖에는 아무 질문도 떠오르지 않았다. 진짜로 묻고 싶은 것이 얼마든지 있었으련만. 아마도 나는 듣고 싶지 않았던 것이리라.

"왜 사과 안 해?"

유즈루는 깜짝 놀라는 얼굴을 해 보였다.

"사과 안 했잖아."

"사과했어."

"안 했다니까!"

"안 했다니까!"의 '까'를 발음하는 순간, 갑자기 허무해져서 입을 다물었다. 유즈루는 잘못한 것이 없다는 듯이 "사과했어!" 하고 한 번 더 말했지만, 그때부터 나는 입을 열지 않았다. 입을 열면 정말로 토해 버릴 것 같았던 것이다.

토하면 무엇이 튀어나올지 그건 알 수 없었다. 분노라든가 슬픔이라든가 하는 그런 선명한 감정은 아니었다. 그러나 놀라움과 당혹스러움 그리고 공포 비스무리한 감정이 질척질척 뒤섞인 채 덩어리가 되어, 그것이 목구멍에서 굴러나와 유즈루의 눈앞에서 폭발해 버릴지도 모른다는 느낌이 들었다. 차라리 그렇게 돼버렸으면 좋지 않을까. 하지만 이게 더 낫겠다거나, 이렇게 하면 더 좋을 거라거나 하는 생각을 할 여유도 없었다. 혼란스러움 속에서 나는 입을 다물고 그냥 걸었다.

전철을 타고 집으로 돌아왔을 것이다. 정신을 차리고 보니 내 방 침대에 누워 있었다. 그 중간이 통째로 빠져 있다. 전철을 갈아탔을 것이고, 개찰구도 통과했을 것이다. 역에서 집으로 오는 길에 교통신호도 만나고 지켰겠지. 그런데 아무것도 기억나지 않는다. 하늘에 별이 떠 있었는지, 비가 오고 있었는지. 설령 때아닌 눈이 내리고 있었다 해도 아마 알아차리지 못했으리라.

이렇게 보이는 것도 보지 않고 들리는 것도 듣지 않을 수 있다면 아까 그 일도 안 보고 안 들은 걸로 해버리고 싶다. 그래. 유즈루를 만나 레스토랑으로 가기 전으로 거슬러 올라가서 그 이후를 없었던 것으로 하면 돼. 그러자니 문득 의문이 떠오른다.

아니지. 어디까지 거슬러 올라가야 되는 거야? 레스토랑에 들어가기 전부터 유즈루는 나한테 헤어지자는 말을 할 생각이었잖아. 꽤 한참 전부터라고 했어. 꽤 한참이란 얼마 정도의 시간일까? 어디까지 거슬러 올라가야 유즈루의 마음이 제자리로 돌아올 수 있을까?

코 안쪽이 찡해지면서 토하고 싶었던 아까의 느낌이 되살아났다. 그럴 바에는 차라리 유즈루를 만나기 이전으로 거슬러 올라가고 싶다. 아니, 좀 더 멀리 태어나기 이전으로 돌아가고 싶어.

눈물이 관자놀이를 흐르는 바람에 알아차렸다. 내가 울고 있다는 것을. 눈물의 온기가 어렴풋이 느껴져, 아아, 이것이 현실이구나 하는 생각이 들었다. 나는 이미 태어나 버렸고, 유즈루도 만나 버렸다. 그리고 오늘 레스토랑에서 헤어지자는 말을 들었다. 명치끝이 꽉 조이는 듯이 아프다. 양팔로 나 자신을 껴안고 침대에 누워 둥글게 몸을 말았다.

깜빡 잠이 들었던 것 같기도 하고, 계속 울고 있었던 것 같기도 하다. 눈이 반짝 떠졌다. 눈물은 그쳐 있었다. 머리맡의 시계를 보니 시간은 얼마 지나지 않았다. 계속해서 우는 건 생각보다 그리 쉬운 일은 아닌 모양이다. 침대에 똑바로 누워서 천장 마감재의 나무판자 마디를 세었다. 수를 세면서 그냥 이대로 일어나지 말자고 생각했다. 나한테는 일어날 용기 같은 것도 이제 없었다.

밑에서 엄마가 나를 불렀다. 저녁식사고 샤워고 다 안 할 거라고 말했던 것 같은데 대답을 안 하고 있자니 계단을 올라오는 발소리가 들린다. 이윽고 노크를 하더니 살짝 문이 열리면서 "전화 왔다." 하는 엄마의 목소리. 계속 잠든 척하기에도 그른 것이, 옷도 갈아입지 않은 채 똑바로 누워 있었던 것이다. 순간적으로 눈을 질끈 감았으나 엄마는 아무렇지도 않은 척 말을 걸었다.

"전화 왔다니까."

"없다고 그래요."

그렇게 말하는데 갑자기 퍼뜩 생각이 미쳐 벌떡 일어나 앉았다.

"누구 전화?"

엄마는 얘가 왜 이러나 하는 얼굴로 "롯카 이모."라고 말했다.

"…… 없다고 그래요."

유즈루가 집으로 전화할 턱이 없지.

"알았다. 없다고 그럴게."

그렇게 말하고 엄마는 문을 연 채로 아래쪽을 향해 소리쳤다.

"야스히코! 아스와가 없다고 하란다!"

"아, 귀찮아." 하는 오빠의 뺀질거리는 목소리가 들려왔다. 엄마는 오빠 말을 무시하고는 다시 이쪽을 향해 부드러운 목소리로 물었다.

"무슨 일 있냐고 묻더라."

"……."

"아까 역에서 널 봤대, 롯카 이모가."

나는 천장을 올려다보고 다시 누운 채 아무 대답도 하지 않았다.

롯카 이모는 엄마의 여동생이다. 한자로 여섯 송이의 꽃(六花)이라는 뜻이다. 나이는 정확히 모르지만 엄마하고 열두 살 이상 차이가 난다는 얘기를 들은 적이 있다. 때때로 우리집에 나타나 엄마와 차를 마시기도 하고, 그대로 주저앉아 저녁식사 자리에 합석하기도 한다. 독신이며, 우리집에서 전철로 세 정거장 떨어진 아파트에 혼자 살고 있다. 그래서 가끔 전철에서 딱 부딪칠 때가 있는데, 봤으면 그 자리에서 말을 걸 것이지, 오늘따라 전화를 해서 확인하고 굳이 그럴 것까지는 없잖아?

"말을 걸었는데 '마음이 이곳을 떠나 있는' 듯한 얼굴로 그냥 스쳐 지나가더란다. 그때는 그냥 그런가보다 했는데, 시간이 갈수록 그게 마음에 걸렸던 모양이야."

엄마는 아예 침대 옆에 걸터앉았다.

"무슨 일 있었니, 아스와?"

그러면서 손가락으로 내 옆구리를 콕콕 찌른다.

"유즈루하고 싸움이라도 한 거야?"

엄마 노릇을 한다는 건 보통 일이 아니다. 이럴 때 통감한다. 딸이 걱정돼서 한마디 했을 뿐인데 괜히 그 화를 뒤집어쓴다. 이만저만 손해가 아닌 것이다.

"그냥 좀 내버려 둬욧!"

정해진 룰대로 나는 소리를 지른다. 엄마는 아무나 되는 게 아니다.

다음 날 아침, 눈이 떠지지 않았다. 울었지. 콘택트렌즈도 안 빼고 잤지. 그도 저도 아닌 가장 큰 이유는 나의 현실을 두 눈 뜨고 확인하는 것이 싫었기 때문일 것이다.

게다가 토요일이었다. 아침이라는 이유로 일어나야 할 일도 없었다. 보통 때처럼 일어나 하루를 시작하는 게 오히려 기분 전환이 되어 마음 편할지도 모르겠다는 생각이 들긴 했다. 그러나 머리가 무겁고, 어깨도 무겁고, 통통 부은 눈꺼풀도 무겁다. 침대에서 일어날 힘 같은 것이 있을 리 없다.

두 번인가 세 번쯤 깼다가 다시 잠들었다. 계속 괴로운 꿈을 꾸었다. 어떻게 할까. 일어날 일도 없고 일어나야 할 의미도 없다. 어떻게 할까. 이제 앞으로 어떻게 할까……. 앞으로 어떻게 하면 좋을지에 대해서는 조금도 생각이 나지 않는데, 이제 어떻게 하나 싶은 곤혹스러움만 자꾸 밀려온다.

네 번째인가 살짝 잠들었을 때 휴대전화 벨이 울렸다. 유즈루? 그럴 리가 없지. 착신음이 다른데. 이 멜로디는 교다. 교하고 약속이 있었던 것이다.

냄비를 사러 가기로 한 약속이었다. 계속 부모님과 같이 살았기 때문에 요리도 제대로 할 줄 모르는 내게, 일찌감치 독립해서 오랫동안 요리학원까지 다니고 있던 교가 한 수 가르쳐 주기로 되어 있었다.

우선은 냄비야. 요리란 건 좋은 냄비만 있으면 어떻게든 할 수가 있는 거거든. 이렇게 녀석이 열을 올리며 이야기를 하기에, 그럼 우선 그 좋은 냄비란 것부터 배워 보자 싶었던 것이다. 그런데 그 약속을 잡은 날이 하필 오늘이라니.

"미안해. 몸이 좀 안 좋아서. 약속 취소해도 될까?"

가능한 한 티가 안 나게 조심하면서 거절하는데, 교가 되묻는다.

"흐음. 연기가 아니고 취소란 말이지? 알았어."

교는 그렇게 확인하고 전화를 끊고는 30분 후에 집으로 찾아왔다. 없는 척할 사이도 없었다.

"아스와. 너, 얼굴 색깔이 밀크티 같다."

"그러게 내가 몸이 안 좋다고 했잖아."

나는 일어나지도 않고 침대 속에서 이불을 턱까지 끌어당겼다.

"거짓말. 뭔가 숨기고 있지? 넌 어렸을 때부터 거짓말을 하면 콧등에 땀이 나더라."

순간적으로 콧등으로 손이 간다. 땀? 안 나는데?

"거 봐!"

교가 만면에 웃음을 띠었다.

"역시 거짓말이네. 아스와는 단순해서 이런 속임수에 금방 넘어간다니까. 뭐야? 무슨 일이야? 유즈루하고 싸움이라도 한 거야?"

그렇게 말하는 순간 교의 얼굴이 일그러졌다. 아니, 교의 얼굴이 일그러진 게 아니라, 갑자기 그 이름이 튀어나오자 내 눈에서 다시 눈물이 솟았다.

"어어, 참. 아스와, 잠깐, 잠깐. 자, 천천히 말해 봐. 왜 그래? 무슨 일 있었어?"

"유……." 하고 내가 말했다. 유즈루의 '유'다. 하지만 아무 말도 할 수 없었다. 입술을 꾹 다물고 고개를 가로저었다.

"숨길 것 없잖아. 이래뵈도 내가 너랑 유즈루 사이의 일이라면 뭐든지 다 알고 있는 사람 아니니? 혹시 매리지블루(marriage blue, 결혼 전의 불안한 상태-옮긴이)란 놈이 쳐들어온 거 아니야? 너무 신경 쓰면 오히려 안 좋은데."

그래도 내가 입을 열지 않는 것을 보고 교는 한숨을 쉬며 자리에서 일어났다.

"뭐, 말하고 싶지 않으면 말 안 해도 괜찮아. 네가 말하고 싶을 때까지 기다릴게. 근데 말이야. 이유가 뭐? 유즈루하고 싸웠어?"

끈질기게 묻는 교에게 계속 고개만 가로저은 것은, 자칫 숨 한 번 잘못 쉬다가는 울음이 터질 것 같았기 때문이다. 어렸을 때부터 친하게 지내온 허물없는 친구라는 점에는 토를 달 생각이 없다. 하지만 그렇기 때문에 그 못지않은 자존심 비슷한 것이 있다. 지금까지 나는 교한테 이겨본 적이 거의 없다. 유치원 다닐 때 제비꽃반에서부터 나는 교에게 적수가 되지 못했다. 교는 울지 않는다. 울고 싶은 일이라면 남들의 두 배는 되었으련만, 언제나 입을 꾹 다물고 교복 바지가 아닌 치마를 입고 다녔다. 교스케라고 하는 남자 이름을 밀봉해 버린 것도 그 즈음이었다.

그런데 나는 교 앞에서 얼마나 많이 우는 모습을 보여 왔던가? 철봉 거꾸로 오르기를 할 때 아무리 연습해도 안 된다고 울고, 짝사랑하던 남자애가 전학갔다고 울고, 고등학교 제1지망에서 떨어졌다고 울었다. 새삼스럽게 지금 여기서 까만 별 하나를 덧달 수는 없다.

"그럼 갈게. 아스와가 아무 말도 안 하니 대화가 안 되네. 다시 냄비 살 생각이 나면 연락해."

진짜로 일어서서 방문 쪽으로 향하는 교의 등에다 대고 "미안." 하고 말했다. 녀석은 뒤를 돌아보더니 "괜찮아." 한다.

"정말로 몸도 안 좋은 거 같고. 아무튼 몸 잘 추슬러야 해. 기운 차리면 바로 연락하고. 냄비, 사러 가자."

"내……." 하고 말하려다 다시 입을 다물었다. 냄비의 '내'다. 냄비라고 말하려고 한 것뿐인데 눈물이 솟는 건 도대체 뭔 일이람?

"냄비는…… 이제 필요 없어."

애써 입을 열고 한마디 해보았지만 이미 방문은 닫힌 뒤였다. 틀림 없이 교는 듣지 못했을 것이다. 소리가 너무 작았으니까.

조만간 교에게도 말해야겠지. 유즈루와의 결혼은 없었던 일이 되 었다고. 2년이나 사귀었는데, "우리는 좀 안 맞는 것 같다."고 하는 군. 이제 와서 그게 무슨 소리야? 안 맞는다는 건 처음부터 알고 있 었잖아. 안 맞는 두 사람이 어찌어찌 잘 헤쳐나가는 것, 그거야말로 이른바 창조 정신을 발휘해야 할 대목이 아니냐고!

점점 분노 비슷한 감정으로 달아오른다. 유즈루는 나의 어떤 면을 보고, 무슨 생각을 하고 있었던 것일까? 분노는 불꽃처럼 타오르는 것이 아니라 뻘겋게 달구어진 숯덩이처럼 이글거린다. 필시 오래 이 글거리겠지. 끝없이 이글거리며 영원히 분노하게 될지도 몰라. 아아, 생각만 해도 기분이 밑으로 곤두박질친다. 검은색으로 핑그르르 뒤 집어진 흰색……. 지금까지 있었던 흰색뿐만 아니라 앞으로 올 흰색 까지 몽땅 검은색으로 바뀌어 버리고 만 것이다.

엄마가 부르는 소리가 났다. 아래층에서다.

"아스와! 롯카 이모야!"

침대에 누운 채 "없다고 그래요." 하려다가, 그것도 귀찮아서 그냥 못 들은 척 벌렁 드러누웠다.

"아스와!" 하고 문 밖에서 태평스러운 목소리가 들려왔다. 문이 열 리더니 이모의 얼굴이 나타났다. 전화가 아니었던 모양이다.

"아스와네 회사 옷 말이야. 직원 할인 되지?"

자는 척하다가 그만두기로 했다. 내가 자고 있을 거라고 믿을 리가 없는 이모다.

"몇 퍼센트 할인돼?"

"30퍼센트."

"우와아!"

그제서야 나는 침대에서 일어났다.

"뭐가 우와아? 알고 있겠지만 유아복 회사라구요. 이모하곤 상관이 없잖아. 그리고 지금 내가 몸이 안 좋다고 분명히 그랬는데. 그래서 누워 있는 거잖아."

"아 참! 그래, 그랬지. 어떻게, 몸은 괜찮니?"

이모는 싱글싱글 웃고 있다.

"몸이 안 좋다는 말을 그러고 보니 들었다. 야스히코한테."

"안 좋다고 한 게 아니라 정말로 안 좋다니까, 참!"

"어저께는 없다고 하라고 그랬다고 하더라. 야스히코가."

롯카 이모는 침대 옆 방바닥에 양반다리를 하고 앉아서 나를 빤히 올려다본다.

"아기 옷이 필요해."

"누가 입을 건데?"

"친구가 출산할 예정이거든. 아무것도 준비가 안 되어 있다고 하기에 내가 좀 도와줄까 해서 말이야."

아기 생각이 머릿속을 스쳐 갔다. 특별히 아기를 갖고 싶다거나 낳고 싶다는 생각을 했던 것은 아니다. 그래도 그렇지. 아기라는 것이 이렇게나 머나먼 존재였던 말인가? 아기를 가질 수 있는 기회도 무기한 연기되었다. 반짝반짝 빛나는 별에서 손을 흔드는 아기들의 모습이 궤도를 벗어나 멀리멀리 사라져 간다.

"아스와. 월요일에는 몸이 좋아지겠지? 회사 갈 수 있겠지? 출산 직후의 신생아에게 필요한 물품들 좀 골라주면 좋겠는데."

"알았어요."

월요일에 몸이 좋아질지 어떨지는 모르겠지만 아마 출근은 할 것이다. 집에서 뒹굴어 봐야 괴롭기만 하지. 무엇보다도 사람들이 번갈아가며 들락날락하는 바람에 잠도 편히 잘 수 없을 것이다.

롯카 이모는 방바닥에 쌓아 둔 잡지를 끌어다가 뒤적이기 시작했다.

"저기 있잖아, 이모. 나, 아직 몸이 안 좋거든?"

그렇게 말하자 롯카 이모가 코알라처럼 해맑은 눈으로 나를 바라본다.

"아, 미안, 미안. 그렇지. 몸이 안 좋다고 한 말을 듣고도 참."

"안 좋다고 한 게 아니라 진짜 안 좋다고요."

롯카 이모는 아무 대꾸도 안 했다. 아무 말도 안 하고 아무것도 묻지 않았다. 배려하는 마음에 그러는 것 같지도 않았다. 가만히 있었더니 이모는 다시 잡지를 뒤적이기 시작한다. 콧노래까지 흥얼거리며. 나의 꾀병에는 전혀 흥미 없다는 듯이. 어쩌면 흥미 없는 척을 하는 게 아닌지도 모른다. 아니, 틀림없이 아무런 관심도 없는 거야, 지금 이 사람은!

나는 침대 머리맡에 기대어 평화로워 보이는 이모의 얼굴을 바라봤다. 나 좀 그냥 내버려 두면 좋겠다 싶던 마음을 탁, 탁, 밀어제치면서, 나한테 관심 좀 가져주면 안 되나 싶어서 화가 나는 심정이 맨 앞쪽으로 달려 나온다. 아무리 생각해도 내 마음을 이해할 수 없다. 이래서냐 저래서냐 캐물으면 마치 상처를 후벼 파는 것 같아서 괴롭고, 동정을 받는 건 비참해서 싫다. 그런데, 하지만, 이렇게까지 완벽하게 내팽개쳐지는 건 너무한 거 아니야?

　"이모, 나한테 뭐 말하고 싶은 거 없어?"

　"없어."

　즉각 대답이 날아온다.

　"듣고 싶은 말이라든지."

　"없는데."

　시선은 잡지 위를 따라가고 있다.

　"아니, 어저께 전화했잖아."

　"으응. 그건 아기옷 얘기하려고."

　"그거 말고, 뭔가 마음에 걸리는 게 있었던 거 아니냐고. 역에서 나를 보고 분위기가 좀 이상하다고 했다면서?"

　도대체 내가 왜 내 입으로 이런 소리를 하고 있는 거지? 롯카 이모는 잡지에서 눈을 돌려 내 얼굴을 유심히 바라본다.

　"하여간 뭔가 좀 물어봐 줘."

　"뭘?"

　"뭐기는 뭐야? 그냥 뭐든지 좋으니까 그냥."

"먹는 것 중에 뭘 좋아해?"

"……은행."

"쓸쓸한 일이야."

"뭐가 쓸쓸해? 난 쪼끔도 쓸쓸 같은 거 안 해!"

"아무도 네가 쓸쓸하다고 안 그랬는데? 쓸쓸한 건 은행이지. 가을에 은행을 볶아서 껍질을 까고 있노라면 아련하게 스며들어오는 그 쓸쓸함이 좋다, 그 말이야. 그런데, 그건 그렇고."

그렇게 말하더니 롯카 이모는 잡지를 덮었다.

"리스트!"

"무슨? 어, 출산 준비물 리스트?"

"아니, 아니. 너의 내일을 위한 리스트."

"그게 뭔데?"

"난 쪼끔도 쓸쓸 같은 거 안 해! 이렇게 말할 때 보니까 너 콧등에 땀이 나 있더라."

나는 무의식적으로 집게손가락으로 콧등을 문질렀다.

"하고 싶은 일이나 즐거울 것 같은 일, 바라는 거를 전부 써봐봐."

"그러면 롯카 이모가 다 들어줄래?"

이모가 씨익 웃으며 말했다.

"내가 어떻게 그러니? 앞으로 네가 하나씩 너 자신을 위해 해 나가야 하는 거지."

뭔가 좀 마음이 움직이는 듯했던 나는 다시 침대 위로 픽 쓰러졌다.

"…… 부탁이야, 이모. 나 혼자 있게 해줘."

롯카 이모는 아까 보던 잡지를 뒤표지부터 넘기더니 미용성형 광고 페이지를 한 장 찢어 들고 "볼펜 같은 거 있니?" 한다.

"저기 어디…… 볼펜이든, 연필이든."

침대에 폭 엎드린 채 손가락으로 책상 쪽을 가리키자 이모는 자리에서 일어나 연필꽂이에서 볼펜을 하나 꺼냈다.

"으음, 아스와. 그러니까 드리프터스 리스트의 첫 번째가 혼자 있고 싶다는 거란 말이지?"

"이모, 그 드리프터스라는 게 뭐야?"

"표류자라는 의미야. 〈문리버〉라는 노래에 나오지. 걱정하지 마. 가토(1955년에 결성된 일본의 코믹 밴드 〈더 드리프터스〉의 리더인 가토 차를 말한다. 다른 멤버로 다카키 부, 나카모토 코지, 시무라 켄, 이카리야 초스케, 아라이 추, 스와 신지가 있다.-옮긴이)나 시무라와 관계 없으니까."

"그런 걱정 안 해."

"초라든지 부하고도 관계 없고."

"글쎄 그런 걱정 안 한다니까."

"그리고 또…….”

"나카모토 코지나 아라이 추하고도 말이지?"

"그래. 관계 없어. 표류하고 있는 사람한테 나침반이 되어 줄 리스트니까."

그러면서 롯카 이모는 찢어낸 광고 여백에 볼펜으로 써 넣었다. "혼자 있고 싶다."고 읊조리며.

"그런데 그렇게 리스트까지 안 만들어도 지금 이모가 그냥 아래층으로 내려가 주기만 하면 난 혼자 있을 수 있는데."

"아, 아아. 그런가? 그러네. 미안. 내려갈게. 그런데 리스트는 써 봐. 그래서 나중에 나한테 보여줘. 알았지?"

나는 "알았어." 했다. 사실은 쓸 생각이 없었지만, 방에서 나가 달라고 말하고 나니 슬그머니 미안한 마음이 들었던 것이다. 롯카 이모는 언제나 아무렇지도 않게 그냥 왔다갔다하고 있을 뿐이건만, 나 혼자 괜히 이모를 훼방꾼 취급을 하곤 한다. 침대에서 점점 멀어지며 방문 쪽을 향하는 발소리가 들린다. 문이 열렸다가 닫힌다. 한참 있다가 나는 이불 밖으로 고개를 내밀었다. 방 안이 조용했다. 미안해, 이모. 리스트는 조만간 생각해 볼게. 하고 싶은 일 같은 건 하나도 떠오를 것 같지 않지만……

눈물을 흘려서 치유될 정도로 얕은 상처가 아니다. 이런 이상한 자신감 아닌 자신감 같은 게 있었다. 하지만 울지 않는 것보다는 나을 듯싶었다.

침대에 널브러진 채 간간이 생각난 듯이 눈물을 흘렸다. 그 눈물만큼 체중이 줄었을지도 모른다. 눈물의 질량 몇 그램분만큼 몸과 마음이 가벼워졌다. 더불어 몇 그램분만큼 목이 말랐고, 그래서 물을 마시러 부엌이 있는 아래층으로 내려갔다.

아래층에서 나는 소리에 조금도 신경을 쓰지 않기 때문에, 집에 누가 있고 누가 없는지 모르고 있었다. 다만, 귀찮으니까 엄마하고만은 부딪치지 말았으면 좋겠다고 생각했다. 그러나 예상 밖으로 계단을 다 내려왔을 때 정면으로 맞닥뜨린 것은 롯카 이모였다. 엄마보다 더 강적이다 싶어 반사적으로 방어 태세에 돌입한 것은 리스트가 머릿속에 맴돌고 있었기 때문인지도 모른다.

"어머, 아스와. 늦게 일어났네? 벌써 다들 나갔어."

롯카 이모가 늘어지는 목소리로 말했다.

"다들 나갔다면서 이모는 왜 안 나갔어?"

부엌으로 들어가서 컵에 물을 따르며 비꼬는 투로 한마디 던져 봤으나, 아니나다를까, 롯카 이모는 어디서 무슨 바람이 불었냐 하는 식이다.

"가린토(흑설탕으로 버무린 튀김과자-옮긴이) 있다."

"뭐라고?"

나는 개수대 앞에서 롯카 이모를 돌아다봤다.

"가린토라니, 유카리도 제과에서 나온 거?"

롯카 이모는 "흐흥." 하고 웃었다.

"가린토라고 할 것 같으면 당연히 유카리도 제과지. 언니나 야스히코는 그 맛을 모르는 사람들이라 가린토 있다는 말 안 했어. 나중에 너랑 둘이서만 먹으려고."

"그럼 왜 아까 내 방에 들어왔을 때 아무 말 안 했어? 사실은 나한테도 말 안 하려고 그랬지?"

그러면서 바짝 달려드는 나를 이모는 이상하다는 얼굴로 바라봤다.

"아니, 아까는 그런 이야기를 할 분위기가 아니었지 않나?"

"있잖아. 그런 이야기 할 분위기가 아닌 건 지금도 마찬가지거든.

사태는 하나도 변한 게 없으니까."

그렇게 말하는 순간 스르르 빗장이 풀렸다. 내가 의식을 하고 있건 말건 상관없이 눈물이라는 것이 제멋대로 쏟아져 나오기 시작한 것이다. 간당간당 걸려 있던 빗장이 일단 풀려 버리자 그 다음은 당최 어떻게 해볼 도리가 없었다. 나는 롯카 이모 손에서 가린토 봉지를 확 나꿔채 가지고, 그 안에서 한꺼번에 세 개를 꺼내 입 안에다 털어 넣었다.

"아이고 잠깐! 그렇게 세 개씩이나 입 안에 털어넣어도 괜찮을까 모르겠네!"

이모가 말을 채 마치기도 전이었다. 그만 사레가 들리고 말았다. 가린토가 목에 걸려 죽는다면 그것도 그런대로 괜찮을지 모르지. 0.001초 사이에 든 생각이었다. 그 다음 순간 지독한 기침과 함께 가린토를 토해 내면서, 눈물콧물과 함께 침을 질질 흘리며 부엌 바닥에 주저앉아 버렸다.

입 안의 것을 죄다 내놓고 나니 겨우 숨이 쉬어졌다. 나는 숨을 크게 한 번 쉬었다. 그러고 나서 "으아아아아." 하고 울었다. 롯카 이모는 나를 안고 부드럽게 등을 쓰다듬어 주었다. 차츰차츰 등이 따뜻해져 왔다. 아아, 누가 이렇게 해주었으면 싶었던 거구나. 리스트에 쓸 생각도 못했고, 짐작도 못하고 있었지만, 내가 가장 원하고 있던 게 이거였구나. 눈물과 콧물로 뒤범벅된 채 차마 못 봐줄 얼굴이 되어, 나는 소리 내어 울었다. 이렇게 울어 본 건 아기 때 말고는 처음인지도 몰라. 그런 생각을 하면서 이모를 붙들고 한없이 울었다.

02 이사

　말이란 하는 쪽보다 듣는 쪽이 더 어려운 법이라고들 한다. 바로 이런 걸 두고 하는 이야기였나보다. 말하는 쪽은 앞으로 할 이야기의 내용에 대해 당연히 마음의 준비가 되어 있지만, 듣는 쪽은 아니다. 아닌 밤중에 홍두깨 같은 소리를 들었을 때 사람들은 어떤 반응을 보일까? 그에 따라 그 사람의 그릇이나 됨됨이, 인간성 같은 것이 드러날 것이다.

　유즈루와 헤어지게 되었다는 이야기를 했을 때 가족의 반응은 제각각이었다. 2년을 사귀었고 2개월 후에 결혼하기로 되어 있었으니 나름대로 충격은 컸을 것이다. 하지만 뭔가 잔뜩 화가 난 듯한 표정으로 입을 꾹 다물고 있을 뿐인 아버지와, 어떡하면 좋을지 몰라 우왕좌왕하면서 허둥거릴 뿐인 엄마와, "아하하." 하고 웃어버리는 오빠라니. 우리 가족들의 반응은 세 명 모두 낙제점 이하였다. 상심한 딸과 동생에게 뭔가 좀 더 그럴듯한 반응을 보여줄 수는 없었을까?

그에 비하면 회사 동료 이쿠가 보여준 모습은 대단히 훌륭했다. 우리는 회사에서 점심을 먹을 때 평소에는 도시락이나 빵을 사다가 회의실에서 먹곤 한다. 그러나 일주일에 한 번, 금요일만은 밖에 나가서 점심 먹는 것을 낙으로 삼고 있었다. 멋쟁이에다 일도 척척 잘하는 동료들도 많지만 이쿠는 유채꽃처럼 상큼하고 귀여운 인상을 주는 친구였다. 나로 말하자면, 유채꽃은 아니고 그 꽃을 찾아오는 벌이라고 하면 얼추 비슷할지 모르겠다. 예를 들면, 회사에서 취급하는 유아복 신제품을 보더라도 이쿠와 나는 취향이 일치하고, 사소한 이야기라도 이쿠와 함께하면 즐거웠다.

늘 하던 대로 금요일 점심시간에 바깥에 나와 둘이서 점심을 먹고, 후식으로 아이스밀크티를 마실 때였다. 나는 가능한 한 아무렇지도 않게 깨졌다는 이야기를 꺼냈다. 이쿠는 귀여운 목소리로 "깨졌어?" 하고 되물었다.

"응. 깨졌어. '결, 혼, 파, 기'했다고."

내가 이렇게 말하자 이쿠는 다시 앵무새처럼 되받아 '결, 혼, 파, 기'라고 중얼거리더니 깜짝 놀란 얼굴이 되었다.

"결혼 파기? 파, 파혼했단 말이야? 왜? 무슨 일이야? 무슨 피치 못할 사정이라도 생긴 거야?"

피치 못할 사정이 생기다니, 썩 편리한 표현이라는 생각이 든다. 누구한테 사정이 생겼다는 말인지, 그리고 그것을 피하지 못한 건 또 어느 쪽이라는 말인지, 주어도 알맹이도 두루뭉수리하다.

"그냥 특별히 이렇다 할 이유 같은 건 없는데. 뭔가, 우리는 좀 안 맞는 것 같다, 뭐, 그렇게 됐어."

이쿠가 한 말에 힘입어, 나는 '우리'라고 말하는 사람의 자리에 슬그머니 '나'를 갖다가 놓고 말해 본다. 이쿠가 깜짝 놀라 똥그래진 눈으로 건너편에서 이쪽을 보고 있다.

"하지만 걱정 안 해도 돼. 이제 괜찮으니까."

웃으면서 그렇게 말할 수 있다는 사실이 스스로 좀 놀랍다. 물론 괜찮을 턱이 없다. 손가락으로 뺨을 살짝 건드리기만 해도 스르르르 눈물이 솟아오를 것 같다. 유즈루한테 "우리는 좀 안 맞는 것 같다." 는 말을 들었던 그날 저녁엔 이 세상도 끝난 것 같았다. 그랬는데, 일주일이 지난 지금도 이 세상은 변함없이 잘 굴러가고 있다.

"어떻게 그런 일이! 정말 힘들었겠다."

"응, 미안."

그러고 나서 이쿠는 그 이야기를 두 번 다시 입에 올리지 않았다. 다만, 언제나 밥값은 각자 자기가 먹은 걸 자기가 내는 게 당연한 일이었는데, 계산대 앞에서 이쿠가 내 팔꿈치를 톡톡 쳤다.

"오늘은 내가 낼게."

"어? 왜?"

1000엔짜리 쥔 손을 내밀었는데 이쿠가 살짝 웃는다.

"그냥 내 마음. 가끔 이러는 것도 괜찮잖아?"

파혼했다고 한턱 얻어먹는다는 게 좀 웃기긴 하지만, 그냥 그렇게 해주는 것 자체가 고마웠다. 새삼스레 마음이 따뜻한 친구라는 생각이 든다.

오후 업무를 마치고 잔업에 들어간 동료들을 못 본 척하면서 야마부키 선배에게 말을 건넸다. 전후 사정을 가장 밝히고 싶지 않은 상대지만 어쩔 수 없다. 40대 후반에 독신인 이 선배가 아마도 좋은 사람일 거라고 생각은 하지만 좀 무섭다. 일 잘하고 회사 일이라면 모르는 것이 없으며 발이 넓은 사람, 그리고 눈썹이 가느랗고 목소리가 크다. 그러나 이야기를 하고 싶지 않은 이유는, 사실 무서워서도 아니고 일을 잘하기 때문도 아니고 눈썹이 가늘어서도 아니다. 40대 후반에다 독신이기 때문이다. 결혼 날짜가 잡혔을 때, 어쩐지 이 선배한테만은 개인적으로 소식을 전해야 할 것 같은 느낌이 들었다. 떠도는 소문을 통해 알게 되면 실례가 될 것 같았기 때문이다. 어쩌면 실례가 될 거라고 생각했다는 것 자체가 실례가 아니었을까? 개인적으로 말해야 할 것 같았던 것이 아니라, 혹시 그렇게 하고 싶었던 건 아니었을까? 그러나 이제 와서 그런 식의 후회를 해봐야 아무짝에도 쓸모가 없다. 결혼은 없었던 일이 되어버렸다. 아무래도 야마부키 선배가 소문으로 그 소식을 들으면 마음이 불편할 것 같다. 그러니 내 입으로 말할 수밖에 없다고 마음을 먹는다.

* * *

평소와 똑같이 역에서 내려 평소와 똑같이 개찰구를 빠져나온다. 평소와 똑같은 거리다. 상가에는 환하게 불들이 켜져 있지만, 불이 없어도 아직 충분히 밝다. 빵집이 있고, 커피숍이 있고, 책방이 있고, 사람들이 오가고 있다. 아무것도 변한 것이 없다. 태어나서부터 줄곧 이십 몇 년을 살아온 동네의 익숙한 풍경이다. 그런데 이상하다. 어디 한 군데 발붙일 곳이 없는 기분이다. 동네가 너무나도 변하지 않아서, 이제는 변해 버리고 만 내가 더는 어울리지 못하게 되어 버린 걸까?

"어떻게 그런……."

아까 야마부키 선배는 '그런'까지만 말하고는 그대로 입을 벌린 채 시선을 내리깔고 잠시 한 박자 쉬었다.

"그런 큰일이 있었구나. 그렇지만 마음을 굳게 먹고……."

말투는 따뜻했다. 실제로 따뜻한 마음으로 나를 위로해 준 것이리라. 하지만 야마부키 선배 앞에서 갑자기 장면이 덜컹 바뀌는 것을 봐버린 느낌이었다. 선배의 목소리에는 따뜻함이라기보다는 동정 같은 것이 섞여 있었다. 동정받는다는 건 괴로운 일이다. 동정받는 사람은, 동정하는 사람이 자기보다 한 단계 높은 곳에서 내려다보고 있다는 것을 분명하게 느끼기 때문이다. 이제는 세상이 달라졌다. 왠지 그런 생각이 들었다. 나는 막판에 결혼을 퇴짜당한, 꼴 우스운 여자가 되고 말았다. 이제부터는 그런 여자의 인생을 살아가게 되겠지…….

집으로 가다 말고 나는 걸음을 멈췄다. 지금까지 나의 인생은 어떤 인생이었다는 말인가? 지난 시간들을 돌이켜서 찬찬히 들여다본다. 그러나 나의 인생 같은 것은 눈에 띄지 않는다. 유즈루가 사라져 빛을 잃어버렸기 때문이 아니다. 처음부터 거기에는 아무것도 없었다.

우중충해진 상가 저쪽에 반짝반짝 빛나는 네온이 보였다. 이왕이면 우중충한 인생보다 반짝거리는 인생이 낫겠지. 그 반짝이는 빛이 도로 맞은편에 보이는 파친코의 네온일지라도. 그 부조화스러운 네온이 해가 저물어가는 거리를 밝게 비추고 있었다. 멍청하게 서 있던 나의 귓속으로 갑자기 유행가 한 자락이 흘러들어온다. 파친코 가게에서 나오는 노래다. 귓속을 틀어막고 있던 솜뭉치가 쏠렁 빠져버리는 듯한 느낌이 들었다.

파친코를 해보자! 그런 생각이 번뜩 스쳤다. 그래, 그래, 그거였어! 아주 오래 전부터 꼭 한 번은 해보고 싶다고 생각했었지. 혼자서는 들어가기가 쉽지 않고, 그렇다고 누군가에게 같이 가자고 하자니 그것도 좀 그렇고. 그러다 보니 좀처럼 갈 기회가 없었는데, 어쩌면 지금이 바로 그 기회인지도 몰라!

나는 허둥거리며 파친코의 자동문을 통과해, 이쪽저쪽 두리번거리면서 파친코 구슬을 사고, 간신히 비어 있는 기계를 발견하고 그 앞에 가서 앉았다. 그러고는 약 10분 후에 3천 엔어치의 구슬을 모조리 써버리고 철수하는 처지가 되었다. 겨우 10분 남짓 지났을 뿐인데 바깥은 저녁에서 밤으로 바뀌어 있었다. 혼자서 뭐든지 계속 지기만 해온 인생 같았다.

파친코 얘기는 사실이 아니다. 아주 오래 전부터 해보고 싶었다니, 한 번은 꼭 해보고 싶었던 게 파친코였다니, 아무리 생각해도 그건 거짓말이다. 나는 그저 집에 들어가기가 싫었던 것뿐이다. 결혼이 깨진 후로는 식구들하고 얼굴 마주치는 것도 어색해서 조용히 숨죽이고 지내고 있다. 길바닥의 작은 돌멩이를 발로 차면서 걸었다. 그리고 생각했다. 꼭 하고 싶은 게 파친코가 아니었다면 진짜로 하고 싶은 건 뭐였을까? 돌멩이를 차고 걷고, 돌멩이를 차고 걷고, 또 돌멩이를 차고 걷고, 또 다시 차다 보니 집이었다. 하고 싶은 것과 하고 싶었던 것이 아무것도 떠오르지 않았다.

현관문을 열자 "아, 참, 참!" 하는 목소리가 들렸다. 롯카 이모가 허리에 손을 얹은 채 현관 마루 끝에 서 있었다. 왜 이 아줌마는 툭하면 우리집에 와 있는 거야? 좀 꾸미기만 하면 그런대로 괜찮은 얼굴인데 거의 언제나 맨얼굴에다 헐렁한 원피스 차림이다. 어째서 이렇게 여인네로서의 매력이 실종된 건지, 원.

"이럴 때는 대개 '어서 와라.' 해야 되는 거 아니에요?"

"응, 어서 와라."

롯카 이모는 그러고 나서 새삼스레 다시 "아, 참, 참!" 했다.

"아스와, 리스트 만들었니?"

"무슨 리스트?"

롯카 이모 친구의 출산 준비물 리스트라면 진작에 작성해서 팩스로 보낸 바 있다.

"리스트 하면 드리프터스 리스트지. 지난번에 말했잖아. 하고 싶은 것을 모조리 써 보는 거라고."

잊고 있었다. 아니, 애당초 기억해 두지도 않았다. 그러고 보니 표류자 리스트가 어쩌고저쩌고 했던 것도 같다. 롯카 이모 옆을 스윽 지나가면서 속으로 생각한다. 또 귀찮은 소리를 하고 계시네. 실의에 빠져 있는 인간은 애써서 무슨 리스트 같은 거 안 만들어요. 하고 싶은 것 따위가 있을 턱이 없으니까.

"잊어버리고 있었다면 지금 바로 써 보자. 아직 저녁 먹으려면 좀 기다려야 한다니까."

계단을 올라가는데 롯카 이모가 뒤따라온다.

"지금 무슨 소리가 들린 것 같았는데. 아스와, 너 혹시 '쳇!' 그런 거 아니겠지?"

"안 그랬어요."

"쳇!"까지는 안 했는지 몰라도 혀는 살짝 찼을지 모르겠다. 솔직히 말하자면 "어휴!" 소리가 절로 나오려는 참이다. 유즈루한테 채이고 돌아온 다음날, 한순간의 실수로 말미암아 롯카 이모 무릎에 엎드려 눈물을 흘리지 않았나. 그러고 난 뒤로는 얼굴을 마주하는 것이 부끄러워 참을 수 없을 지경이건만, 언제 무슨 일 있었느냐는 듯한 롯카 이모를 보니 오히려 내가 맥이 풀린다.

이층의 내 방에 들어와 불을 켠다. 당연하다는 듯이 따라 들어온 이모가 나를 앞질러 책상 옆으로 가더니 바닥에 주저앉는다. 그러고는 침대 밑으로 손을 뻗어서 거기에 있던 잡지를 끌어당겨 보고는 "뭐야?" 하며 비난조로 한마디 던진다.

"이거 최신호가 아니잖아? 이미 나왔을 텐데."

"나왔으면 이모가 사지. 가끔은 이모가 사서 빌려줘도 되잖아."

"그런가? 그러네."

이모는 지금에야 비로소 깨달았다는 듯이 고개를 끄덕인다. 혹시 롯카 이모, 진짜로 머리가 나쁜 게 아닐까?

"자, 자, 이거 봐라. '아스와, 빨리 써라.' 하고 키티가 기다리잖아."

그렇게 말하면서 내 등짝을 밀더니 이모는 잡지를 펼쳤다.

키티는 내 책상에 붙어 있는 캐릭터다. 이모 말대로 내가 책상 앞에 앉기를 기다리고 있는 것처럼 보인다. 나는 빨간색 의자를 난폭하게 잡아당겨 털썩 앉았다. 이 키티 책상은 진짜진짜 소중히 사용하겠다고 애원해서 초등학교 4학년 때 산 것이다. 이제는 낡을 대로 낡았지만, 이렇게 20년 가까이 사용하게 될 줄은 정말 꿈에도 몰랐다. 이번 파혼 건도 그렇다. 바로 일주일 전만 해도 까맣게 몰랐던 일이 아닌가? 20년 전의 내가 키티를 싫증낼 날이 오리라는 것을 예상하지 못했던 건 당연한 일이다.

나는 책상 구석에 아직도 쌓여 있는 웨딩드레스 팸플릿을 가져다가 그 표지의 여백에 볼펜으로 써 내려가기 시작했다.

1. 먹고 싶은 것을 먹고 싶은 만큼 먹는다.

2. 머리를 자른다.

3. 이사

4. 가마

5. 귀인가마('귀인이 타는 가마'라는 뜻으로, 귀한 집안으로 시집가는 것을 의미한다. - 옮긴이)

그러고는 표지를 휙 잡아 찢은 다음에 의자에 앉은 채로, 침대에 기대 앉아 잡지를 보고 있는 롯카 이모한테 쑥 내밀었다.

"이게 뭐야?"

"말씀하신 리스트."

이모는 찢어진 종이조각을 받아 찬찬히 들여다보고 다시 말했다.

"이게 뭐야?"

"글쎄, 리스트라니까요."

"먹고 싶은 것을 먹고 싶은 만큼 먹는다니. 이건, 아스와. 너, 늘 먹고 있지 않았니?"

먹고 있지 않았다. 결혼식을 위해서 그래도 나 나름대로는 다이어트를 하고 있었던 것이다.

"그리고 이사, 가마, 귀인가마라. 음, 역시 국문과야. 음률을 살려서 썼네."

"이사하고 싶고, 마츠리(축제) 가마 행렬도 구경하고 싶고, 귀인가마 타고 시집도 가고 싶다는 말씀. 그리고 나, 국문과 아니야."

"아아, 맞다. 너는 어렸을 때부터 마츠리 가마 구경하는 걸 좋아했었지. 마츠리하는 날 아침에 어디서 풍악 소리가 들려오면 벌써 그때부터 춤추고 그랬잖아. 그런데 지금까지도 그 가마를 타고 싶다는 소망을 품고 있다니, 그 정도인 줄은 몰랐네."

"아니, 아니. 타고 싶은 건 마츠리 가마가 아니라고!"

그때 엄마의 목소리가 아래층에서 들려왔다.

"밥 먹자!"

아차! 식사 준비를 도왔어야 하는데 때를 놓쳤다. 식사 준비를 돕지 않으면 식사 후 설거지를 도맡아야 하는 것이 우리 집안의 법도다.

"이모 때문에 설거지하게 생겼잖아."

내가 의자에서 일어나며 한숨을 쉬자 롯카 이모는 화들짝 놀라는 듯이 양쪽 눈썹을 위로 치켜뜨며 "아차차!" 한다.

"언니는 손님도 봐주는 법 없이 일을 시킨다니까."

뻔질나게 들락거리며 한 식구처럼 지내면서 손님 행세를 하려 하다니, 내가 보기엔 그게 더 이상하구만.

저녁 식사 후 차를 준비하면서 엄마가 즐거운 듯이 한마디했다.

"오늘은 설거지가 없어서 너무 좋다."

파혼 이후로 어수선했던 분위기가 이제 겨우 한고비 넘겼다 싶은 느낌이랄까? 롯카 이모가 오면 집안 공기의 무게가 좀 가벼워지는 것도 같고, 그런 점에서는 조금 고맙기도 하다. 나보다 열 살 정도 많은 롯카 이모가 독신이라는 점도 어쩌면 이 가정의 평화에 한 자락 기여하는 바가 있을지 모르겠다.

밥그릇을 개수대로 옮기던 이모가 콧등에 주름을 잡으며 말했다.

"야스히코는? 너도 식사 준비 안 했잖아?"

롯카 이모의 말에 오빠가 "헤헤헤." 웃었다.

"저는 저녁에 장을 봐 왔거든요. 미안하지만 남부럽지 않게 거들었단 말씀입니다."

그게 그렇게 거들먹거리며 이야기할 만한 일인가? 아르바이트 인생이 장보기 정도 하는 거야 당연한 거 아니냐고. 장남인 주제에 책임감 같은 건 눈 씻고 찾아보려 해도 없고 말이야. 뭐 하나 야무지게 맺고 끊는 것이 있나, 제대로 된 직업이 있나. 본래 잘나지도 못한 주제에 옷차림에도 신경을 안 쓰니 여자 친구 있은 지도 무지 오래 되었을걸?

늘어진 스웨터를 입고 있는 오빠의 모습을 흘려보며 "난 오빠와 다르다."고 수없이 생각해 왔다는 사실을 새삼스레 떠올린다. 나는 학교 졸업하자마자 취직해서 쭉 정사원으로 일해 왔고, 적으나마 집에 생활비도 보태 왔다고…… . 괜히 오빠를 끌어들이며 허세를 부려 본다. 그러나 실속 없이 가장 허무한 건 바로 나다. 착실하게 회사를 다녔고, 착실하게 저축했고, 착실하게 한 사람을 만나 사귀어 왔고, 그리하여 지금은 저 아래 나락으로 곤두박질쳐져 있다.

문득 돌아다보니 롯카 이모가 몸을 움찔거리고 있다. 아니, 통통거리며 뛰고 있다고 할까? 고개를 까딱거리며 리듬을 타고 있는 것처럼도 보인다.

"이모, 지금 뭐하는 거야?"

이모는 그릇들을 포개어 개수대로 옮기면서 그 사이사이에 몸을 흔들고 있다. 기묘한 움직임이다.

"어깨춤이다."

"좋아서 어깨춤이 절로 난다 할 때의 그 어깨춤?"

"아니, 좀 달라. 빠, 빨리 설거지하자."

뭐가 다르다는 건지 싶었으나 더 묻기도 귀찮아서 이상한 어깨춤

이야기는 그냥 흐지부지되었다.

"자아. 그럼 일단 이사를 하는 거네?"

그릇을 씻는 물 소리 사이로 롯카 이모가 태연한 말투로 물었다.

"실행에 옮기는 것에 리스트의 의미가 있는 거니까 말이야."

그러나 이사라는 건 '일단' 하는 것이 아니다. 적어도 아까 내가 쓴 리스트 가운데서 두 번째로 어려운 항목일 것이다. 귀인가마 다음으로 말이다. 먹고 싶은 것을 먹고 싶은 만큼 먹는다든지, 머리를 자른다든지 하는 것이야 마음만 먹으면 지금 당장이라도 할 수 있다. 마츠리 가마를 구경하는 것도 마찬가지다. 전국 각지를 뒤져보면 틀림없이 지금 이 순간에도 어디선가 사람들이 마츠리 가마를 떠메고 있을 테니까. 하지만 이사는 성질이 다르다. 지금까지 네 식구가(여기에 때때로 롯카 이모까지 합해질 때가 있으니 4.1인 가족이라고 해야 하나?) 살아왔는데, 갑자기 "나 이제 나갈래." 한다는 것이 얼마나 큰 결단성을 필요로 하는 것이겠느냐는 말이다. 멀리서부터 달리고 달려오다가 "으!" 하고 힘껏 발판을 굴러야 비로소 점프라는 것을 하게 되는 법이다. 일찌감치 독립해서 살아온 롯카 이모로서는 상상도 못할 각오일지도 모르지만.

점프를, 나는 두 달쯤 후면 하게 될 줄 알았다. 유즈루의 회사에서 가까운 데 있는 신축 아파트를 임대하기로 계약까지 했던 것이다. 가구도 고르고 어떤 커튼을 달지도 결정해 이사할 일만 남았다. 지금도 생생히 떠올릴 수 있다. 신혼집을 계약하고 돌아온 날 우리집이 이상할 정도로 낡아 보였던 것을. 왜 그런지 진짜로 남의 집 같았다. 욕실

배수관이 좀 꿀렁거린다 싶었을 때도 어차피 곧 이 집을 떠날 거니까 하고 지나쳐 버렸다. 그러고 나서 된통 혼났지만 말이다. 그랬는데 깨진 것이다. 당연히 이사는 취소되었고, 계속 이 집에서 살 수밖에 없게 되었던 것인데, 일단 낯설어진 그 얼굴은 제자리로 돌아오기 쉽지 않았다. 가족의 얼굴이 아니다. 집 자체의 표정이 달라진 것이다. 여긴 이제 너의 집이 아니야! 집이 나한테 이렇게 몰아붙이고 있는 듯한 느낌이 들었다.

"된대, 된대!"

롯카 이모한테서 전화가 온 건 그 다음날이었다.

"뭐가?"

"우리 집주인한테 전화해 봤거든. 그랬더니 바로 옆 아파트에 빈방이 하나 있으니까 언제든지 이사와도 된다는 거야."

"누가 어디로 이사하는데?"

"아스와가 여기로 이사하는 거 아니니?"

"나는……." 하고 말하려다가 입을 다물었다. 순간적으로 눈앞에서 화면이 지지직거리다가 "이제 다시 나오네?" 하고 보니 다른 프로가 방송되고 있는 것 같은, 그런 느낌이었다. "나, 특별히 그쪽으로 이사할 생각을 하고 있었던 거 아닌데요." 하기 전에, 새로운 환경에서 혼자의 삶을 꾸려 나가기 시작하는 내 모습이 떠오른 것이다.

"그럼…… 다음 주말에라도 이사를 해볼까?"

딩동댕도옹! 화면 속에서 벨이 울렸다. 정답입니다! 될 수 있는 한 빨리 이사하는 것이 정답이었던 것이다. 나는 그렇게 나 자신을 구워

삶았다.

전화를 끊고 난 다음부터는 일사천리였다. 엄마한테 말하고, 곧바로 짐을 꾸리기 시작하고, 집주인한테 인사하러 가고, 그리하여 진짜로 이사해 버렸다. 우유부단한 데다가 가끔 사고가 정지되는 경향까지 있는 나로서는 그야말로 경천동지할 스피드였다. 사고가 정지되어 있기 때문에 가능했던 속도였다고도 말할 수 있으리라. 아버지는 파혼 때문에 불편해진 심기가 한층 더 악화되어, 맨드릴 (mandrillus, 긴꼬리원숭이과 맨드릴속에 속하는 동물의 총칭으로 드릴개코원숭이와 맨드릴개코원숭이가 있다.-옮긴이) 같은 얼굴을 하시고는 한마디 말씀도 안 하셨다.

아파트는 이층짜리의 경량 모르타르 구조물로서, 흔히 보는 것처럼 계단이 밖으로 나 있었다. 방은 세 평짜리 한 칸에 조그만 부엌이 딸려 있을 뿐 특별히 내세울 것이 없었지만, 햇볕이 잘 들고 집주인도 친절한 것 같았으며, 역에서 가깝다는 점도 마음에 들었다. 롯카 이모의 아파트하고는 엎드리면 코 닿을 거리였다. 그런데 정작 이모는 이번 주말에 일이 있다면서 이사하는 데 코빼기도 보이지 않았다.

방에서는 새 다다미 냄새가 났다. 나는 한쪽 벽에 기대어 앉아 귀중품이 들어 있는 상자를 열었다. 사례금과 보증금과 다음달치 월세를 내고 나니 은행 잔고가 2백만 엔 밑으로 내려가 있었다. 통장을 바라보며, 늘 하던 대로 절약 모드로 들어가야지 생각하다가 흠칫한다. 이 2백만 엔은 결혼 자금으로 모아 두었던 돈이다. 이제는 필요도 없어졌거니와 무엇보다 기분이 나쁘다. 이참에 과감하게 다 써버리는 게 좋지 않을까? 피로연이나 신혼여행보다 뭔가 좀 더 의미 있는 어떤 것에다가 말이다. 그러나 그런 생각은 딱 거기까지다. 하고 싶은 일이 뭐 하나 떠오르지 않는 것처럼, 돈을 쓸 만한 곳도 전혀 생각나지 않는다.

창으로 비쳐 들던 해가 기울어지며 방안이 어두워지고 있다. 그와 더불어 내 기분도 가라앉고 있다. 부엌 개수대 위에 문 없는 선반이 달려 있고, 거기에 냄비 하나가 달랑 얌전히 놓여 있는 게 보인다. 우리집 창고에 있던 이 꽃무늬 법랑 냄비는 아마도 돈 주고 산 게 아닐 것이다. 필시 어디선가 답례품 같은 것으로 받아왔을 텐데, 신혼부부용으로 보이는 냄비를 바라보고 있자니 참 묘하게 썰렁하다.

선반 뒤로는 바깥 복도와 면한 창문이 있다. 그 창문에는 젖빛 유리가 끼워져 있는데, 이미 거기까지 칙칙한 땅거미가 지고 있는 중이다. 지금, 나는 실감한다. 내가 생각했던 것과 다른, 아니 그게 아니라 생각조차 하지 못했던 그런 장소에 나 홀로 와 버리고 말았다는 것을. 그 모두로부터, 그리고 그 모든 곳에서 너무 멀리 떠나와 현기증이 일 것만 같다.

허기가 느껴졌다. 한기도 느껴졌다. 틀림없이 아까부터 그랬을 것이다. 빨리 정신 차려! 아니면 영원히 정신을 차리지 말든지! 어두워진 다음에 정신을 차리니까 이렇게 비참하잖아! 통장을 움켜쥐고 무릎을 감싼 채로 한쪽 벽에 기대어 있던 나는 천천히 일어나서 허리를 폈다.

"자, 그럼 움직여 볼까?"

내 말소리가 허무하게 울린다. 괜히 더 썰렁하다. 혼자 살기 시작하면 혼잣말이 는다더니 혹시 지금 이게 그 첫걸음? 이렇게 해서 나도 궁시렁궁시렁 혼잣말하는 여인이 되어 가는 거야?

부정적인 생각을 하게 되는 건 배가 고프다는 증거다. 뭔가를 먹자. 그런데 그러고 보니 나중에 장을 봐야겠다는 생각만 했을 뿐, 아직 먹을 게 아무것도 없다는 데에 생각이 미친다. 그러자마자 온몸에서 힘이 쑤욱 빠져나가는 것 같다. 에잇, 좋다! 이사 기념이다. 통크게 뭔가 맛있는 거 먹으러 가자! 문득 그런 생각을 하고 나니 나 자신이 기특해서 머리라도 쓰다듬어 주고 싶어진다. 괜찮아! 괜찮아! 나는 열심히 나 자신을 격려한다. 그건 그런데 말이야. 누구랑, 어디서, 무엇을 먹지? 그런 생각을 하는 순간 조그만 촛불처럼 흔들리던 희망이 훅 꺼진다. 나는 희미한 어둠 속에 뎅그러니 서 있었다.

갑자기 전화해서 불러낼 수 있는 상대가 한 사람도 떠오르지 않았다. 당연하다면 당연하달 수도 있다. 요 최근까지도 언제나 유즈루와 함께였으니까. 갑자기 혼자가 되어 사방을 둘러보니, 이미 친구도 사라지고 없고 시간 사용법도 잊어버린 다음이었다.

교는 일하고 있을 시간이다. 미용사라서 일요일 저녁에는 전화하는 것조차 신경이 쓰인다. 이쿠는 약속도 하지 않은 채 일요일에 밥 먹자고 부를 정도의 사이는 아니다. 그리고, 그리고 또 누가 있나……. 생각해 내려고 애쓰는 가운데 절대 하면 안 되는 생각이 떠올라 버릴 것 같았다. 나는 고개를 흔들면서 생각을 몰아낸다. 그리고 그 순간을 무사히 넘긴다.

그랬는데 방 안의 불을 켜려다가 그만 두 손 들고 말았다. 내가 불을 켜지 않으면 계속 어둡겠구나 하는 생각이 든 것이다. 그러니까, 나 혼자였다는 말이다. 그런 생각을 하지 않으려 애를 썼건만, 무리였다. 절절하게, 나는 혼자였던 것이다.

밖은 상당히 어두워져 있었다. 안 되겠어. 나, 생각보다 너무 약한 인간인가 봐. 벌써 의지가 꺾일 것 같았다. 뭐 잊어버리고 온 것이 있는 척하고 집으로 돌아가 버릴까? 그리고 그 참에 저녁까지 먹겠다고 할까?

그때였다. "콩콩." 하고 문 두드리는 소리가 나더니 익숙한 목소리가 들려왔다.

"아스와아! 있니이?"

롯카 이모다! 나는 달려가서 문을 열었다.

"일이 있다고 하지 않았어?"

내가 묻자 "끝났어." 한마디 딱 하고 끝이다.

"저녁 아직 안 먹었지? 나카무라 빵집에서 스펀지케이크 자르고 난 부스러기 사왔다."

"스펀지케이크…… 자르고 난 부스러기만?"

"어? 아스와, 이거 좋아하지 않았니?"

좋아는 하지만, 저녁 식사로 스펀지케이크 부스러기는 좀 그렇지 않나?

"우연히 지나가는데 팔더라고. 운이 좋았지. 그 빵집은 이 부스러기 나오는 시간을 짐작할 수 없다는 게 또 매력 아니겠니?"

"근데, 이모. 나, 이사 기념으로 뭔가 맛있는 거 먹으러 가려고 하는데, 같이 안 갈래?"

"와아. 아스와가 한턱 내는 거야?"

쌍수를 들고 환영하는 눈치다. 안 그래도 탱탱한 뺨이 아기 볼처럼 홍조를 띤다. 조카한테 한턱 얻어먹는다니 기분이 묘하네 어쩌고 하면서도 이모는 기분이 좋은 듯 앞장서서 걸어갔다. 어디로 갈 건지 맡겨 달라는 말에 약간 걱정을 하면서 뒤따라가니 상가 끄트머리에 있는 백반정식집 앞에서 멈춰 선다. 이모의 단골집이라는데, 식당 분위기는 생각보다 괜찮았다.

미닫이문을 드르륵 열고 들어서면서 롯카 이모는 나를 소개했다.

"얘는 제 조카인 아스와예요. 이제 막 요 근처로 이사를 와서 친구도 없거든요. 잘 부탁합니다."

친구가 없다는 걱정까지는 안 해줘도 되거든요.

카운터에 놓여 있는 큰 반찬 그릇들을 보며, 요거하고 요거하고 요거를 달라고 이모가 반찬을 골랐다. 그렇게 고른 것을 적당히 담아서 밥, 된장국, 채소절임과 함께 내오는 게 백반정식이란다.

"아스와란 이름은 잘 못 들어본 이름이네. 롯카란 이름도 그렇지만."

카운터 안쪽에서 클린트 이스트우드 닮은 아저씨가 살짝 얼굴을 내밀었다.

"한자로 어떻게 쓰나?"

"내일의 날개(明日羽)라고 써요."

내일이면 날아 오르라는 의미에서 그런 이름을 붙였다고 한다. 이 왕이면 오늘 날아 오르라고 지어주지. 내일이면, 내일이면 하면서 꿈꾸다가 결국 날아보지도 못하고 끝날 것 같은 불길한 예감이 든다.

"오오. 좋은 이름이네. 그런데 롯카 씨 이름의 여섯 송이 꽃은 무슨 뜻인가?"

아저씨가 묻자 롯카 이모는 고개를 갸우뚱했다.

"글쎄요. 뜻은 모르겠네."

나는 이야기를 계속하고 싶지 않아서 입 다물고 백반정식이 나오기를 기다렸다. 날아 오르는 거야 내일보다 오늘이 좋지. 하지만 사실은 의미 같은 거 없는 게 더 좋아. 의미 없는 이름. 거기엔 애정이 깃들어 있다. 날아 오를 필요도 없어. 예를 들면 엄마랑 아버지 이름에서 한 글자씩 가져다 붙였을 뿐인 오빠 이름 야스히코(安彦)처럼 말이야. 간단하고 아무 의미가 없는 그런 이름, 바로 그런 이름에 부모의 마음이 흘러 넘치고 있는 거야. 이름은 그냥 있으면 돼. 있기만 하면 되는 거라고. 롯카라는 이름도 아마 그럴걸? 소리의 울림이나 글자의 모양 또는 어디서나 흔히 볼 수 있는 것 중에서 그냥 하나 척 골라서 지은 이름. 그런 게 가장 좋은 거야.

"이 집은 있잖아. 흰밥이 굉장히 맛있어."

롯카 이모가 목소리를 낮추어서 그렇게 말하는 것을, 귀도 밝지, 마침 뒤에서 쟁반을 들고 오던 아저씨가 들은 모양이다.

"반찬도 칭찬해 줘, 롯카 씨. 매일매일 정성 들여 반찬을 만들고 있다고. 그 톳조림에 들어간 꼬투리완두콩 말이야. 우선 그걸 먹어 봐봐. 그 사각사각 씹히는 느낌과 달콤한 맛 있지. 그 부분을 특히 신경써서 삶아야 되는 거거든, 그게. 그런 부분을 콕 찍어서 좀 알아주면 좋겠는데 말씀이야."

롯카 이모는 더욱 목소리를 낮춰 속삭였다.

"아저씨가 칭찬해 달란 소리만 강요하지 않으면 더 좋을 텐데 말이야."

그때 휴대전화가 울렸다. 내 것은 아니다. 롯카 이모가 휴대전화를 갖고 있을 리는 없다. 없다고 말하는 걸 들은 기억이 있기 때문이다. 그런데 내 앞에서 이모가 가방을 열더니 휴대전화를 꺼낸다.

"롯카 이모, 휴대전화 있었어?"

"응. 어쩔 수 없는 경우 외엔 안 가르쳐 주고 있지. 일일이 붙잡혀 다니는 거 귀찮아서."

이모는 미안해 하는 기색도 없이 그렇게 말하더니 휴대전화를 귀에 가져갔다. 그리고 딱 한두 마디 하더니 전화를 끊고 이쪽을 본다.

"미안, 아스와. 애가 나온단다."

그러더니 자리에서 쓱 일어난다. "어? 잠깐만." 하면서 엉거주춤하는 사이에 이모는 황급히 밖으로 나가 버렸다. 애가 나온다니, 그 출산 준비물 준비해 주었던 친구의? 아직 아기가 태어난 것도 아닌데, 이사 축하를 하기도 전에 의지할 데 없는 이 조카를 두고 달아난단 말이야?

나는 씩씩거리면서 혼자 백반정식을 먹었다. 맛이 있는지 없는지 모를 줄 알았는데 너무나 맛있어서 마치 구원받은 느낌이 들었다.

"계산은 다 됐수."

아저씨가 말했다.

"그리고 혹시 남으면 싸 주라고 롯카 씨가 말하고 갔는데."

눈치 보지 말고 남겨도 된다우. 아마도 이렇게 말해 주고 싶었던 것이리라. 밥은 아무래도 무리였지만, 반찬은 롯카 이모가 손 안 댄 것까지 거의 다 먹어치운 다음이었다.

밤길을 걸어서 나 혼자인 방으로 돌아와 불을 켰다. 창백한 형광등 불빛에 다시 기분이 가라앉을까봐 미리 고개를 저었다. 자, 자! 파이팅! 파이팅! 이대로는 안 되겠다. 이렇게 금방 의기소침해지고 좌절해 버릴 것 같아서야 어디 되겠어? 근데 어디 있었더라, 그 종이가?

그건 부엌 선반 위, 잡다한 서류 같은 것들 사이에 끼워져 있었다. 드리프터스 리스트. 물에 빠진 사람이 지푸라기라도 잡는 심정으로 의지하는 거라는 리스트. 지금의 나로서는 내 손으로 쓴 이 리스트밖에는 의지할 것이 없다. 먹고 싶은 것을 먹고 싶은 만큼 먹는다. 머리를 자른다. 이사. 가마. 귀인가마. 나는 연필을 꺼내서 이사라는 글자 위에 선을 그었다. 찍익하고 지우자 뜻밖에도 기분이 좋았다. 좋아, 다음은 이거야. 나는 휴대전화를 들고 교의 번호를 눌렀다.

"지금 가도 되니?"

이사했다는 이야기를 하고 싶다. 그러나 무엇보다 지금은 교에게 부탁하고 싶은 게 있다.

"지금 와 봐야 가게 문 닫은 다음일걸?"

교가 일하는 곳은 도심의 번화가에 있다. 지금 출발하면 시간이 꽤 걸릴 것이다.

"커트 실습 말이야. 가게 문 닫은 다음에 하지? 혹시 요즘에도 커트 모델 구해?"

"구하긴 하지만."

그러면서 교는 목소리를 낮추었다.

"제멋대로 이상하게 잘라 놔서 싫다고, 너 그렇게 말했었잖아. 이제 여름이 돌아오니까 굉장히 짧게 자를지도 몰라."

"바라는 바야."

씩씩하게 전화를 끊고, 가장 멋지게 보이는 옷을 골라 입고는 구두를 신었다. 어떤 머리 모양을 만들어 놓든 상관없다. 아무튼 머리를 자르자. 좌절하지 않고 꿋꿋하게 서 있으려면 지금 이 리스트를 길잡이로 삼는 수밖에 없어. 하고 싶은 것을 하자. 일단 신었던 구두를 벗고 방으로 돌아와 리스트의 맨 밑에다가 이렇게 추가했다. '하고 싶은 것을 한다.'라고.

03 냄비를 사다

어? 머리 잘랐네?

다른 때 같았으면 그런 말을 들었을 월요일 아침. 회사에 나왔는데 아무도 아무 말도 하지 않는다. 머리 모양이 너무 변해서 나라는 걸 못 알아본 건지, 알아보고도 그러는 건지, 아무튼 동료들은 내 짧은 머리에서 시선을 피했다. 사무실을 가로질러 내 자리로 가는데, 평소와 달리 어딘가 모르게 분위기가 팽팽하게 당겨져 있다는 느낌이 들었다. 짐작이 갔다. 아하, 그러니까 이미 알고 있다는 거지? 다들, 내 머리 모양이 변해서, 그것도 너무 짧게 변해서 말을 안 걸고 있는 게 아닌 것이다. 머리를 이렇게까지 짧게 잘라버린 이유를 제멋대로 상상한 나머지 아예 말을 못 붙이고 있는 것이다. 내 결혼이 없었던 일이 되어 버렸다는 사실을 알았기 때문이다.

"좋은 아침입니다아!"

나는 주변사람들에게 일부러 명랑하게 인사를 하고 자리에 앉았다. 요즘 세상에, 실연했다고 해서 일일이 머리를 잘라 그걸 보여주는, 그렇게 속이 훤히 들여다보이는 여자는 없다. 나는 다만 예뻐지려고 머리를 자른 것뿐이야. 나는 나 자신에게 그렇게 일렀다.

누구한테서 그런 말이 나왔는지는 생각하지 않기로 했다. 이쿠가 말했을 리도 없고, 양식 있는 태도로 날 위로해 주었던 야마부키 선배가 그랬다고 생각하고 싶지도 않다. 내가 직접 이야기한 두 사람한테서가 아니더라도, 소문이란 어디서부턴가 쉽게 퍼져 나가게 되어 있는 법이다.

"우와아, 아스와. 팍 저질렀구나!"

부서를 나누는 파티션 저쪽에서 이쿠가 얼굴을 내밀고, 보이는 그대로 깜짝 놀란 목소리로 한마디 던진다.

"생각보다 어울리는 것도…… 같고."

말꼬리가 좀 흐려지긴 했어도, 고마워. 이쿠 씨.

책상 위의 바인더를 펼치고 오늘의 일정을 확인한다. 월요일. 오전에 미팅이 한 건. 살짝 얼굴을 들고 주변 분위기를 살펴본다. 평소와 다름없는 초여름의 월요일 아침이다. 평소와 좀 다른 것은 동료들이 이미 다들 '알고 있다는 것'뿐이다. 그건 그렇다 치더라도, 어쩔 수 없이 나는 머리를 자른 것조차 마음 편히 화제에 올릴 수 없는 가련한 존재가 되어 버린 모양이다. 어지러움이 살짝 밀려와 눈을 감는다. 그러고 몇 초 사이에 나는 마음을 다잡았다. 그래, 이왕 이렇게 된 거, 이 짧은 머리로 당당하게 앞을 바라볼 거야!

앞을 바라보자. 이렇게 생각할 수 있었던 것은 바로 어제였다. 교가 기다리는 미용실로 가는 전철 안에서 나는 똑바로 얼굴을 들고 있었다. 얼핏 어두운 창에 비친 내 얼굴을 보았을 때, 내가 지금 똑바로 얼굴을 들고 있구나 하는 사실을 문득 깨달은 것이다. 그런 식의 깨달음은 처음이었다. 지금까지 살아오면서 내가 얼굴을 똑바로 들고 있는지 어떤지는 의식조차 해본 적이 없었다. 좋았을 때건 나빴을 때건 말이다. 지금까지는 그냥 그렇게 잘 넘겨왔다. 그러나 어제처럼 내가 얼굴을 똑바로 들고 있다는 자각이 필요할 때도 있다. 얼굴을 들고 똑바로 앞을 바라보자. 그렇게만 생각해도 기분이 고무될 수 있다. 지금 머리를 자르러 가고 있다는 일종의 기분 좋은 설렘도 살짝 힘을 보태 주었는지 모른다. 하고 싶은 것을 한다. 그렇게 리스트에 써넣은 순간부터 계속되고 있었던 것 같은 이 설렘. 이 느낌이 설사 일시적인 것이어서 곧 사라진다 해도, 고개를 숙이지는 말자. 앞을 바라보자. 이런 마음을 먹었던 것이다.

이미 여러 번 와본 적이 있으나 올 때마다 문턱이 높다고 느껴지는 그 미용실은 이미 문을 닫은 후였다. 교는 커트 준비를 해놓고 나를 맞아 주었다. 커트 모델은 신참 미용사를 위한 실습용으로 구하는 건데, 어찌된 일인지 이번에는 교가 잘라준다고 했다.

어떤 식으로 자르고 싶으냐고 묻기에, 어떤 식으로 잘라주든 다 좋다고 대답했다.

"으응, 뭐라고? 지금 뭐라고 했어?"

가볍게 무릎을 구부린 교가 거울 속에서 나한테 묻는다. 케이프를 두르고 앉은 나는 잠자코 고개를 가로저었다. 못 들어서 다행이다. 사실은 "예쁘게." 라고 입속으로 읊조렸던 것이다.

리드미컬하게 움직이기 시작하는 가위를, 늘 샴푸해 주는 여자아이가 잡아먹을 듯이 바라보고 있는 모습이 거울 속으로 보였다. 원래대로라면 나는 저 여자아이의 실습 대상이 되었으리라.

그러나 숨이 멎을 만큼 바짝 긴장이 되어 뭐라고 말할 틈도 없었다. 도대체 스님 머리를 만들려고 그러는 건가 의심스러울 정도로 교의 가위질이 가차없이 이어지고 있었던 것이다. 용기를 내서 한마디 하기도 전에 커트가 끝났다. 머리카락은 두상을 따라서 한 꺼풀 덮을 정도로밖에 남아 있지 않았다. 케이프 위와 미용실 바닥에 머리카락이 뭉텅뭉텅 떨어져 있다. 바로 좀 전까지도 내 몸의 일부였던 머리카락이다. 후련한 기분은 눈곱만큼도 들지 않았다. 지금이라도 전부 주워 담아 집으로 가져가고 싶은 심정이었다.

"자, 완료! 아스와는 두상이 예쁘니까 그걸 살리는 스타일이 어울려."

거울 속에서 교가 씽긋 웃는다.

"어때?"

"글쎄……, 완전히 무장해제 상태네."

나는 발밑에 흩어져 있는 머리카락 뭉텅이를 보며, 이걸 주워서 가발을 만들어 달랠 수는 없는 거겠지 하는 생각을 한다.

"돌이킬 수 없는 짓을 저질러버린 기분이야."

"아이고, 아스와. 또 그렇게 금세 비관적이 된다. 머리카락 같은 건 금방 또 자라잖아. 그리고 나름대로 잘 어울린다니까. 그치이?"

교가 거울 저쪽을 바라보며 동의를 구하자, 샴푸해 주는 여자아이가 황급히 고개를 끄덕이는 게 보인다. 잘 어울린다는 의견에 고개를 끄덕이는 건지, 머리카락은 금방 자란다는 말에 고개를 끄덕이는 건지, 거기까지는 알 수 없다.

하지만 다시 샴푸를 하고 드라이를 하는 동안, 시들었던 잎사귀가 물기를 빨아들여 생생하게 되살아나듯, 파르스름했던 얼굴색이 발그스름한 쪽으로 돌아와 있었다.

민들레 솜털 같다. 이렇게 형용하면 귀여운 느낌이 들지도 모르겠지만, 살랑살랑 또는 복실복실한 짧은 머리카락은 어딘가 모르게 병아리 머리를 연상시킨다. 내가 봐도 지금까지의 나와는 영판 다른 사람 같다. 그런 점에서는 조금 기쁘다. 영판 다른 사람이 된 나. 이제부터의 나는 새로운 나다. 앞을 바라보자.

요리 같은 건 누구든지 할 수 있는 거라 여기고 있었다. 생각해 보라. 이 세상의, 틀림없이 1백만 명쯤은 거뜬히 넘는 엄마들이 매일 하고 있는 것이 요리 아닌가? 그러나 결혼을 코앞에 두고서 자, 그럼 해 볼까 하고 소매를 걷어붙인 순간, 나는 거기서 한 발짝도 나아가지 못했다. 근거도 없이 할 수 있다고 믿고 있다가 막상 실제로 부딪쳤을 때 완패당한 과거의 기억들, 그 악몽 같은 사건들이 한꺼번에 되살아났다.

예를 들면 수영이 그랬다. 초등학교 때 바다에 가서 고무 튜브 타고 몇 번 논 게 전부였으면서, 나는 내멋대로 수영을 할 줄 안다고 믿고 있었다. 수영을 못한다는 건, 학교 수영장에 뛰어들고 나서야 알았다. 선생님한테 구조되어 수영장 옆에서 물을 토하고 한참을 널브러져 있었을 때, 남자아이들이 놀려대는 소리가 멀리서 들리고 하늘이 이상하리만큼 파랗게 보였던 것이 기억난다.

그리고, 맞아. 친구도 그렇다. 이것도 초등학교 1학년인가 2학년 때쯤의 일일 것이다. 어찌어찌 친하게 지내는 친구가 몇 명 있었다. 쉬는 시간에는 교실 뒤에서 고무줄놀이도 하고, 함께 우르르 몰려 화장실에도 가고 그랬다. 그런데 소풍을 갔을 때, 네 명씩 짝을 지으라는 말을 듣고 주변을 둘러보니 나만 혼자 밀려나 있었던 것이다. 친구들이 나를 싫어했던 것은 아니라고 생각한다. 다만, 네 명 안에 들어가기에는 친한 정도가 조금 부족했던 모양이다.

그런 것들의 거리와 정도를 적당히 가늠하는 것이 나한테는 어려웠다. 확인도 안 해보고 ○라고 믿고 있었으나 실제로는 ×였던, 그런 적이 많았다. 그런 건 확인해 보면 되지 싶은 일들을 막상 부딪칠 때까지 까맣게 잊어버리고 있는 것, 그것이 내 최대의 약점일 것이다. 어쩌면 요리도 그럴지 모른다. 혹시나 전혀 할 줄 모른다는 사실과 맞닥뜨리게 되는 건 아닐까?

"맛있는 것을 만들고 싶으면 우선은 재료가 좋아야 해. 그 다음은 냄비고. 그리고 그 다음은 만드는 사람의 솜씨와 애정이지."

전화로 물어봤을 때 교는 딱 잘라서 그렇게 말했다.

"요컨대 좋은 재료가 있어야 한다는 거네. 좋은 재료만 있으면 나도 할 수 있다는 말이지?"

희망에 부풀어 눈을 반짝이는 나를 보고 교는 어쩌면 웃었을지도 모르겠다.

"당연하지. 요리 같은 건 누구나 할 수 있어."

그러나 아니었다. 악몽은 지금도 현실이었다. 집에서 밥하고, 된장국 끓이고, 고기와 채소를 넣은 볶음요리 하나를 만들었는데, 겨우 그거 만드는 데에 1시간 반이나 걸리는 바람에 엄마를 기함하게 했던 것이다.

교가 제안했다.

"그럼 냄비를 사러 가자."

"맛있는 요리의 80%를 차지하는 게 재료라고 하지 않았어?"

"그랬지."

"그런데 왜 10%밖에 안 되는 냄비를 사러 가자는 거야?"

교는 길고 가느다란 눈으로 우아하게 나를 쳐다봤다.

"그거 말고는 할 수 있는 게 없으니까 그렇지."

"그러네."

나는 크게 고개를 끄덕였다. 솜씨는 없다. 좋은 재료를 항상 확보한다는 것도 지난한 과제다. 그렇다면 냄비다, 냄비. 나는 그것을 내 두뇌의 '결혼령'에다 잘 새겨 놓았다. 그때 내 머릿속은 거의 전부가 결혼령이었다.

정말 바로 얼마 전의 일인데, 어쩌면 그렇게 결혼만을 바라보고 똑바로 돌진할 수 있었는지 신기할 따름이다. 마침 동창들의 결혼이 줄 줄이 이어지고 있었고, 나 스스로 평생 벌어먹을 자신이 없었으며, 친절하고 다정한 유즈루가 옆에 있으니 이 사람한테 기대면 좋겠다 싶었을 것이다. 그러니까 내 인생을 나 스스로 책임지겠다는 기개가 없었다는 말이다. 기개 같은 건 물론 지금도 없고, 어느 날 갑자기 생길 거라고 생각하지도 않는다.

결국 나한테는 아무것도 없다는 얘기다. 특기가 있는 것도 아니고 무슨 자격, 취미, 외모, 재산, 도무지 이거다 싶은 게 하나도 없는데다가, 이젠 결혼까지 물거품이 되어 버렸다. 텅 비어 버린 머릿속에서 결혼 제국의 망령 같은 말 한마디가 두둥실 솟아올라 나를 유혹한다. 냄비, 냄비, 냄비를 사러 가야지……. 이젠 요리 같은 거 아무 상관도 없건만. 냄비를 산다고 행복이 다시 돌아오는 것도 아니건만……. 망령은 무시할 수 있을 것 같다. 그 대신 이제는 수중의 2백만 엔을 다 써버리고 싶다는 야망이 생겨났다.

주말에 휴가를 내기 어려운 교의 형편에 맞춰 화요일 퇴근 시간 정각에 회사를 나왔다. 소원이었던 냄비를 사러 가기로 한 것이다. 이것만 있으면 된다 싶었던 냄비. 뚜껑을 열면 그 안에서는 언제나 맛있는 요리가 뽀얀 김을 내뿜고 있고, 그 뽀얀 김 사이로는 다정한 미소를 띤 누군가가 냄비를 들여다보며 탄성을 지르는……. 그러다 그 사이에 아무도 없다는 사실을 깨닫는 데서 망상은 끝난다. 언제나 똑같다. 그리고 언제나 똑같은 의문이 떠오른다. 나 자신을 위하자고 과연 이렇게 좋은 냄비를 살 필요가 있는 것일까?

에스컬레이터를 타고 올라간 곳에 교가 기다리고 있다. 멀리 떨어진 곳에서 보니 교는 참으로 예쁘다. 늘씬한 몸에 리넨 원피스가 굉장히 잘 어울리는 교. 나를 발견하고는 살짝 오른손을 드는데, 그 움직임에서 바람이 산들 불어오는 느낌마저 든다.

"아직도 무거운 얼굴 표정을 하고 있네?"

그렇게 웃는 교의 허스키한 목소리와 키, 그리고 어딘가 묘한 어색함 같은 것이 사람의 마음에 파문을 일으키는 모양이다. 스쳐 지나간 다음에 "어라?" 하는 얼굴로 뒤돌아보는 사람이 적지 않다. "남자냐?" 하고 들으라는 듯이 중얼거리는 사람도 있다. 신기해하는, 또는 호기심 어린 사람들의 시선에 노출되는 것에 교는 이미 익숙해져 있는 것 같다. 그 때문일까? 교와 함께 있으면 강해져야 한다는 생각에 두 주먹을 불끈 쥐고 있는 나를 발견할 때가 있다. 뭐든지 잘하는 교한테는 유치원 때부터 줄곧 압도당해 온 데다가 어려울 때마다 도움만 받아온 주제에 말이다. 무슨 일이 생기면 그때는 내가 교를 지켜줄 것이다 하는, 그런 의지만은 분명히 갖고 있었다. 그 무슨 일이 언제 생길지는 아직 잘 모르겠지만.

"괜찮은 냄비가 많으니까 일단 한 바퀴 돌면서 살펴봐."

영락없이 교는 선생님이다. 추천할 만한 조리 도구만을 취급하는 전문점에 선생님을 따라온 이 학생은, 얌전히 고개를 끄덕이고 나서 진열대 사이를 돌아보기 시작한다.

그리고 놀란다. 비싸다! 아무렇지도 않게 1만 엔을 훌쩍 넘긴다. 2

만 엔, 3만 엔 하는 냄비도 있다. 우리 엄마가 쓰는 냄비도 이 정도 하는 거였던가? 요리라는 게 이렇게 돈이 많이 드는 거란 말인가?

가격표만 보면서 조그만 소리로 "아아!" 또는 "우와!"를 연발하는 사이에 한 바퀴 다 돌고 교가 있는 쪽으로 되돌아왔다.

"비타크래프트가 좋긴 굉장히 좋은데."

교가 무거워 보이는 스테인리스 다중 냄비를 들어 보인다.

"좀 무겁기도 하고, 사용할 때 요령이 좀 필요해. 아스와한테는 무리일 거야."

"무슨 그런 실례의 말씀을!"

그러면서 교한테 가려는데, 눈 옆으로 뭔가 굉장히 좋은 걸 본 것 같은 느낌이 들었다.

"르크루제(Le Creuset)다."

"아아." 하면서 교도 비타크래프트를 내려놓고 이쪽으로 다가왔다.

"이것도 꽤 무거워. 깨질 염려도 있고. 센 불에는 절대 금지야. 지킬 수 있겠어?"

순간적으로 르크루제 냄비로 찜요리 같은 것을 만들고 있는 내 모습이 눈앞에 떠올랐다. 그것은 석양이 비쳐드는 낡은 아파트 한 귀퉁이의 부엌, 2구짜리 가스레인지 앞에 서 있는 내가 아니다. 그보다 훨씬 멋지고 세련된 나다.

"노란색이 좋을까? 초록색도 예쁜데, 그치?"

벌써 색깔을 고르기 시작한 나를 교는 잠자코 한참을 바라보았다. 그러고는 자리를 뜨더니 한참 후에 다시 돌아와 아직도 결정하지 못하고 있는 나를 보고는 질렸다는 듯이 한마디 했다.

"좀 적당히 골라주라. 결정하지 못하겠다는 건 그렇게 갖고 싶은 게 아니라는 뜻 아니니?"

"아냐, 아냐. 전부 예뻐서 못 고르는 거야. 교, 네가 좀 결정해 줘."

"그럼, 초록색으로 해."

"하지만 이 파란색도 좋지 않아? 빨간색은 귀엽고 말이지."

"그럴 바에는 그냥 네가 골라. 난 위층에서 차 마시고 있을 테니까."

교는 뜻밖에도 성격이 급한 데가 있다.

"잠깐만 기다려줘. 색깔이랑 모양이랑 크기가 다양해서 그렇게 쉽게 결정을 못하겠단 말이야. 아, 그러면 둘 다 사면 되겠다. 노란색과 초록색. 내친김에 파란색과 빨간색도 사 버릴까?"

"될 대로 되라군."

"될 대로 되라는 게 아니야. 냄비가 진짜 예뻐서 정말 다 갖고 싶은 거라고."

교가 한숨을 쉰다. 그러고는 긴 손가락으로 머리카락을 쓸어 넘긴다. 그렇게만 해도 멋진 폼이 나오니 아름답게 태어난 사람은 진짜 유리해, 그런 생각을 하고 있는데 교가 딱 자른다.

"오늘은 하나만 사."

"싫어. 이왕 봤으니 네 가지 색 다 사고 싶어. 돈은 있거든. 다 써버리고 싶다고."

"돈을 어떻게 쓰든지 그건 네 마음대로지만, 누가 르크루제 네 개를 다 들고 가냐고! 난 절대로 안 들어줄 거거든?"

그 말을 듣고 찔끔해서 노란색으로 결정하고 말았다. 갈피를 못 잡고 헤매면서, 자꾸만 뭐가 뒤에서 잡아당기는 걸 느끼면서, 그리고 초록색과 파란색이 부르는 소리에 귀를 막으면서 말이다.

냄비에 대해서 뭔가 더 설명을 해주지 않을까 생각했는데, 집으로 돌아오는 길에 교는 별로 말이 없었다. 다만, 내가 노란색을 골라서 마음이 좀 놓였다는 식의 이야기를 슬쩍 흘린다.

"노란색이 좋으면 처음부터 노란색을 고르라고 말해 주면 좋았잖아."

내가 투덜거리자 교가 웃었다.

"너 자신이 고르는 것에 의미가 있는 거잖아. 노란색을 선택했다는 것은 무의식적으로 희망을 불러들이려 하고 있는 거라고 생각해."

"어머, 그래?" 하고 맞장구는 쳤지만 그 말이 맞는다고 생각한 건 아니다. 희망을 불러들이려 하다니, 내가 정말로 그런 생각을 하고 있을까? 그렇게 긍정적인 마음을 먹는다는 게 아직은 먼 얘기 같다.

전철에 올라 손잡이 있는 곳에 가서 섰다. 짐이 무겁다. 교는 들어 주려는 시늉조차 하지 않는다.

"아스와는 지금 머리가 좀 딱딱해져 있어."

"어? 그런가?"

"지난번에 머리 자르면서 느꼈어. 만져 보면 알아. 진짜로 딱딱하거든."

머리가 굳어 있다는 비유가 아니라 두피가 딱딱해져 있다는 말인가?

"그게 있지. 머리가 딱딱할 때는 생각도 딱딱하게 굳어 있기 때문에 새로운 것을 집어넣기가 어려워. 아까도 냄비 고르는 게 좀처럼 쉽지가 않았잖아? 말랑말랑할 때는 척 고를 수 있는 것이 딱딱할 때는 잘 안 돼."

"그럼 어떻게 하면 되지?"

전철의 속도가 느려졌다. 흔들리는 전철 안에서 옆에 서 있는 교의 얼굴을 올려다보자 교도 나를 내려다보았다. 의외다 싶을 정도로 눈빛이 다정하다.

"그냥 자연스럽게 있으면 돼. 노란색을 제대로 잘 골랐으니까. 머지않아 머리가 말랑말랑해지고, 몸도 마음도 말랑말랑해질 거야. 그때까지 그냥 하나씩 하나씩 천천히 해나가면 된다고 봐. 서두를 것 없어. 너는 너니까."

냄비가 들어 있는 무거운 쇼핑백을 오른손에서 왼손으로 옮겨 들었다. 전철이 멈췄다. "그럼 간다." 하고 교가 말하고, "고마워." 하고 내가 답한다. 문이 열린다. 홈에 내린 교의 모습이 붐비는 인파에 순식간에 휩쓸려 보이지 않는다.

* * *

바깥 복도에 면한 창문에 사람 그림자가 스쳐 지나갔다고 느낀 순간 발소리가 문 앞에 와서 멈췄다.

"아스와아! 있니이?"

문 밖에서 소리가 들린다. 지난번에도 이랬다. 이건 있는지 없는지

주변이 죄다 알겠다. 방범 관계상 안 좋으니까 그러지 말라고 했는데
도 롯카 이모는 태평스레 이런다.

"있는 거 알고 있을 때만 부르는 거야."

나가서 문을 연다.

"거 봐. 역시 있었잖아."

그러면서 기분이 좋아 보이는 얼굴로 종이봉투를 내민다.

"맛있는 감씨과자(감의 씨앗 모양으로 만든 과자로 땅콩 등과 함께 들어 있
다.-옮긴이)가 생겨서 왔습니다요."

들여다보니 무라타야 제과의 감씨과자다. 이 감씨과자를 엄마와
오빠는 봉지 바닥에 몰려 있는 땅콩만 골라서 먹는다. "이런 땅콩만
먹는 사이비 같으니라고!" 하면서 분연히 떨치고 일어난 게 바로 우
리였다. 그후 이모와 나는 최고의 감씨과자를 찾아다녔는데, 이모가
발견한 게 이 무라타야 제과의 감씨과자였던 것이다. 무라타야 감씨
과자는 적당히 딱딱하고, 적당히 매콤하며, 땅콩 같은 건 애초부터
들어 있지도 않다.

"찻물 올려놓을게."

막 씻어서 엎어 놓았던 찻주전자를 꺼냈다. 이것도 오늘 사온 것이
다. 찻주전자와 찻잔, 르크루제의 노란색 코코트 냄비를 다 씻어 놓
고 난 참에 롯카 이모가 나타난 것이다.

주전자에 물을 받아 가스레인지에 올려놓는다. 이모는 좌탁 옆에
다리를 한쪽으로 가지런히 모으고 앉아 주변을 두리번거린다. 잡지
최신호라도 찾고 있는 것이겠지.

"머리를 자른다. 이렇게 써 놨었거든."

호지차(녹차의 한 종류인 반차를 볶은 것-옮긴이)를 만들면서 운을 떼어 봤다. 이모는 벌써 벽에 기대 앉아 감씨과자를 빠사삭거리며 먹고 있다.

"응? 미안. 무슨 얘기?"

자기 맘대로 가져다 읽던 만화책에서 눈을 떼며 롯카 이모는 입가에 남아 있는 웃음기를 서둘러 수습한다.

"리스트 얘기. 리스트에 쓴 대로 머리를 자르고 났더니 정말로 왠지 좀 힘이 나는 것 같더라고. 고마워, 이모."

"그게 무슨 리스트 때문이겠어?"

거 봐. 리스트 덕분이지. 나는 이모가 이렇게 공치사를 할 줄 알았다. 물론 리스트를 발판삼아 긍정적으로 생각하고 노력한 건 나다. 하지만 그렇게 단박 칭찬하는 소리를 들으니 그것도 좀 쑥스럽다.

"진심으로 교한테 감사해라."

"왜 교한테?"

내가 되묻자 롯카 이모는 좌탁 위에 놓인 찻잔 쪽으로 손을 뻗으면서 새삼스럽게 내 머리를 눈여겨본다.

"그 머리, 누가 잘라줬어?"

"교가. 왜?"

"흐응." 하고 이모가 코맹맹이 소리를 냈다.

"틀림없이 그럴 줄 알았다. 그런 머리를 하고서 아무렇지도 않게 다닐 수 있다는 건, 아스와가 적잖이 신뢰하고 있는 사람한테 칭찬을 들었거나, 그렇게 머리를 해준 사람을 신뢰하고 있다거나 둘 중 하나지."

"아니, 잠깐만. 이 머리가 그렇게 이상해?"

"근데 우선 칭찬해 줄 사람은 없을 거고. 그렇다면 역시 잘라준 사람이 교일 거라는 얘기가 된다는 말씀!"

"아니, 이 머리가 그렇게나 이상하냐고?"

롯카 이모는 내 물음에는 대답을 않고, 감씨과자가 두 개 올라가 앉아 있는 손바닥을 내밀었다.

"리스트 썼으면 나한테 좀 보여줘."

"보여줄 만한 리스트도 못 되는데."

그러면서 나는 자리에서 일어나 광고전단지 뒷면에 새로 옮겨 쓴 리스트를 이모에게 건넸다. 깨끗하게 새로 쓰고 싶어서 쓴 게 아니다. 지난번에 아무 생각 없이 웨딩드레스 팸플릿 표지에 리스트를 써놨더니, 그걸 볼 때마다 순백의 드레스가 눈에 들어오는데, 그걸 더 참고 봐줄 수가 없었던 것뿐이다. 롯카 이모가 그것을 소리내어 읽는다.

"일, 예뻐진다. 괄호 열고 머리를 자른다, 에스테틱 살롱에 간다, 옷을 왕창 산다, 화장품 세트를 갖춘다, 괄호 닫고. 흐음. 그렇구나. 그래서 바로 머리를 자른 거구나. 그 다음에 이, 냄비."

거기까지 읽더니 이모가 눈썹을 찌푸린다.

"아니, 이제 여름인데 웬 냄비?"

"무슨 냄비요리를 하겠다는 의미가 아니야. 냄비를 산다, 이거지. 뭐 벌써 샀지만."

"아, 그래?" 하고 이모는 금세 흥미를 잃어버린다. 그러고는 이어서 리스트를 읽는다.

"삼, 가마. 사, 귀인가마…… 그런데 참, 아스와는 어떤 귀인가마를 타고 싶다고 했지?"

"어떤…… 이라니? 귀인가마에도 종류가 있나?"

"그야 당연하지. 귀인가마가 100대 있으면 100종류의 귀인가마가 있는 거야. 그걸 분명히 해놔야 해. 그러지 않으면 자기가 타야 할 귀인가마가 눈앞으로 지나가도 못 알아보고 놓치게 될 테니까."

귀인가마를 한 대, 두 대, 셀 수 있다니…… 몰랐다. 그런데 그보다 더 놀라운 것은 자기가 타야 할 귀인가마가 따로 있다는 부분이다. 그렇다면 내가 타야 할 귀인가마가 있었다 하더라도 그걸 몰라서 탈 일이 없었다는 건가? 아니, 잠깐만. 타야만 하는 것이라면 그건 이미 귀인가마라 부를 수 없는 것이 아닌가? 귀인가마란 신분을 뛰어넘을 때 비로소 귀인가마가 되는 것이니까.

"근데 말이야. 잘은 모르겠지만, 귀인가마란 게 그렇게 쉽게 눈앞으로 지나가는 건 아닌 것 같아. 뿐만 아니라 내 맘대로 선택할 수 있는 것일 리도 없고."

"선택할 수 없다고?"

이모가 눈을 동그랗게 떴다.

"말하자면, 오히려 선택은 내 쪽에서 받는 것이 아닌가 싶은……."

"아유, 우리 아스와는 마음도 넓으셔. 이거다 싶은 걸 발견했으면 바로 올라타야지. 그 정도 각오가 없으면 뭐 처음부터 가망이 없는 거고."

그럴지도 모른다. 하지만 아무리 롯카 이모가 나를 깨우쳐 주려 애를 써도 어쩐지 납득이 잘 안 된다.

"이모도 귀인가마 타고 싶다는 생각이 들어?"

그렇게 묻자 이모는 평소에 못 보던 얌전한 얼굴이 되었다. 그러고는 "으음." 하고 생각에 잠긴다. 즉시 부정할 줄 알았는데 뜻밖이다.

"일단 타고 싶은 귀인가마가 어떤 건지 잘 생각해 볼게. 지금으로서는 그냥 마츠리 때 보는 가마 같은 것밖에 안 떠오른다."

심각한 표정으로 그리 말하기에 나도 덩달아 진지해져서 고개를 끄덕여 주었다. 결혼에는 도통 관심이 없을 거라 생각해 왔는데 의외다.

"그런데 아스와. 이 리스트 말이야."

"응."

"이게 다야?"

"어? 아니. 아직 쓰고 있는 중."

내 대답이 만족스러운 눈치다.

"그래, 그치? 이 리스트만으로는, 그러니까 예뻐지고, 냄비를 사고, 가마 구경을 하고, 귀인가마를 타고, 그렇게만 되면 이제 아무것도 필요없다는……."

"아무것도 필요없다고 쓰지는 않았거든요? 그것 말고도 중요한 건 많으니까."

"뭔데?"

"응?"

"중요한 게 뭐냐고? 그걸 쓰는 게 리스트잖아."

"그런 거야? 그건 몰랐네."

중요한 것을 쓰는 게 리스트였구나. 드리프터스 리스트. 일렁이는 파도 사이를 표류하는 인간이 부목에 의지하듯 그것을 붙들고 살아갈 수 있게 해주는 리스트. 그러니까 나는 이 리스트의 항목들을 의지해서 둥실둥실 떠내려가며 표류하고 있다는 거네. 머리라든지 옷이라든지 냄비라든지 가마 같은 하찮은 것들, 이런 게 지금 나를 떠받쳐 주고 있는 거라니. 이 리스트의 항목들이 모두 실행에 옮겨진다 해도 별로 내가 대단한 곳에 가 있을 것 같지는 않다.

지난번 리스트에는 맨 끝에 '하고 싶은 것을 한다.' 항목을 연필로 추가했다. 하고 싶은 것을 해 주마! 이런 생각이 떠올랐을 때, 뱃속 깊은 곳의 심지 같은 것이 뜨겁게 달구어지는 듯했던 느낌은 지금도 가느다랗게 이어지고 있다. 이번에 쓴 리스트에는 그것이 다섯 번째 항목으로 격상되었다.

"여기에 쓰여 있는 것들은, 그러니까 네가 원하는 바이지만 아직 실행에 옮기지 못한 것들인 거지?"

"그런 셈이지. 아니, 머리는 잘랐다. 냄비도 사고."

느닷없이 좌탁 맞은편에서 롯카 이모의 손이 쭉 뻗어오더니 내 짧은 머리칼을 부드럽게 움켜쥔다.

"왜 그래, 갑자기?"

"그냥."

이모는 금세 만화책 들여다보는 척을 한다. 그렇지만 나는 안다. 측은했던 것이다. 하고 싶은 것을 하겠다는 항목을 군이 리스트에 올렸다는 것은 그만큼 하고 싶은 것을 하지 못했다는 의미이기도 하니까.

그럼 이십 몇 년 동안을 하고 싶은 것을 하지 않고 어떻게 살아왔을까? 나는 내가 하고 싶은 대로 해온 줄 알았다. 그런데 하고 싶은 것을 해왔다는 느낌이 없다. 애당초 하고 싶은 게 무엇인지조차도 구체적으로 떠오르지 않는다. 이렇게나 인생을 헛되이 살아왔다니……. 롯카 이모는 이런 조카가 측은한 나머지 자기도 모르게 손을 쭈욱 내밀었던 것이리라.

문득 2백만 엔의 저축에 생각이 미쳤다. 좌탁 위에 놓인 리스트를 가져다가 '확 저질러서 여행을 떠난다.'고 써 넣는 것을 보고 이모가 한마디 한다.

"우와, 호화판이네. 확 저지른다니, 얼마나 저지르려고?"

"글쎄, 한 이만큼?"

나는 볼펜을 쥔 채로 팔을 한 바퀴 크게 휘두른다. 아무리 힘껏 손을 뻗어도 닿지 않았던 곳, 그런 곳에 가보고 싶다. 롯카 이모가 싱긋 웃는다.

"근데 이거 말이야. '확'이라고 쓰고 싶었던 것 같은데, '학'이라고 쓰여 있네?"

앞에 놓인 리스트를 확인해 보니 정말로 '학 저질러서'라고 쓰여 있다. '확'이라고 쓸 줄도 모르다니, '확 저지르는' 것과 어지간히도 거리가 먼 모양이다. 애초에 확 다 써버리겠다는 발상 자체가, 어쩌면 교가 지적한 것처럼 '될 대로 되라는 식'인지도 모른다. 아니면 유즈루를 향한 일종의 자존심 같은 건지도……. 아니, 그런 생각이 든다는 것부터가 엄청나게 자존심 상한다.

"그럼 그 다음은 뭐냐. 일단 괄호 안에 들어가 있는 건 시작하기 쉬워 보이네. 머리도 이렇게나 과감하게 잘랐는데 이젠 뭐 무서울 것도 없겠어. 뭐든지 다 할 수 있겠다."

그러더니 롯카 이모는 다시 한 번 리스트의 항목들을 소리 내어 읽었다.

"머리를 자른다, 에스테틱 살롱에 간다, 옷을 왕창 산다, 화장품 세트를 갖춘다, 이렇게 해서 예뻐지겠다 그거네."

쓸 때는 의식하지 못했지만, 어쩌면 이것도 유즈루에 대한 자존심 같은 건지 모른다. 예뻐져 가지고 유즈루를 다시 되돌아보게 만들어 주겠다는 생각이 어딘가에 숨어 있는 것이다.

"머리는 벌써 잘랐고. 다른 거 뭐 더 한 거 있어?"

"이모, 미안. 이건 이제 된 것 같아."

나는 롯카 이모의 말을 가로막았다. 그렇게 특별히 예뻐지지 않아도 돼. 남자한테 차이고 예뻐지다니. 다시 되돌아보게 만들려고 필사적으로 노력한 것 같아서 오히려 한심해 보여. 자연스럽게 그냥 있으면 되는 거라고 교도 말했잖아. 음, 잘은 모르겠지만 머리가 말랑말랑해진다는 것이 혹시 이런 걸까?

"사실 화장품은 내가 무지 많이 갖고 있거든. 어차피 다 쓸 수도 없으니까 필요하다면 줄게."

"왜? 이모는 화장도 안 하잖아? 뭐 하려고 화장품을 그리 많이 갖고 있어?"

"너는 눈을 어디다 달고 다니니? 나 언제나 완벽하게 메이크업하고 다니잖아. 그런데도 화장품이 떨어질 날이 없으니. 화장품을 만드는 친구가 있어서 샘플을 듬뿍듬뿍 주거든."

나는 롯카 이모의 반들거리는 얼굴을 다시 한 번 쳐다봤다. 가까이서 봐도 주름, 잡티 하나 없이 뽀얗고 빛이 난다.

"어디 화장품인데?"

"어디 화장품이냐? 글쎄, 친구가 만든다니까. 왜 그 얼마 전에 출산한 친구 있다고 했잖아."

"화장품 회사 연구원이라든지 생산 라인에서 근무한다든지 하는 게 아니고 진짜 자기가 직접 만든단 말이야?"

"그렇다니까."

롯카 이모는 덤덤하게 고개를 끄덕인다. 그런 화장품이라니, 혹시 실험실습용 아닌가?

"어쨌거나 나는 됐어. 지금은 특별히 예뻐지고 싶다는 생각을 하고 있지 않으니까."

거절했더니 롯카 이모는 거 참 이상하다는 눈으로 나를 바라본다.

"아니, 리스트에는 분명히 예뻐진다, 이렇게 썼잖아."

"그건 실수야. 우선은 머리를 가볍게 하고 싶어."

나는 다시 한 번 리스트를 집어 들었다. 그리고 예뻐진다고 적혀 있는 행에 줄을 찌익 그어서 지워버렸다. 그러고는 그 밑에다가 '머리를 가볍게 한다.'라고 써 넣었다.

"머리라고?" 하며 롯카 이모는 내 머리를 물끄러미 바라보았다.

"내가 보기엔 이미 충분히 가벼운 것 같은데."

그러더니 아무렇지도 않은 척 한마디 덧붙인다.

"집에 다녀간 모양이더라, 그쪽. 이름이 뭐였더라? 와타루였나?"

심장이 심하게 덜커덩거리며 내려앉는다. 혹시 유즈루?

"언니한테 들었어. 죄송하다는 말씀 드리러 왔단다고."

그러고 보니 생각난다. 언젠가 부모님께 죄송하다는 사과말씀 드리러 갈 거라고 했었지. 이제 와서 사과를 받으면 뭐가 어떻게 달라진다는 말인가? 우직우직우직하는 소리를 내며 머릿속의 혈관이 빳빳해지고 있다. 머리가 깡깡 얼어붙고 있는 것이 느껴진다. 나는 손에 들고 있던 리스트를 내려다본다. 그리고 방금 줄을 그어 지워버렸던 항목 '예뻐진다.'에 다시 마구 동그라미를 친다.

"기필코 예뻐져 줄 테다!"

그렇게 중얼거리는 내 모습을 롯카 이모가 재미있다는 듯 바라보고 있다.

^애 살바토레

아! 쪼, 쪼금만! 아, 아, 아얏! 웃! 왓! 와앗, 아퍼. 아프잖아요옷!

하얀 시트를 깔아 놓은 깨끗한 매트 위에 나는 엎어져 있다. 무지 무지 아프지만 아프다는 말을 입 밖에 낼 용기는 없다. 간간이 참지 못한 신음소리가 새어나올 뿐이다.

에스테티션이자 이 에스테틱 살롱의 주인이기도 한 사쿠라이 씨가 "풋!" 하고 웃은 것도 같다. 하지만 설마, 그냥 기분상 그렇게 느낀 거겠지. 상당히 힘을 들여 시술을 하고 있는데, 아마도 그 숨소리가 "풋!" 하고 나왔을 거야. 아니, 그랬을 거라고 믿고 싶다.

그런데 다들 진짜로 아무렇지도 않게 이런 시술을 받고 있는 것일까? 너무 아파서 못 참겠다고 느끼는 건 내가 참을성이 부족하기 때문? 도무지 알 수 없다. 에스테틱 살롱에서 하는 시술이라는 게 본래

이 정도로 아픈 것인지, 아니면 나한테만 특별히 아프게 하고 있는 것인지 확인할 길도 없다.

찔끔 배어나온 눈물을 오른쪽 집게손가락으로 살짝 훔친다. 차라리 "아파요오." 하고 우는 소리를 하면 좀 나을 텐데, 그런 말조차 나오지 않는다. 약한 소리를 할 수 있는 강한 힘이 없는 것이다.

원인 제공자를 대자면, 교다. "예뻐질 거야!" 이렇게 선언하는 나를 녀석은 신기하다는 듯이 바라봤다. 그러고는 그뿐이었다. 만사를 제쳐놓고 대찬성하면서 적극 협력해 줘야 되는 게 아닌가? 녀석은 미용사로서 착실하게 그 명성을 쌓아가고 있는 중이다. 그런 만큼 예뻐질 수 있는 수단과 방법도 필시 여러 가지로 확보하고 있을 텐데 왜 하나도 안 가르쳐주는가? 최소한 뭔가 실마리 같은 거라도 제공해 줘야 되는 게 아니냔 말이다.

"너한테는 강력한 아군이 있잖아. 롯카 이모였나? 그 이모한테 물어보면 될 것 같은데."

시치미 뚝 떼고 하는 소리가 이렇다. 예뻐지는 사안에 관해 롯카 이모가 별 도움이 안 된다는 것쯤은 척 보고 알았을 텐데.

"그 이모, 분위기가 괜찮은 사람 같던데. 피부도 굉장히 좋고……."

피부야 당연히 좋을 수밖에. 피부란 게 스트레스의 영향을 쉽게 받는다는데, 고민거리가 없으면 당연히 탱탱하고 윤기 있는 피부를 유지할 수 있는 법이다.

"난 말이지. 분위기가 좋아지고 싶은 게 아니라고. 몰라? 예뻐지고 싶은 거라고!"

화가 난 목소리로 먹살이라도 잡을 듯이 달려들자 그제서야 겨우 가르쳐준 게 살바토레였다. 아는 사람이 하는 작은 살롱인데 솜씨는 믿을 만하다면서 말이다. 사쿠라이 게이라는 이름도 그때 들었다. 어디서 들어본 이름 같다는 생각이 들었지만 기분 탓이었을 것이다.

살바토레에 오자마자 나는 실수했다는 사실을 뼛속 깊이 깨달았다. 이 살롱에 온 것도, 아니, 애초에 교에게 소개해 달라고 했던 것부터가 실수였다.

그냥 길거리 역 근처에서 흔히 볼 수 있는 밝고 오픈된 체인점 같은 데로 갔으면 좋았을걸. 그랬다면 하루에도 수십 명씩 찾아오는 손님 중의 하나로서, 자동 대량생산이 되는 방식으로 예뻐지는 서비스를 받을 수 있었을 것이다. 적어도 이렇게 바늘방석에 앉은 것처럼 쭈뼛거려지는 긴장감은 경험할 필요가 없었을 테지. 그뿐 아니라 이렇게나 아픈 경험도 안 할 수 있었을지 몰라…….

이곳은 굉장히 세련되고 고급스럽고 예쁜 여자들만 드나드는 곳이었다. 그러면 그렇다고 처음부터 간판에 써 놓을 것이지. 아니면 전화로 예약을 받을 때 물어봐 주든지. 저희는 어느 정도 레벨이 있는 분이 아니면 예약을 받지 않는데 괜찮으시겠습니까? 이렇게 말이다.

우선 문을 여는 순간 잘못 왔다 싶었다. 처음에 "자동문이 아니네?" 했을 때 깨달았어야 했다. 중후한 오크 문을 밀면서 들어오는 그 모습을 문 안쪽에 있던 사람들이 보고 있었던 것이다. 문을 우아하게 열 줄 아는가 모르는가 하는 데서 이미 승부는 결정되었다.

"어서 오십시오." 하고 나타난 여자는 너무나 아름다웠다. 나는 그

자리에 우뚝 서 버렸다. 그 다음 순간에는, 한심하게도, 지금 열고 들어온 그 문으로 다시 슬금슬금 뒷걸음질을 쳐서 돌아가 버리고 싶은 충동에 사로잡혔다. 여자는 사쿠라이라고 자신의 이름을 밝혔다. 전화 예약을 받았던 사람, 교가 소개해 준 사람, 또 이 살롱의 주인이 바로 그녀였다.

이에 앞서 나도 잠시 생각은 했다. 품위 있는 주택가에 자리한 살롱이니만큼 그에 걸맞은 정갈한 복장을 하고 가야겠다고. 그러나 그 생각은 곧 다른 생각에 밀려났다. 크림이나 오일 등을 사용해 마사지 같은 걸 하게 될 텐데 아끼는 옷에 얼룩이라도 묻으면 속상할 것이라는 생각. 그리하여 옷장 속 랭킹 3위쯤 되는 파란색의 작은 꽃무늬 원피스를 골랐던 것인데, 과연 랭킹 1위인 리넨 원피스를 입었으면 뭐가 달라졌을까? 입성을 가지고 겨뤄볼 수 있는 살롱은 아무리 생각해 봐도 아니다.

그래도 혹시 랭킹 1위를 입었으면 조금은 자신감을 가질 수 있었을지 몰라. 나쁘지는 않을 거라고 생각했는데, 원피스의 프린트 무늬가 경박해 보인다. 창피하다. 이래봬도 2년 전에는 1위였는데, 길이가 조금만 더 짧았으면 올해 유행과도 맞았을 텐데……. 그리고 구두. 안내 받아 들어간 응접실의 소파에 앉고 보니 신고 있는 콤비 로힐이 닦아 신지 않은 티가 확 난다. 소파 밑으로 감춰버리고 싶다.

사쿠라이 씨는 내 옷이나 구두에는 전혀 관심이 없다는 듯, 모양도 예쁜 입술의 양끝을 완벽하게 끌어올리며 친근감을 표시했다. 참 성숙해 보인다. 그러나 살롱의 주인이라 하기에는 좀 젊다. 아마 나보다 몇 살 정도밖에 많지 않을 것이다. 그렇다면 서른? 서른다섯? 그렇게 물으니 또 둘 다 아닌 것 같은 느낌이 든다. 나이를 짐작할 수 없다. 미스터리한 것도 매력이다. 도자기 인형 같은 하얀 피부, 사람의 눈길을 끄는 사랑스러운 얼굴, 탐스러운 밤색 머릿결, 들고난 데가 뚜렷한 몸매. 그 모든 것이 검정 유니폼에 기품 있게 감싸여 있는 것을 보며, 역시 이런 곳의 주인답구나 하는 생각을 한다. 나도 모르게 한숨이 나오려고 한다. 여기서 에스테틱 시술을 받으면 이렇게, 아니 이렇게까지는 아니더라도 이와 비슷한 수준으로 예뻐질 수가 있을까?

따뜻한 허브티가 나왔다. 리치 비슷한 향기가 나는 그것을 마시자 기분이 조금씩 풀리는 듯했다. 그 틈을 놓칠세라 사쿠라이 씨가 '인터뷰'를 시작했다. 인터뷰란 사쿠라이 씨가 그렇게 표현한 것뿐이고 사실은 조용한 문진 같은 것이었다. 여기서 에스테틱 시술을 받음으로써 어떻게 되고 싶은지, 무엇을 목표로 하고 있는지, 자기 몸에서 가장 마음에 드는 부분과 가장 싫은 부분은 어디인지, 지금 어떤 일을 하고 있는지, 좋아하는 영화는 무엇이며 자주 가는 동네는 어디인지, 지병이나 잘 걸리는 병이 있는지, 여자로 태어나서 좋다고 느끼는 것과 좋지 않다고 느끼는 것은 무엇인지, 그리고 잘 쓰는 색깔은 어떤 것인지 등등을 묻는 것이다.

아주 편안한 소파에 앉아 부드럽고 나지막한 목소리로 이것저것 질문을 받고 있자니 서서히 어떤 만족감 같은 것이 나를 감싸오기 시작했다. 마치 무대의 주인공이 된 듯한 기분이었다. 내가 이렇게 자상한 관심을 한몸에 받고 있다니 기분이 괜찮네. 도대체 지금까지 그 누가 나에게 잘 쓰는 색깔 같은 것을 물어봐 주었단 말인가?

"연한 보랏빛이 도는 물빛……." 이라고 대답하자 그 대목에서 브레이크가 걸렸다.

"좋아하는 색깔이 아니고 잘 쓰는 색깔이라고요?"

"네."

맞은편에 앉은 사쿠라이 씨가 미소를 지었다. 색깔을 놓고 잘 쓴다 못 쓴다 하는 그런 생각은 해본 적도 없었다. 잘 어울리는 색깔을 말하는 건가? 이 사람이라면 필시 어떤 색이든지 다 잘 쓰겠지. 내가 손사레를 칠 것 같은 색깔도 이 사람이라면 가뿐히 무릎을 꿇릴 것이다. 아니 거기서 더 나아가 그 색깔의 힘을 빌려 틀림없이 새로운 매력까지도 만들어낼 수 있을걸! 색깔뿐만이 아니다. 이 사람이 자기 마음대로 하지 못하는 게 과연 있기나 할까?

아, 그렇지! 나는 살짝 눈을 들어 사쿠라이 씨의 아름다운 얼굴을 본다. 틀림없이 이 사람은 아주 사소한 것들을 못 견딜 것이다. 거미라든지, 개구리라든지, 그런 하잘것없는 것들을 말이다. 곰이나 전갈 같은 것은 해당하지 않는다. "기름기 줄줄 흐르는 아저씨들 얼굴이 너무 괴로워요." 이런 대사와도 거리가 멀다. 같지도 않은 약점을 약점이라고 고백함으로써 오히려 그 연약함을 귀여움으로 바꾸어 버리다니! 사랑의 인력을 증폭시켜 버리다니! 아아, 좋겠다. 약점까지도 무기로 바꿔 버리는 불가능 없는 인생이라니! 눈에 들어오는 풍경조차도 죄 다르게 보이겠지? 물론 실연 같은 일이 일어날 턱도 없고 말이야…….

"아스와 씨?"

이름을 부르는 소리에 정신이 든다. 아아, 진짜 안 되겠다. 요즘은 상황 판단을 못하고 망상 스위치가 제멋대로 켜진다니까.

"실연해 본 적 있어요?"

나는 조그만 소리로 물어본다. 대답이 없다. 하찮은 질문 하나가 갈 곳을 잃고 헤매다 컵 안의 갈색 액체 속으로 들어가 빙글빙글 녹아버린다.

"자, 이쪽으로 오세요."

완벽한 미소와 함께 안내된 곳이 바로 옆으로 이어지는 방, 그러니까 지금 내가 엎어져 있는 이 방이다. 조도를 낮춘 불빛 아래 우아한 장식품들이 놓여 있다. 어디선가 조용히 현악기 울리는 소리가 들린다. 피부에 닿는 촉감이 좋은 가운으로 갈아입고, 공들여 족욕을 한 다음에 매트 위에 눕는다. 그러고 나서 지금에 이른 것이다. 처음엔 분위기만으로도 이미 취한 상태였다. 천상의 마사지를 받으면서 깜빡깜빡 꿈을 꾸는 듯한 시간을 맞이하겠거니 기대했던 나는, 맨 처음에 발바닥이 문질러지는 순간 "으윽!" 하고 숨을 들이삼켜야 했다.

'림프드레나지'라고 하는 것은, 쉽게 말해 마사지를 통해 림프액의 흐름이 원활해지도록 하는 것을 얘기하는 모양이다. 사람에 따라서는 정말로 아픔을 느끼지 못하는 경우도 있는 것 같은데, 림프액이 정체되어 있는 경우에는 아프다고. 그런 이야기를 분명히 듣기는 들었다. 하지만 이 정도로 아프다는 이야기는 그 누구도 해주지 않았다.

마사지는 발바닥에서 종아리, 대퇴부로 이어졌다. 상당히 힘을 쓰고 있을 텐데도 사쿠라이 씨는 호흡 하나 흐트러지지 않는다. 그러면서 너무 아파 이를 꽉 깨물고 있는 나한테 온화한 음성으로 이것 저것 묻는다. 어떤 피부를 갖고 싶으냐, 누구를 예쁘다고 생각하느냐 등등. 예쁘다고 생각하는 사람은 사쿠라이 씨예요. 사쿠라이 씨 같은 피부를 갖고 싶어요. 혹시 이렇게 대답해야 여기서 해방될 수 있는 게 아닐까? 이런 생각이 언뜻 뇌리를 스친다. 아니지. 정신 차리자. 지금 나는 에스테틱 시술을 받고 있는 거야. 도망갈 생각부터 하면 어떡하니?

"어떤 타입의 사람을 좋아하나요?"

네, 사쿠라이 씨 같은 타입이오. 자동적으로 그렇게 말할 것 같아서 고개를 젓는다. 이건 다만 아까 그 인터뷰의 연장일 뿐이다. 과일을 좋아하는지, 무엇을 입고 자는지, 운동하는 습관이 있는지 하는 질문들. 나는 그저 거기에 하나하나 대답만 하면 된다. 사쿠라이 씨는 그 중에서 필요한 것들을 가려내어 나를 예쁘게 만들어줄 것이다. 이건 어디까지나 그 단서가 되어줄 질문들일 뿐이다.

좋아하는 타입이라면 예나 지금이나 그레고리 펙이다. 영화 〈로마의 휴일〉에서 신문기자 역할로 나왔던 모습은 생각만 해도 행복하다. 그러나 '그레고리 펙'에서 '펙'이란 이름이 떨어지기 무섭게 사쿠라이 씨는 더 듣지도 않고 다음 질문으로 넘어갔다.

"교하고는 어떻게 아세요?"

일순 그레고리 펙의 얼굴이 교의 얼굴로 교체된다. '예뻐지려면 역시 교와의 관계가 중요하구나.' 하마터면 이렇게 생각할 뻔했다. 그 정도로 사쿠라이 씨의 말투가 자연스러웠던 것이다.

"그건 좀 개인적인 질문이라고 생각하지 않으세요?"

내 질문에 사쿠라이 씨는 "풋!" 하고 웃었다. 아, 역시! 아까의 그 "풋!"도 웃는 소리였구나!

"물론 질문은 전부 개인적이지요. 아스와 씨에 관한 개인적인 것들 말이에요."

정말로 나에 관한 개인적인 질문들일까? 혹시 사쿠라이 씨의 사심이 섞여 있는 것은 아닐까? 미처 생각하지 못했지만, 어쩌면 지금까지 유도심문 같은 것을 하고 있었는지도 모른다. 예를 들면, 교하고 공통된 취미가 있는지의 여부를 넌지시 체크하고 있었다든지.

사쿠라이 씨가 한 질문이 다시 떠오른다.

"교하고는 어떻게 아세요?"

어떻게 아느냐고 물었겠다. 어떤 관계냐고 물을 정도도 못 된다고 본 거겠지.

"깊은 관계인데요."

아파서 입을 찌그러뜨리면서도 나는 분명하게 대답해 주었다. 순간 움직이고 있던 사쿠라이 씨의 손이 멈추었다.

세 살쯤 되었을 때부터 사반세기에 걸쳐 지속되어 온 관계인데 어찌 깊지 않을 수 있겠는가? 엎어져 있기 때문에 사쿠라이 씨의 표정은 보이지 않는다. 안 보여서 다행이다. 웃지 않고 있는 미인의 얼굴만큼 무서운 것도 없으니까.

"수고하셨습니다."

사쿠라이 씨는 심심한 사의를 표했다. 아무 일도 없었다는 듯이 예쁜 미소가 번져 있는 얼굴이었다.

"시간 괜찮은지 모르겠네?"

그가 갑자기 허물없는 말투로 물어온다. 시계를 보니 여기 온 지족히 2시간이 지나 있었다. 때는 주말이지만 딱히 해야 할 다른 일이 있는 것도 아니다. 시간이 괜찮냐고 묻는다면 너무나 괜찮은 중이다, 지금.

"차 한 잔 어떠실는지요?"

'는지요' 하는 어미가 전혀 어색하지 않다. 미인은 말투부터가 다르구나.

"그래도 될는지요."

그렇게 말해 놓고는 얼굴이 붉어진다. 도무지 어울리지 않았던 것이다.

"그럴게요."

작은 소리로 다시 말한다. 그러고 나니 마음이 좀 편안해진다. 맞서겠다는 의지를 불태워봐야 다 쓸데없다는 것을 일찌감치 깨달은 머리를 따라 마음도 비로소 납득을 한 모양이다.

사쿠라이 씨는 방을 나가더니 곧바로 찻주전자와 찻잔이 놓인 쟁반을 가지고 왔다.

"시술은 끝났으니까 그렇게 긴장 안 해도 돼요. 나도 지금 업무상이러는 거 아니니까."

"이 차를 마시는 건 업무가 아닌가요?"

사쿠라이 씨는 생긋 웃었다.

"업무는 다 끝났어요. 마지막으로 괜찮다면 아스와 씨랑 차나 한 잔 하고 싶다고 생각한 거지."

"왜요?"

나는 경계심을 늦추지 않았다. 어쩌면 교와의 관계에 대해 물어볼 지도 모른다. 아니, 교와의 관계가 아니라 그냥 교에 대해서만 관심이 있을지도 모르지.

"왜 그러시는데요?"

사쿠라이 씨는 찻주전자를 들고 붉은색 차를 찻잔에 따랐다.

"교에 대해 궁금하세요? 사쿠라이 씨야말로 교와 어떻게 아는 사이세요?"

내 질문에 사쿠라이 씨는 "우후후." 하고 웃더니 대답했다.

"재미있네요, 아스와 씨. 교가 애써 신경을 쓰는 것도 이해가 돼."

"무슨 얘기예요? 교는 애써서 신경 쓰거나 그러지 않아요. 나한테 도 그렇고, 다른 그 어떤 것에도요."

"뭔가 잘 모르고 있는 것 같네. 그렇게 말하면 교가 섭섭하지."

그러면서 눈썹을 살짝 찌푸리는 것 같더니 사쿠라이 씨는 금세 밝은 목소리로 말을 이었다.

"교로서는, 물에 빠져 필사적으로 허우적거리고 있는 여동생 비슷한 누군가를 지켜보는 심정인 것 같던데."

"그거, 필사적으로 허우적거리고 있는 여동생 비슷한 누군가라고 하신 거, 혹시 저를 두고 하는 얘긴가요?"

"말하자면 그렇게 되겠네요."

여동생 비슷한 누군가라고? 그래. 굳이 말하자면 칠칠치 못한 여동생 같은 그런 존재일지도 모른다. 교는 칠칠한 언니 또는 오빠 같은 존재이니까 말이다.

"아까 저한테 질문을 많이 하셨는데요."

"인터뷰요?"

"그 질문들이 무슨 의미가 있는 거죠?"

"레시피를 정확히 뽑기 위해 인터뷰를 한 거예요. 그 사람을 잘 모르고서는 어떻게 예뻐지고 싶은 건지 알 수가 없으니까."

"그렇다면 저는 어떻게 예뻐지고 싶은 건가요?"

사쿠라이 씨가 살짝 웃었다. 미소를 짓는 게 이 사람 스타일인 모양이라고 생각은 했지만, 이번 웃음은 거기서 약간 벗어나 있었다.

"있잖아, 아스와 씨. 질문의 앞뒤가 좀 안 맞는 것 같네요. 아스와 씨가 어떻게 예뻐지고 싶은지, 그것을 잘 포착해서 그렇게 되도록 이끌어주는 것이 나의 일이에요. 그런데 우선 아스와 씨 자신이 어떻게 예뻐지고 싶은지를 모른다면 말이 안 되잖아요? 아스와 씨가 그걸 나한테 물어본다는 게 잘못된 거 같은데?"

"제가 잘못된 걸까요?"

사쿠라이 씨는 아까보다 더 확실하게 웃었다.

"아스와 씨는 우리말을 이해하는 게 쉽지 않은가봐."

그렇다. 쉽지 않은 것들투성이다. 지금의 나는 남이 하는 말을 있는 그대로 받아들이는 능력을 잃어버린 것 같다. 그 때문에 이야기가 점점 더 꼬여 간다.

"하지만 아스와 씨. 사실은 제대로 알고 있을걸요?"

"우리말 말인가요? 물론 알고 있다고 생각해요. 아니, 그렇다기보다…… 그것 말고 제가 영어나 프랑스어를 할 줄 아는 것도 아니고요."

이야기의 본질을 향해 가는 것이 두렵다. 혹시 내가 속속들이 다 간파당하고 있는 것은 아닐까? 딴청을 부리며 얼버무릴 수 있다면 그렇게 해버리고 싶다. 그런데 사쿠라이 씨는 나한테서 시선을 떼지 않는다.

"그런 얘기가 아니잖아요? 어떻게 예뻐지고 싶은 것인지, 왜 그렇게 되기를 바라는 것인지, 사실은 잘 알고 있을 거란 얘기예요. 다만 지금은 아스와 씨 눈이 흐려져서 잘 안 보이는 것뿐이지."

"사쿠라이 씨한테는 보이나요?"

내가 목표로 삼아야 할 아름다움과 내 흐린 눈을 닦아줄 와이퍼의 작동 방법 같은 것이 이 사람의 눈에는 보인다는 말인가? 그게 정말이라면 도대체 어떻게?

"아까의 질문들을 통해 알 수 있다는 거로군요."

질문에 대답한 것은 나였다. 그런데 정작 당사자인 나의 눈에는 보이지 않는다. 눈이 흐려져 있다는 둥, 머리가 딱딱해져 있다는 둥, 요즘 좋은 소리를 별로 못 듣고 있는 걸 보면, 아마도 맞는 말이리라.

"사실 그 질문들은 대답이 중요한 게 아니에요."

사쿠라이 씨는 천천히 홍차를 한 모금 마셨다. 잔을 받침에 내려놓는 순간 쟁그랑거리며 도자기 부딪치는 소리가 났다.

"질문에 대해 반응하는 방식, 그것을 통해서 아스와 씨를 아는 거예요. 아스와 씨가 어떤 것들로 구성되어 있는지를."

"어떤 것들로……라뇨?"

순간 오늘 아침 여기 오기 전에 뭘 먹었는지를 생각해 본다. 흰밥에 낫토, 잔멸치, 구운 김, 그리고 보리차. 그런 소소한 것들로 만들어진 내가 이 사람 눈에 보인다고?

"'당신이 그런 걸 어떻게 알아?' 지금 이렇게 생각하고 있었지요?"

사쿠라이 씨는 은근히 턱을 들어올리고 자신감 넘치는 얼굴을 하고 있다. 틀렸지만 나는 가만히 있는다.

"아스와 씨가 무엇을 소중하게 생각하고 있는지, 그런 것들이 이 손을 통해서 직접 전달되어 와요."

그렇게 말하면서 사쿠라이 씨는 손가락을 쭉 펴서 양손바닥을 들어 올려 나에게 보여주었다.

"중요한 것을 이야기하려고 할 때는 몸에서 힘이 솟아요. 마사지를 하고 있으면 그것이 손에 잡힐 듯이 느껴진다고. 아스와 씨의 몸이 반응을 보인 것은 특히 먹는 것에 대한 질문에 대답할 때였어요. 아스와 씨는 먹는 것을 중요하게 생각하며 살고 있다는 뜻이지. 그리고 그렇게 생각하며 살아가는 것이 좋다는 얘기이기도 하고."

"음, 그건 누구나 그런 거 아닌가요? 누구나 먹는 것에 관심을 갖고 있고, 또 몸도 쉽게 반응을 보이고 그러는 거 아니에요?"

"꼭 그렇지도 않아. 여기 오는 사람들은 대부분 아름다움에 대한 자기 생각들이 강해서 먹는 것은 두 번째나 세 번째인 경우가 많거든. 아스와 씨처럼 살아가는 것과 먹는 것이 직결되어 있는 사람은 비교적 살아가기 쉬운 유형에 속한다고 할 수 있어요."

이 말은 결국 내가 그냥 먹보라는 얘기 아닌가? 그러니까 내 몸은 먹는 것 따위에나 반응하고 예뻐지는 것에는 그다지 반응을 보이지 않았다는 건데, 이래 가지고서야 내가 과연 예뻐질 수 있을까?

"그 다음은 교. 가장 강력한 반응을 나타낸 것이 교의 이야기를 물었을 때였어. 그건 아주 소중한 존재라는 얘기거든."

그녀가 어떻게 아느냐고 물었기 때문이다. 난 그냥 아는 사이가 아니라고 말해 주고 싶었다. 아마도 그래서 반응이 크게 나타났을 것이다.

"그런데."

그러면서 사쿠라이 씨가 다리를 꼬았다. 저 아름다운 다리는 타고 난 것일까? 아니면 노력의 산물일까? 다리에 못박혀 있던 시선을 겨우 들어올리니 사쿠라이 씨가 방긋 웃으며 나를 보고 있다.

"존댓말을 써주는 것이 고맙긴 한데, 혹시 뭔가 잘못 알고 있는 것은 아니겠지? 나, 교랑 동갑이거든. 그러니까 아스와 씨하고도 그리 차이가 안 날 것 같은데."

그리 차이가 안 나는 게 아니다. 똑같다!

졌다. 손해 봤네. 이럴 수가! 실제로 떠오른 감정의 순서는 이와 반대였는지도 모르겠다. 우선은 놀랐다. 틀림없이 나보다 연상일 거라고 믿었기 때문에 자연스레 존댓말이 나왔던 것인데, 아아, 반말을 해도 되는 거였다니! 존댓말 써서 손해 봤단 생각은 그 이후였을 것이다. 패배감은 가장 나중에 다가왔고 오래오래 가슴 속에서 떠나지 않았다.

젊음만 칭송하는 요즘 세태는 나도 싫다. 하지만 막연하게 나이를 가지고 이겼네 졌네 판단한 적이 한 번도 없었다고는 말하지 못하겠다. 계속 팀장으로 승진하지 못하고 있는 선배한테는, 업무 능력에 관계없이 똑같은 평사원 위치에 놓고 내가 더 젊으니까 "이겼다!" 했다. 또 전문대 졸업하고 막 입사한 후배한테는, 그 탱탱한 볼을 보면서 "졌다!"고 생각했다. 결국 다 나이를 가지고 따졌던 것이 아닌가!

바로 그랬기 때문에 지금 눈앞에 있는 이 사람과도 선명하게 승부가 갈라졌다는 생각이 든다. 졌다! 설사 이 사람이 첫인상대로 나보다 나이가 많다 하더라도 이건 콜드게임이다. 너무 심하게 져서 같은 그라운드에 서 있는 것도 힘들 정도인…….

아! 나이가 교하고도 같고 나하고도 같다는 말을 들으니 기억이 난다. 사쿠라이 게이. 어디서 들어본 이름 같다는 생각이 들었는데, 교가 미용전문학교에 다닐 때 함께 수석을 다툰다고 했던 친구의 이름이 아닌가! 게이라고 하는 발음의 울림 때문에 남자라고만 생각했는데. 벌써 7~8년 전의 일이다.

"결국은 네가 1등 했지?" 하고 묻자 "당연하지." 하고 웃더니 "그렇지만 진짜 만만치 않은 상대였어."라고 덧붙이던 교의 얼굴. 뺨은 불그레했고 시원한 눈매에는 거칠 것 없는 빛이 가득했다. 라이벌이 있다는 게 참 좋은 거로구나. 나는 그런 생각을 하며 부러운 마음으로 은밀히 교를 바라보았다.

교에게 그런 표정을 짓게 만든 게 바로 이 사람이었구나.

"그리고 아까 질문했던 거 말인데."

뭐였지? 내가 질문한 게 또 있었나?

"이래봬도 나 역시 여러 번 했어, 실연."

그렇게 말하면서 사쿠라이 씨는 어깨를 살짝 으쓱한다. 교한테? 그러나 그 생각이 들자마자 나는 곧바로 정정한다. 아니지. 라이벌이라고 했지. 어쩌면 어릴 적 친구보다도, 그리고 연인보다도 더 강력한 상대일지도 모를 존재.

과장되게 어깨를 으쓱해 보이는 사쿠라이 씨한테 휘말려 나도 괜히 어깨가 움찔한다. 이번의 실연 건은 어느 모로 보나 어깨 으쓱해 할 일이 아니다. 하지만 사쿠라이 씨가 그렇게 나온다면 나도 흉내를 내어 어깨를 으쓱해 봐도 좋지 않을까? 슬그머니 그런 기분이 든다.

실연을 하고 참 다양한 감정들을 알게 되었다. 슬픔이라든지, 외로움이라든지, 후회스러움이라든지, 미움이라든지, 부끄러움이라든지, 이런 감정들은 어쩌다 한 번씩 나폴나폴 떨어져 내리는 것이라고 생각했더랬다. 그러나 그게 아니었다. 다만, 깨닫지 못하고 있었을 뿐 이런 감정들은 내 안에서 잠자고 있었던 것이다. 일단 잠에서 깨어난 그 감정들의 심연은 그 속에서 온통 뒤범벅이 되면서 솟구쳐 올랐다. 유즈루를 생각하면 격정에 휘말렸다. 슬픈 건지 후회스러운 건지조차 제대로 분간할 수 없었다.

이런 감정들을 주체하지 못하는 나 자신에게 어깨가 으쓱할 수는 없으리라. 그렇다고 실연도 안 하고, 자기 내부의 진한 감정들도 깨닫지 못한 채 맹하게 하루하루 살아가는 것이 자랑스럽다는 얘기도 아니다. 너무나 슬퍼서 이성을 잃어버렸다는 사람, 또는 증오하는 마음을 꾹 참고 살아가고 있다는 사람. 이제는 이런 사람들의 얘기가 남의 일이 아니다. 때로는 격분하고 때로는 부끄러운 짓을 저지르기도 하는 다양한 감정들이, 내 안에 그리고 내 옆에 있는 누군가의 내부에 아무도 모르게 숨어 있는 것이다. 실연이란 이런 것들을 알게 된다는 것만으로도 가치가 있을지 모른다.

"여자는 실연을 겪으면서 아름다워지지요."

그렇게 말하는 사쿠라이 씨의 까맣게 빛나는 눈동자에 동성들도 황홀하게 빨려들 것 같다.

가랑비가 내리고 있었다. 나는 우산을 빙글빙글 돌리면서 역으로 향했다. 장마철의 찌는 듯한 무더위를 피부에 착 달라붙는 듯한 빗방울이 식혀 주고 있다. 의기양양하게 살바토레를 향해 걸어가던 나 자신과 어디쯤에선가 스쳐 지나간 것도 같다.

그렇게 아팠던 것에 비하면 '림프드레나지'의 효과가 그다지 나타나고 있는 것 같지도 않다. 어쨌든 솜씨 좋은 에스테티션의 시술만 받으면 한 꺼풀 허물 벗듯 예뻐질 것이라고 믿어 의심치 않았다. 그런데 예뻐졌다는 확신을 얻기는커녕, 도대체 예뻐진다는 게 뭔가 싶은 새로운 의문을 품고 돌아가게 될 줄 누가 알았을까!

예쁘다는 게 뭔가? 예쁘다는 건 어떤 건가? 마음 같아서는 눈앞에 지나가고 있는 사람들을 죄다 붙잡고서 물어보고 싶지만 그래 봐야 무슨 소용이겠는가. 다른 사람의 대답을 들어서 뭐하겠다고. 나에게 필요한 건 나한테 어울리는 아름다움이다.

매표구의 노선표 앞에서 잠시 헤매다가 집으로 가는 표를 끊었다.

"꼭 다시 와 주세요."

사쿠라이 씨는 오크 문을 열고 배웅해 주었다. 살바토레의 요금이 좀 비싸긴 하지만, 사쿠라이 씨처럼 아름다워질 수만 있다면 기쁜 마음으로 계속 다닐 것이다. 그러나 나는 사쿠라이 씨가 아니다. 만약 어느 정도 예뻐졌다 하더라도 그 아름다움을 항상 유지하려면 매일 매일 손질하고 가꾸어야 되겠지. 예뻐지는 것을 리스트의 첫 번째 자리에 올려놓고 그것을 사수하며 살아가는 삶의 방식이란 게 과연 나한테 가능하기나 할까?

전철 안에서 흔들리면서, 착착 접혀 가방 안쪽 주머니에 들어 있던 종이쪽을 꺼냈다. 광고전단지 뒷면에 적어 놓은 드리프터스 리스트 제2탄이다. 거기에는 '예뻐진다.(머리를 자른다, 에스테틱 살롱에 간다, 옷을 왕창 산다, 화장품 세트를 갖춘다.)'라고 분명하게 쓰여 있다. 뭐가 보이니? 아무것도 안 보이지? 그런 거 해봐야 안 되는 거야. 순진했던 나 자신에게 그렇게 일러주고 싶은 기분이 든다.

확실한 게 눈에 보일 때는 모른다. 확실한 것처럼 보이는 것일수록 의심해 보는 것이 좋다. 화장을 하면 예뻐질 수 있는가? 값비싼 옷을 입으면 예뻐질 수 있는가? 그리고 그렇게 해서 예뻐지기를 내가 진심으로 원하는가? 응! 그렇게 고개를 끄덕이고 싶어하는 자신과, 그런 자신을 말리는 또 하나의 내가 여기에 있다. 이렇게 손쉽게 누구나 금방 생각할 수 있는 방법으로 예뻐지려 하다니! 그런 아름다움은 그냥 도매금으로 넘어가는 싸구려일 뿐이다.

그래, 계속 질문을 해보자. 나 자신에 대해서 더 자세하게 알아보자.

살바토레에서 질문들을 받으면서 나는 기분이 좋았다. 비록 업무상 질문이었다 하더라도, 나에게 관심을 보이는 사람이 있다는 사실에 힘이 솟는 것 같았다. 그러나 그것 말고 뭔가 더 있었다. 나 자신에 관해 하나씩 하나씩 생각하고 대답하면서 어쩌면 그 과정을 즐기고 있었을지도 모른다는 느낌.

사쿠라이 씨는 이렇게 말했다. 그 사람에 대해서 잘 모르면 어떤 식으로 예뻐지고 싶은 것인지를 알 수 없다고. 참으로 맞는 말이다. 다른 누군가를 알게 되는 것보다, 다른 누군가가 날 알아주는 것보다 나는 바로 나 자신을 알고 싶다. 나는 무엇에 관심이 있으며, 무엇이 하고 싶은가? 그리고 어떤 아름다움을 원하는가?

돌아오는 길에 엄마에게 잠시 들를 생각이었다. 에스테틱 살롱에 가서 좀 예뻐지고, 또 어느 정도 자신감이 회복되고 나면 엄마한테 갈 수 있으리라 생각했다. 얼마 전에 유즈루가 용서를 구하러 왔다는데, 그때 어땠는지 물어보려 말이다. 그러나 전철 안에서 흔들리는 가운데 깨달았다. 아직은 안 되겠다는 것을. 예뻐진다는 게 어떤 것인지, 나한테 무엇이 부족했는지도 모르는 채 이대로 유즈루가 늘어놓고 간 변명을 전해들을 수는 없었다. 다시 마음에 동요가 일어나 갈팡질팡 헤매다 결국 울면서 원망이나 늘어놓게 되지 않을지.

나는 내리려 했던 역을 그냥 지나친다. 지금 내가 내릴 역은 여기가 아니다. 여기서 세 정거장을 더 간 작은 역. 그곳에서 조금만 더 참고 견뎌보기로 하자. 나 자신에게 수없이 묻고, 또 대답해 보기로 하자.

이사한 지 아직 채 한 달도 안 되었는데 낡은 계단이며, 하나밖에 없는 개찰구며, 역사가 완전히 낯이 익었다. 밖으로 나오니 비는 그쳐 있다. 역 앞 채소 가게에서 토마토와, 양파와, 가지와, 오크라와, 피망을 샀다. 뭘 만들겠다고 생각한 것은 아니다. 우선 색깔도 선명한 여름 채소들을 무조건 장바구니 가득 담고 싶었다.

"좋아, 좋아. 라타투이(프랑스의 프로방스 지방에서 즐겨먹는 전통적인 채소 스튜-옮긴이) 하려고?"

귀에 익은 목소리가 들려서 돌아다보니 롯카 이모가 서 있다. 산책을 하던 중인지 아니면 어디 나갔다가 돌아오는 길인지 알 수 없는, 그리고 집에서 입는 옷인지 아니면 외출복인지도 알쏭달쏭한 튜닉과 스패츠에 샌들 차림이다.

"아니면 프리터(얇게 저민 재료에 걸쭉한 반죽을 입혀 튀긴 음식-옮긴이)를 할래? 여름 채소를 넣고 카레를 만들어도 맛있을 텐데."

그렇구나. 실연을 함으로써 비로소 내 손에 쥐게 된 것이 분명히 있구나. 자그마한 그것들을 놓칠세라 나는 살그머니 주먹을 쥔다. 나 혼자서는 아무것도 할 수 없었다. 그런데 여러 사람들이 나를 도와주고 받쳐주었다는 것을 뒤늦게나마 깨닫는다.

"아스와가 이사 오니까 참 좋네."

흐뭇한 얼굴로 앞장서서 걸어가는 롯카 이모한테 가끔은 의문을 느낄 때도 있지만 말이다.

"이모, 라타투이는 내가 만들 테니까 이모는 파스타나 수프를 만드는 게 어때?"

뒤에서 내가 말을 걸자 이모가 깜짝 놀라 뒤를 돌아다본다.

"괜찮겠어? 내가 만들어도?"

"당연히 괜찮지. 설마 지금까지 내가 싫어할 줄 알고 사양해 왔다는 말을 하려는 건 아니겠지?"

저녁 먹을 때쯤 되면 어쩐 일인지 롯카 이모가 나타나는 경우가 종종 있었다. 지나다가 잠깐 들러 봤어. 뭐 이런 식인데 역에서는 이모네 집이 더 가깝다. 집에 가는 길에 들렀다기에는 좀 억지스런 데가 있다. 혼자서 밥을 먹는 것보다는 둘이서 먹는 게 훨씬 좋으니까 그냥 그럭저럭 넘겼는데, 가만 생각해 보니 롯카 이모 집에 초대를 받은 적이 없다.

"사양한 게 아니라 다들 나한테 요리를 시키지 않으니까 말이야. 내가 만든 게 그렇게나 맛이 없나 싶어서 걱정하고 있었지. 좋았어. 오늘은 내가 솜씨를 발휘해 주지."

롯카 이모는 즐거운 듯이 웃었다. 다들이라니 누구지? 이모의 요리를 거부한 사람이 그렇게 많은가? 아니, 이모의 요리가 그렇게나 맛이 없나? 그게 가장 큰 문제일지도 모르겠네.

"그럼 나중에 갈게. 라타투이 부탁해!"

콧노래를 흥얼거리던 롯카 이모가 손을 흔들었다. 그러고는 우당탕탕 소리를 내며 자기네 아파트 계단을 뛰어올라갔다.

05 노천 시장

롯카 이모가 거짓말을 하는 사람이 아니란 건 잘 알고 있다. 겸손한 척하는 사람은 더더욱 아니라는 것도.

내 부주의함을 한탄하는 수밖에 없다. 조금만 생각했다면 알 수 있는 일이었다. 이모는 "다들 나한테 요리를 시키지 않는다."고 자기 입으로 말했다. 요리를 시키지 않은 이유가 설마 롯카 이모를 공주님처럼 떠받들기 때문이겠는가? "내가 만든 게 그렇게나 맛이 없나 싶어서 걱정하고 있었지." 이모는 이런 말도 했다. 도대체 어쩌자고 그 말을 흘려들었을까? 뭔가를 시키지 않는 이유는 간단하다. 뭔가를 시킴으로써 입게 될 피해가 막심하기 때문이다. 예를 들어 접시를 깬다든지, 냄비를 태운다든지, 아니면 완성된 요리가 맛이 없다든지.

라타투이를 다 만들었는데도 롯카 이모는 나타나지 않았다. 점점 배가 고파져 왔다. 도대체 어떤 수프와 파스타를 만들기에 이렇게 시간이 걸리는 건가 궁금하기도 해서, 나는 무거운 냄비를 안고 롯카이모네 집으로 찾아가기에 이르렀다.

부엌에 펼쳐져 있는 참상은 실로 볼만했다. 어쩌자고 아직 도마 위엔 양파 썬 것이 흐트러져 있고, 가스레인지는 파스타 냄비에서 끓어 넘친 물 속으로 잠겨 가고 있었다.

"오오, 역시!"

밖으로 죄 나와 있는 접시들 앞에서 감탄사와 함께 고개를 끄덕이자 이모가 이상하다는 듯이 바라봤다.

"뭐가 역시야? 자, 이제 빨리 먹자."

"잘 먹겠습니다!" 하고 둘이서 일단 숟가락은 들었다. 그런데 숟가락이건 포크건 간에 어디로 가야 할지 몰라 한참을 헤맸다. 차마 내가 들고 온 라타투이만 먹을 수는 없는 노릇이나, 퉁퉁 불어터진 고무 같은 스파게티와 기름 덩어리가 둥둥 떠 있는 이모의 수프에는 숟가락을 대고 싶지 않았다. 시뻘건 스파게티 접시 속에서 헤매고 있자니 롯카 이모가 흐뭇한 얼굴로 웃었다.

"장마 끝난 걸 기념하는 뜻으로 새빨간 태양의 이미지를 살려 만들어 봤어."

장마가 끝난 후의 태양. '이것은 이미지 컷으로서 실제와 다를 수 있습니다.'라고 할 때의 그것. 이미지니까 실제와는 상관없다. 자유인 것이다. 아마도 그냥 파스타와 함께 삶았을 뿐이라고 여겨지는 이 바람 빠진 방울토마토, 이모는 지금 이것을 태양에다 비유하고 있는 것이리라. 나는 눈 딱 감고 한 입 먹어 보기로 했다.

"아!"

라타투이에 포크를 가져가던 롯카 이모가 고개를 들고 바라본다.

"왜 그래, 아스와?"

이모의 질문에 어떻게 대답해야 할지 알 수가 없었다. 앗! 하고 놀라게 되는 맛, 무엇과 무엇을 섞으면 이런 맛이 날지 상상조차 안 되는 맛이다. 신기하다. 어떻게 하면 이런 걸 만들 수 있는 건지 진짜로 신기해. 나는 롯카 이모의 혀를 믿을 수 있다고 여겼다. 지금도 군것질거리 취향은 나와 딱 맞는다. 그러면 내 혀도 이상한 혀라는 얘길까? 혀만으로는 요리를 할 수 없다는 것일까? 아니, 설사 그렇다 쳐도 말이다. 맛을 봤을 때 그 맛이 이상한지 아닌지는 알 수 있는 것이 아닌가?

"이모. 맛을 안 봤나봐."

"맛봤어. 봤다고!"

그 대답하는 말투가 자신의 말이 거짓임을 여실히 고백하고 있다.

"그것보다 아스와. 이 라타투이, 끝내주게 맛있다! 레스토랑에서 먹는 것보다 훨씬 맛있어."

"그건…… 고맙지만."

나는 애매하게 고개를 끄덕인다.

"뭐야? 대답에 맥아리가 없잖아. 너, 지금 내가 칭찬하고 있는 거야. 마구 기뻐해도 돼. 이 라타투이, 세계 최고라고! 자, 자, 기뻐해 봐."

어떻게 기뻐할 수 있겠는가? 이런 수프와 스파게티를 만든 사람한테 칭찬을 받고서 말이다. 그리고 거기에는 내가 내 요리 솜씨에 자신을 갖지 못하고 있다는 점도 한몫한다. 사실 자취를 시작한 게 요최근의 일이 아닌가? 드리프터스 리스트에 냄비를 산다는 항목이 들어갔을 정도이고 보면……. 냄비를 산 다음에는 그 항목이 '매일 냄비를 사용한다.'로 바뀌었다. 요리책을 보면서 제법 손이 가는 것을 만들어 보는 날이 있는가 하면, 여력이 없어서 그냥 된장국만 만드는 날도 있다. 르크루제로 말이다. 두껍고 무거운 르크루제로 된장국 1인분을 만들고 나면 좀 허무하긴 하다. 설거지를 하고 물기를 닦다가 뭔가 사기를 치고 있는 것 같은 기분이 들기도 한다. 그래도 매일 사용하다 보니 이제 어떻게 하면 올리브오일에 마늘 향을 낼 수 있는지 정도는 간신히 가늠할 수 있게 됐다.

"설거지밖에 할 줄 모르던 아스와가 세상에, 이렇게 번듯하게 맛있는 요리를 할 수 있다니!"

롯카 이모의 목소리는 감개가 무량한 듯 이어졌다.

"이 태양의 스파게티 옆에서 들러리 역할을 톡톡히 하고 있잖니?"

고슴도치. 갑자기 이 말이 눈앞에 나타나 반짝거린다. 고슴도치도 자기 자식은 예쁘다지. 롯카 이모가 자기가 만든 요리를 맛있다고 느끼는 건 고슴도치 부모의 마음 같은 것이다. 아무리 못났더라도 내 자식이 남에게 싫은 소리를 들으면 슬프겠지. 이모의 체면을 봐서라도 열심히 남김없이 먹어 줘야 하리라. 그런 생각을 하다가 또 후회한다. 별로 배가 고프지 않다든지, 뭔가 슬쩍 넘어갈 수 있는 거짓말을 할 수 있으면 좋으련만. 아무리 애를 써도 완벽하게 거짓말을 할 수 없다. 모자라는 거짓말을 할 수 있는 재주만이 완벽하달까? 그리하여 금방 들통이 나고, 일은 더 복잡해진다.

앞으로 이모와 식사할 때는 역시 먹을 건 내가 만들어야 되겠다. 태양은 뭔 태양? 흐리멍덩한 맛은 그렇다 치더라도, 스파게티는 왜 이렇게 퉁퉁 불어터질 때까지 삶은 거지?

"잠깐 실례!"

롯카 이모가 자리에서 일어났다. 가만 보니 화장실에 가는 모양이다. 바로 지금이야! 스파게티를 쓰레기봉투에 담아 버릴까? 수프를 싱크대에 쏟아 버릴까? 아니지. 들키면 큰일인데…….

시원하게 물 내려가는 소리가 들리고 이모가 화장실에서 나왔다.

"괜한 짓하지 말아 주셔."

이모가 뜬금없는 말을 한다.

후추 뿌린 것을 알아차렸을까? 후추를 좀 많이 뿌리면 그 강한 맛과 향 덕분에 좀 먹기가 수월해질 것 같아서 그랬는데.

"미안해."

"화장실 휴지 방향, 네가 바꿔서 걸어놨지?"

나의 사과와 롯카 이모의 말이 거의 동시였다.

"응? 아아, 그거? 거꾸로 끼워져 있기에 바로 끼워놓은 건데?"

"뭐가 거꾸로야? 난 그 방향이 아니면 찜찜하거든. 휴지가 홀더 안쪽에서 조신하게 사르르 내려와 있는 게 편하다고."

그러면 쓰기가 불편할 텐데. 휴지를 자를 때도 그렇고. 그런 생각이 들었지만 가만히 있었다. 후추 뿌린 게 들통 나지 않아서 다행이야.

"그, 아니. 아스와, 리스트는 어떻게 됐어?"

라타투이 냄비에서 새로 한 국자 뜨면서 롯카 이모가 물었다.

"별로 달라진 건 없어."

떡이 되어 버린 스파게티와 격투를 벌이며 대답하는데, 이모가 슬쩍 내 얼굴을 쳐다보고 한마디 한다.

"아니, 말이야. 얼굴 표정이 뭔가 개운해진 것 같아서."

개운해진 일 같은 건 없다. 나만의 아름다움을 찾아가는 기나긴 여행에서 이제 첫 번째 발걸음을 막 떼었을 뿐이다.

"아스와는 언제 봐도 피부가 탱탱하고 윤기가 난단 말이야."

"탱탱하기는 뭐가!"

펄쩍 뛰는 나를 이모가 깜짝 놀란 눈으로 바라본다. 탱탱하고 윤기 나는 피부는 고민거리 없는 롯카 이모의 전매특허잖아. 고민 속에 허우적거리고 있는 내가 어떻게 탱탱할 수 있어? 나는 그런 마음 상태가 아니라고! 나는 지금 그런 마음 상태가 아니라는 것을 마구 강조하고 싶은 기분이 된다.

"어? 싫어? 탱탱하고 윤기 나는 피부가? 진짜 복에 겨웠구나. 보는 사람이 부러울 정도로구만."

부럽다니, 듣기만 해도 어처구니가 없다. 나보다 열 살이나 많으면서, 롯카 이모 피부야말로 진짜 너무 깨끗한 거 아니야?

문득 사쿠라이 게이가 떠오른다. 나보다 나이가 많은 건 아니었지만 믿을 수 없을 정도로 깨끗한 피부의 소유자였다.

"참! 리스트에서 항목 하나가 해결됐어. 오늘 에스테틱 살롱에 다녀왔거든."

내 말에 이모 얼굴이 갑자기 환해진다.

"그것 봐라. 리스트 효과 만점 아니니?"

글쎄, 윤기 나는 피부가 리스트 효과인지, 에스테틱 효과인지, 아니면 집안 내력인지는 잘 모르겠네.

"에스테틱 살롱 간 거, 참 좋았어. 다른 데는 어떤지 모르겠지만, 오늘 간 데는 그 세계가 진짜 심오하더라고."

"그래? 그거 다행이네."

말과는 달리 전혀 흥미 없는 표정의 이모가 스파게티를 포크에 돌돌 말더니 커다란 입을 떡 벌린다. 롯카 이모를 인터뷰한다면 어떤 결과가 나올까? 그 어떤 질문을 받아도 동요하는 법이 없겠지. 아무리 노련한 사쿠라이 씨라 해도 뭐 하나 건져낼 게 없으니 깜짝 놀랄 거야.

"리스트에서 항목은 하나 지워졌지만 갈수록 더더욱 모르겠어. 앞으로 어떻게 하면 좋을지."

"그럴 때는 말이야. 더 많이 쓰면 돼. 리스트를 볼 때마다 쓰고, 쓰고, 또 쓰라고. 그런데 참, 내일 시간 있니?"

"뭐야, 갑자기. 시간 있어요, 있다고! 알면서 묻는 거지?"

"그럼 내일, 노천시장 안 갈래?"

노천시장? 그러고 보니 행사 포스터를 본 듯한 기억이 난다. 늘 지나다니는 역에도 붙어 있었을 것이다. 종점 가까운 역의 산 밑에서 열린다는 시장 말이지. 아마? 히피주의인지, 자연주의인지, 정신주의인지, 하여튼 잘은 모르겠는 사람들이 모여서 여는 자유시장 같은 것이다. 흥이 나면 노래도 하고 춤도 추고 그런다는 것 같던데.

"그런 거, 별로 관심 없는데."

내가 솔직하게 말하자 롯카 이모도 동의한다.

"그러니? 나도 그래."

"근데 왜 가자는 거야?"

"아니, 이치 씨가 말이야. 거기서 가게를 연다고 와 달라 하더라고."

"이치 씨라니, 이치카와 씨? 그 이치카와 식당 주인? 전혀 히피스럽지 않던데. 무슨 가게를 여는 거지?"

이치카와 식당은 역에서부터 쭉 이어지는 상가의 끄트머리에 있는 백반정식집이다. 이사 기념으로 롯카 이모를 따라가 식사를 한 이후로 몇 차례나 가서 밥을 먹었다. 믿을 수 있는 맛에 가격도 싸다. 가게 주인이라기보다 매니저라고 하는 게 더 어울릴 것 같은 이치카와 씨는, 말 안 하고 가만히 있을 때 보면 아주 듬직하고 남자다워 보인다.

"레이스 뜨기 가게."

"뭐라고?"

"너, 아무것도 모르는구나. 이치카와 씨, 알 만한 사람은 다 아는 레이스 뜨기의 달인이야. 지역 복지관에서 레이스 뜨기 교실도 열고 있다고."

"이치카와 씨의 레이스 뜨기라……. 글쎄, 보고 싶기도 하고 안 보고 싶기도 하고, 잘 모르겠네."

"그 양반 레이스가 굉장히 섬세해. 한번 볼만한 가치는 있어. 나야 그냥 산에까지 가는 게 좀 귀찮아서 그러는 거지만. 다들 어울려서 노래하고 그러는 것도 사실 체질에 안 맞고."

"하지만 부탁받았다며. 구경하러 오라고."

"그래서 너한테 지금 이야기하고 있잖니. 거기 꽤 괜찮다는 것 같더라. 산도 가깝고, 초록도 무성하고, 하늘도 넓고 말이야. 손님이 없으면 섭섭할 텐데, 좀 가 주라. 응? 아, 참! 그 스파게티, 아직 냄비에 남아 있으니까 더 먹고 싶으면 가져가도 돼."

부탁해도 안 가져갈 거야. 노천시장에도 안 가. 보통 때 같으면 이렇게 대답했을 것이다. 그런데 오늘은 왠지 노천시장에 가보는 것도 좋을 것 같다는 생각이 든다. 노천에 펼쳐진 푸른 하늘이라든지, 초록이라든지, 히피라든지 하는 것들은 나와 인연이 없다고 생각해 왔다. 그게 바로 이유다.

"지금까지와 다른 길을 걸어봄으로써 뭔가를 발견할 수 있을지도 몰라."

"큭큭큭."

롯카 이모의 웃음소리에 현실로 되돌아온다.

"가라고 해놓고 이렇게 말하는 건 좀 그렇지만 별로 기대는 하지 않는 게 좋을 거야. 아스와가 꿈꾸고 있는 그 무엇인가가 과연 그 노천시장에 펼쳐져 있을까 모르겠네?"

"그럼 안 가."

롯카 이모는 옆으로 가지런히 모으고 있던 다리를 앞으로 쭉 뻗더니 아예 다다미 위로 벌렁 누워버린다.

"그치? 이 더위에 무슨 노천시장이야. 이치 씨한테야 마츠리 같은 것일지 몰라도……."

아아, 이거! 지금 느낌이 팍 왔다. 나한테 팍 오면, 그 여파 때문인지 뭔지 몰라도 곧이어 롯카 이모한테도 전달된다. 테이블 너머로 누워 있는 이모를 힐끗 쳐다보자 마침 그녀도 이쪽을 쳐다보고 있다.

"아스와, 리스트 있으면 좀 보여줘."

역시! 롯카 이모한테도 느낌이 팍 온 모양이다.

"아니다. 됐어. 안 보여줘도 알아. 마츠리야. 그치?"

맨 처음에 쓴 리스트에 있었다. 가마라고 써 놓은 항목. 하고 싶은 것을 써 보라는 말을 들었을 때 맨 먼저 떠오른 것은 내가 좋아하는 마츠리를 볼 수 있는 데까지 아주 많이 보러 다녀야지 하는 것이었다.

"그래, 아스와. 마츠리라면 갈 수밖에 없는 거야."

방바닥에 드러누워 하는 이야기가 무슨 설득력이 있을까마는 어차피 할 일은 없었다. 푹푹 찌는 방에서 땀을 흘리며 늘어져 있느니 노천시장이라는 목표라도 있는 게 오히려 마음 편할지 모른다.

"냄비 두고 갈 테니 잊지 마시고."

나는 빈 접시를 들고 자리에서 일어났다.

"그러니까 스파게티 가져가면 된다잖아. 두고 갈 것 없이."

나는 못 들은 척하고 두 사람이 먹은 그릇을 설거지한다. 1. 예뻐진다. 2. 매일 냄비를 사용한다. 3. 가마. 4. 귀인가마. 5. 하고 싶은 것을 한다. 6. 학(정정함, 확) 여행을 간다. 줄줄 외울 정도가 된 리스트를 머릿속에서 반추해 본다. 노천시장은 그 어느 항목과도 관련이 없다.

* * *

아침부터 엄청나게 쪄댄다. 정말 장마가 끝난 모양이다. 텔레비전의 일기예보에서 최고기온이 36도를 넘을 거라는 말을 듣는 순간 노천시장에 갈 마음이 증발해 버리는 것이 느껴졌다.

"평열이 몇 도야?"

이렇게 롯카 이모에게 묻는 장면을 상상해 본다.

"나는 35도 대야. 그래서 기온이 체온보다 높은 곳에 가면 완전히 삶아져 버리거든?"

평계로는 완벽하다. 애초에 이치 씨한테 부탁을 받은 건 롯카 이모였다. 단지 귀찮다는 이유로 나한테 넘긴 거니까 곧이곧대로 지키지 않아도 괜찮다.

그런 생각을 하며 잠옷 차림으로 냉장고에서 보리차를 꺼내려는데 전화벨이 울렸다. 롯카 이모일지도 몰라. 그대로 가만히 있자니 음성 메시지로 넘어간다.

"…… 아스와. 잘 지내고 있는 거지? 이제 오나 저제 오나 기다리고 있는데, 왜 그렇게 집에는 코빼기도 안 비치는 거냐? 참, 진짜…… 너란 애는 집을 나가서 소식도 없고, 야스히코는 독립할 생각도 안하고 있고, 뭐 아무튼지간에 오늘 한번 집에 와라. 할 얘기가 있으니까. 어차피 할 일도 없지? 여보세요?"

엄마였다. 음성 메시지가 돌아가는데, 마치 있으면서 없는 척하고 있는 것을 안다는 듯한 말투다. 어차피 할 일도 없지 않느냐는 것도 기분 나쁘지만, 할 얘기가 있다는 말에도 화가 난다. 보나마나 유즈루 이야기일 것이다. 용서를 구하러 우리집에 나타났다는 이야기. 롯카 이모한테는 벌써 말했잖아. 그런데 왜 당사자인 나한테는 감감무소식이야?

음성 메시지 램프가 깜빡거리는 것을 바라보며 생각한다. 지금 내가 화를 내고 있는 것이 사실은 종로에서 뺨 맞고 한강에서 화풀이하는 것과 다르지 않다는 것을. 나는 유즈루를 용서하지 못하고 있다. 그러면서도 그런 마이너스 감정을 내려놓지 못하고 있는 나 자신이 한심해서 괜히 주변 사람들한테 그걸 전가하고 있는 것이다. 유즈루도 꼭 용서를 받아야 되겠다는 생각을 한 건 아닐 것이다. 그런데 그러면서도 우리집에 용서를 구하러 왔다. 왜? 왜 가만히 놔두지를 않는 거지? 왜 끝까지 깨끗하게 악역을 수행하지 않는 거냔 말이다!

집에 가고 싶은 마음은 도저히 날 것 같지가 않다. 유즈루의 이야기를 듣는 것이 겁이 난다. 보나마나 다시 슬퍼질 것이다. 결혼이 깨진 이유가 무엇인지를 듣는다는 것은 나와 헤어지고 싶어했던 유즈루의 마음을 다시 한 번 확인해야 한다는 이야기다. 생각만 해도 눈앞이 깜깜하다.

"그렇지! 오늘은 노천시장에 가기로 약속했지!"

소리 내어 그렇게 말을 해보니 꼭 지켜야 할 약속처럼 느껴진다. 세수를 하고, 음성 메시지 램프를 외면해 가며 옷을 갈아입고, 보리차만 마신 후 후다닥 집을 나섰다. 아파트 계단을 내려와 끈적끈적

마구 눌어붙고 있는 듯한 아스팔트 길로 나선 순간 후회가 세차게 밀려들긴 했지만 말이다. 이 정도로 덥다면, 집안에서 궁상을 떨고 있는 편이 나을지도 몰라.

아직 안 늦었는데…… 집으로 다시 돌아갈 수 있는데……. 이런 생각을 하면서 역 방향으로 계속 걸어간다. 지금이라도 다시 집으로 돌아갈 수 있는데……. 한 발짝 옮길 때마다 그런 생각을 하며 무거운 걸음을 떼고 있는 자신을 이해할 수 없다. 솔직히 돌아가고 싶으면 언제든지 돌아갈 수 있다. 역까지 왔다가 돌아갈 수도 있고, 전철을 탔다 해도 아무 역에서나 내릴 수 있다. 그런데도 멀리 가면 갈수록 다시 돌아오는 게 점점 어려워질 것만 같은 기분. 유즈루도 대단한 사람이다. 예식장까지 예약해 놓고 약속을 깨다니. 그 얌전한 사람이 일을 되돌리려 했을 때는 얼마나 굳은 각오가 필요했다는 말일까?

발끝에 무심코 머물러 있던 시선이 부옇게 흐려지는 걸 깨달으며 엉겁결에 고개를 든다. 햇빛 때문이야. 이렇게나 쨍쨍 내리쬐니까 별 이상한 생각을 하게 되잖아. 어, 근데 지금 뭔가 이상한 게 눈에 들어오네. 저기, 종종거리고 있는 사람. 이것도 햇빛 때문인가? 춤추고 있는 것 같기도 하고, 통통거리며 튕겨오르고 있는 것 같기도 한 저 사람. 아, 이모다. 롯카 이모.

"…… 뭐하는 거야?"

목소리가 잠겨서 나온다. 아무리 봐도 이상하게 보인다. 햇빛 때문에 그런 게 아니다. 길 맞은편의 롯카 이모는 몸 흔들던 것을 멈추고 험악한 표정으로 이쪽을 본다.

"어깨춤."

"어깨춤이 절로 난다고 할 때의 그 어깨춤?"

"아니라니까. 이게 흥겨워 보여?"

이모는 눈썹을 찌푸리며 잔뜩 거드름 피우듯이 묻는다. 생각하기 귀찮아서 가만히 있는다.

"하기가 귀찮은 일이라는 게 있잖아. 그럴 때 계속 투덜거리고만 있으면 점점 더 귀찮아져서 짜증이 난다고. 그래서 이런 식으로 탄력을 붙여 가지고 그냥 막 해버리는 거지."

"그러니까 그 어깨춤이란 게 탄력 붙이는 작업이란 말이네? 근데 왜 그렇게 거드름을 피우는 거야?"

"아무도 안 피우기에 좀 피워 봤다. 자, 가자."

미처 몰랐지만 씩씩하게 걷기 시작한 롯카 이모의 기세에 어느새 나는 등을 떠밀리고 있었다.

"이모는 어디 가는데?"

"노천시장이지, 어디긴 어디야?"

"안 간다고 하지 않았어?"

"아니, 그게 말이야."

이모가 목소리를 낮췄다.

"안 가면 큰일 날 것 같더라고."

큰일이라는 게 어떤 건지 나는 모른다. 하지만 분명 대단한 일은 아닐 것이다. 안 오면 앞으로 밥 먹을 때 무한리필 없어요. 이런 협박을 이치 씨한테 받았다든지 하는 정도겠지. 롯카 이모는 복잡한 표정을 지은 채 역 쪽으로 걸음을 옮겼다.

줄줄이 흘러내리는 땀을 닦으며, 역에서 종점까지 가는 표를 끊었다. 전철은 곧바로 왔고, 우리는 시원하게 냉방된 좌석에 나란히 앉았다. 늘 다니던 방향과 반대 방향으로 전철이 움직이기 시작했다. 가만히 앉아 창밖 풍경을 바라보고 있노라니 음성 메시지로 감기고 있던 엄마의 목소리가 떠올랐다.

"오늘은 한번 와라."

생각보다 목소리가 다정했던 것도 같다. 유즈루의 얘기 같은 건 나중 문제고, 엄마는 그저 딸의 얼굴이 보고 싶었던 것인지도 모른다. 이사를 나온 후로 집에 갔던 것은 딱 한 번 동창회 소식 엽서를 가지러 들렀던 것밖에 없다. 그때는 처음부터 기분이 나빴다. 이렇게 더울 때 누가 동창회 같은 걸 열자고 한 거야? 더구나 결혼했네, 누가 아이를 낳았네 하는 이야기에는 전부 귀를 틀어막고 싶었다. 이 경사스런 초대장을 날린 거, 누구야? 엽서 뒷면의 간사 이름부터 확인한다. 아아, 걔. 옛날부터 쓸데없는 일에 끼어들기 좋아하는 애였지? 그런 생각을 하다 말고 나는 나 자신에게 흠칫했다. 언제부터 마음보가 이렇게 배배 꼬여 버렸나? 마음이 무거워서 그날은 제대로 이야기도 나누지 못하고 황망히 집을 나와 버렸다. 저녁을 지어 놓고 기다리고 있던 엄마에게 몹시 미안했다.

제대로 되는 일이 하나도 없다. 지금까지 별일 없이 지나가던 일들이 모조리 반기를 들고 나한테 덤벼들고 있는 것 같다. 파혼한 후로 왜 이러는 걸까? 아니면 단지 내가 몰랐을 뿐, 사실은 지금까지 모든 일들이 다 제대로 안 굴러가고 있었던 것일까? 파혼하고 나더니 마치 돌부리에 채인 듯이 나동그라져서 그대로 일어나지 못하고 말더라……. 혹시 지금 내가 그런 상황일까?

"우선은, 여기에서 일어나 처음부터 다시 시작한다 하는 그런 마음가짐이 중요할 것 같아."

옆에 앉은 이모에게 말을 걸어봤으나 대답이 없다. 어깨에 가로질러 메고 있던 캔버스 천가방에서 리스트를 꺼냈다. 잠시 생각하고 나서 추가로 써 넣는다. '7. 새로 시작한다.' 뭘 새로 시작해야 할지는 모르겠지만 일단.

전철이 종점에 도착해 자리에서 일어나는데 롯카 이모가 빈자리쪽으로 스르르 쓰러진다. 잠이 깊이 들었던 모양이다.

노천시장은 넓었다. 한눈에 봐도 딱 이런 데 올 만한 차림새를 하고 있는 사람, 틀림없이 그런 사람들로 북적거릴 거라고 예상했다. 그런데 실망스러울 정도로 사람들이 다양하다. 가게들도 다양하고 파는 품목들도 다양하다. 옷과 액세서리, 잡화, 책, 그림, 피규어, 헌 물건들과 새 물건들, 그리고 먹을거리 파는 데도 많다. 악기를 울리며 노래하는 사람도 있다. 파는 사람과 사는 사람, 나이 든 사람과 젊은 사람, 화려하게 치장한 사람과 수수한 사람, 그 모두가 남의 시선 같은 것은 아랑곳없이 뜨거운 태양 아래 땀을 뻘뻘 흘리고 있다.

산이 가까워서일까? 아니면 활짝 펼쳐져 있는 파란 하늘 때문일까? 혹시 나만 혼자 튀는 것이 아닐까 싶어 걱정했던 것이 우습다. 이렇게 활짝 열린 곳에 오니 확실히 알겠다. 하고 싶은 대로 하면 된다는 것. 자기가 하고 싶은 것을 하면 되는 것이다. 점점 마음이 편안해진다. 결혼한 사람도 있고 안 한 사람도 있고……. 결혼 약속을 파기한 사람이 있는가 하면 파기당한 사람도 있고……. 우후후. 참 다양한 사람들이 있는 거야. 좋다 나쁘다와 상관없이 말이야. 우후후후후.

"얘, 아스와! 즐거워하는 건 좋은데, 그렇게 혼자 웃으면 보는 사람이 좀 섬뜩하거든?"

옆에서 걷던 롯카 이모가 한마디 한다.

"이치 씨 가게는 어느 쪽에 있을까나?"

남들한테 어떻게 보이건 상관없다. 하지만 섬뜩하다니, 그건 좀 그러네. 우후후. 일단 마음은 노천시장을 향하여 잔잔하게 열린 채 닫힐 줄 모른다.

그때 시야 한쪽에 뭔가가 들어왔다. 뒤돌아서서 시선을 모아 본다. 자그마한 이동 판매대 옆에 낯익은 얼굴이 보인다. 귀엽고 상큼한 인상을 주는 얼굴과 저 태도……. 이쿠? 틀림없이 내가 아는 그 이쿠처럼 보이는데 평소와 분위기가 다르다. 먹을거리를 파는 가게인가 보다. 평소 모습이 민들레 같던 이쿠가 지금은 해바라기처럼 웃는 얼굴로 누군가와 이야기를 나누고 있다.

어쩌다 보니 말을 걸 기회를 놓쳤다. 저런 얼굴로 웃는 사람이었구나. 내가 알고 있던 이쿠와 전혀 다른 사람 같다. 말을 걸 기회를 놓쳤으니, 그 다음은 재차 기회를 노리든지 아니면 숨어 다니든지 둘 중 하나다. 이런저런 판매대와 좌판들이 늘어서 있는 노천시장에서 나는 어느새 이쿠가 있는 자리를 조심스레 피해 다니고 있었다. 왜 모르는 척해야 하지? 하는 생각을 하면서……. 통통 퉁겨오르는 듯한 이쿠의 웃는 얼굴에 주눅이 들어서라고는 인정하고 싶지 않다.

그런데 참 나! "아스와아!" 하고 부르는 소리가 들렸다. 롯카 이모가 만면에 웃음을 띠고 손을 흔들었다.

"여기 수프 먹어 봤니이? 콩으로 만들었대애. 기가 막히게 맛있네에!"

그게 바로 이쿠의 판매대였다. 숨어 다닐 필요가 없어져 버렸네. 나는 이제서야 봤다는 듯이 다가간다. 이쿠는 깜짝 놀라더니 금세 활짝 웃었다.

"정말 놀랐어. 아스와도 왔구나."

"응. 나는 그냥 손님으로 온 거지만."

제비꽃 색깔의 앞치마를 두른 이쿠가 밝은 태양 아래 반짝반짝 빛나 보인다. 참 예쁘다…….

"콩을 팔고 있었구나. 음 병아리콩, 렌즈콩, 호랑이콩, 대복두……. 귀여운 이름들을 붙여 놨네."

"내가 붙인 게 아니라 그게 진짜 이름이야."

이쿠가 유쾌하게 웃었다. 나는 콩이 들어 있는 봉지를 하나 집어 들고 거기에 붙어 있는 라벨을 읽었다. 햇빛이 너무나 눈부셔서 따끔따끔했다.

라벨에는 큼직한 손글씨로 '콩은 맛있다.'라고 쓰여 있었다. 저절로 웃음이 번져 나온다. 그래. 이쿠의 도시락에는 콩조림 같은 것이 자주 들어 있었지. 그런데 이렇게 판매까지 할 정도로 좋아하는 줄은 몰랐네.

이어서 더 작은 글씨로 쓰여 있는 부분을 읽는다.

콩은 맛있다.
콩은 값이 싸다.
콩은 오래 보관할 수 있고, 즐겁게 요리할 수 있고, 몸에 좋다.

그리고 더더욱 작은 글씨로 쓰여 있는 부분을 읽는다.

전 세계 사람들이 고기를 먹으면 식량 위기가 심각해진다.
하지만 콩을 먹는다면 괜찮다.
전 세계 사람들이 모자람 없이 식사할 수 있기를.
라쿠텐도 콩요리 모임의 바람입니다.

너무 더워서 머리에서 김이 올라올 지경이건만 어쩐 일인지 땀이 식고 있었다.

이쿠 씨, 이거 콩이잖아. 콩을 먹으면서 이런 생각을 하고 있었던 거야? 나는, 나는 전혀 생각도 못하고 있었어. 콩을 먹든 뭘 먹든 생각 같은 건 안 하고 있었지.

아니, 처음부터 나는 이쿠의 개인적인 부분은 아는 것이 거의 없었다. 쉬는 날 이쿠가 어디서 무엇을 하며 지내든 전혀 관심이 없었다.

그런데 충격이었다. 이쿠가 이렇게 생동감 넘치게 무슨 활동인가를 하고 있다는 것이, 그리고 나에게 아무런 이야기도 해주지 않았다는 것이. 물론 나도 그녀에게 뭔가를 시시콜콜 이야기하며 지내온 것은 아니다. 그러므로 충격을 받았다는 것 자체가 말이 안 되는 일일지도 모른다. 그렇지만 나는 이야기를 안 한 게 아니라 이야기할 수 없었던 것뿐이다. 이야기할 것이 없었으니까. 이쿠와 나는 콩 한 알을 보고서도 생각하는 것의 깊이가 이렇게 달랐다. 어쩌면 우리 회사의 새로 나온 유아복 롬퍼스 하나에도 이쿠와 나는 그 생각이 다를지도 모른다.

잠시 말을 잃은 나에게 이쿠는 언제나처럼 명랑한 목소리로 말을 건넸다. 필시 나에게 마음을 쓰고 있는 것이리라.

"이 더위에 콩을 갖다 파는 게 쉽지가 않네."

이렇게 말하더니 조그맣게 한숨을 내쉬었다.

"사실 콩으로는 샐러드도 만들 수 있고 디저트도 만들 수 있는데, 보통은 콩조림 이미지가 강하잖아. 푹푹 찌는 게 연상되기 때문에 여름에는 잘 안 팔려. 그런 걸 알기 때문에 오늘은 시원한 콩수프를 많이 만들어 갖고 나왔지. 기사회생의 기회를 노렸는데 그만 얼음이 다 녹아버렸네. 이렇게 날씨가 뜨거우니까 어쩔 수 없는 일이지만 내 생각이 너무 모자랐어."

이쿠가 솔직하게 자기 속내를 털어놨다. 그 호의를 진심으로 받아들이고 싶다. 아…… 얼음이다. 얼음이 있으면 되겠네. 얼음으로 이쿠가 만든 콩수프를 시원하게 얼려주는 거야. 역 쪽에 작은 슈퍼마켓이 있었는데, 거기 가면 얼음이 있을 거야. 그걸 몽땅 사 오자!

"잠깐만 기다려."

그렇게 말하고 나는 급히 노천시장 입구 쪽으로 걸어갔다. 이쿠가 원하는 것이 얼음이 아니라 해도 지금 내가 해줄 수 있는 대답은 이 것밖에 없다. 돈이라면 있다. 용도를 잃어버린 2백만 엔은 바로 이럴 때 쓰라고 있는 것이다. 지금 그 돈을 쓰면 속이 시원할 것 같다. 2백 만 엔이 아니라 2만 엔어치의 얼음만 있어도 이쿠의 콩수프를 어떻 게 살릴 수 있을 거야. 어떻게든 이쿠를 도와주고 싶다. 나는 오직 그 콩수프를 어떻게 해보겠다는 생각밖에 없어.

그러면서 생각한다. 혹시 돈을 지불하는 대신 이쿠가 내 몫까지 열 심히 해주기를 바라고 있는 것은 아닐까? 나는 땀을 닦듯이 의심을 닦아낸다. 그러면서 지글지글 타오르는 태양 아래 오로지 슈퍼마켓 만을 향해서 걸어갔다.

06 핫케이크에 맥주

결국 2만 엔은 쓰지 못하고 말았다. 2만 엔이 아니라 20만 엔이어도 좋고 2백만 엔이어도 상관없다고 생각했다. 겨우 돈 쓸 곳을 찾았구나 싶어 흥분하여 슈퍼마켓으로 달려갔던 것인데, 어쩌면 그 흥분 상태가 안 좋았는지도 모르겠다.

역 근처에 이르러 슈퍼마켓에 도착한 것까지는 기억이 난다. 입구의 자동문이 열렸는데 시야가 좁아지면서 왠지 굉장히 어둡네 하는 느낌이 들었다. 그러더니 이내 모든 것이 깜깜한 안개 속에 뒤덮였다.

열사병이었다. 얼굴이 새빨개진 상태로 슈퍼마켓 입구에서 쓰러졌다는 것이다. "얼음, 얼음⋯⋯." 하면서 얼음을 찾았다고. 아이러니하게도 이쿠의 콩수프를 차갑게 식혀줘야 할 얼음은 내 이마 위에 올라가고 겨드랑이 사이로 들어갔다. 그렇게 해서 한참 후 나는 의식을 되찾았던 것이다.

슈퍼마켓 휴게실의 간이침대에서 눈을 떴을 때 바로 옆에 낯익은 얼굴이 보였다. 아직 머리가 멍한 상태여서 아무 생각도 나지 않았다. 나는 그 얼굴을 불렀다.

"엄마……."

"엄마는 누가 엄마니!"

틀림없이 엄마로 보이는 얼굴이 무슨 까닭인지 화를 낸다. 화를 내고 있는 것이 엄마가 아니라 그 여동생인 롯카 이모라는 사실을 깨닫기까지는 좀 더 시간이 지나야 했다.

"난 언니처럼 코가 오똑하지 않거든?"

참 별난 자신감이다. 그러고 보니 롯카 이모 얼굴은 쬐꼼 납작하네. 몽롱한 가운데 그런 생각이 들었다.

"자, 이온음료 좀 마셔."

롯카 이모가 내미는 음료수를 꿀꺽꿀꺽 마신다.

"왜 멋대로 혼자 돌아가고 그래?"

"돌아간 거 아니었어."

"갑자기 안 보이기에 깜짝 놀라서 한참을 찾았잖아."

잠깐만 기다려. 이러고는 노천시장을 나와 그대로 끝이었던 것이다. 물론 나는 곧바로 돌아갈 줄 알았지…….

롯카 이모가 내 휴대전화로 전화를 했고, 나를 보살펴주던 슈퍼마켓 점원이 그 전화를 받은 덕분에 내가 있는 곳을 알았다고 한다.

"그런데 참, 이쿠 씨는?"

"이쿠라니. 그 콩수프 팔고 있던? 팔고 있겠지, 아직."

시원한 콩수프는 어떻게 되었을까? 연한 초록색을 띤 게 신선하고 굉장히 맛있어 보였는데. 그런데 그 큰 냄비가 노천에서 엄청 땀을 흘리고 있었지. 태양의 열기 때문에 당장이라도 수프가 어떻게 되어 버릴 것만 같았다. 그래서 좌불안석하는 마음이 되어 버렸던 것이다.

"그런데 어떻게 된 거야? 왜 사라졌어?"

"콩수프 냄비를 차갑게 얼려주고 싶었어. 그래서 슈퍼마켓까지 얼음을 사러 온 건데 입구까지 와서 나도 모르게 그만……."

롯카 이모는 천천히 눈을 한 번 감았다가 떴다.

"너 진짜 바보네. 노천시장 한가운데서 얼음을 팔고 있었잖아. 아마 그 애도 지금쯤은 얼음을 사다가 냄비를 어떻게 하고 있을걸."

할 말을 잃은 나를 내려다보며 롯카 이모가 말을 이었다.

"하지만 자발적으로 뭔가 하려고 했다는 것은 높이 평가한다. 결과적으로는 바보 같은 짓이 되어 버렸지만 아스와로서는 잘한 짓이라고 볼 수도 있어."

"이치 씨네 레이스 뜨기 가게에는 들러봤어?"

이모는 입을 삐죽 내민다.

"내일부터 무한리필이 없어졌다."

"미안, 이모……."

내가 중얼거리는 소리를 마치 못 들은 듯 롯카 이모는 내가 덮고 있던 얇은 담요를 걷어올렸다.

"자, 가자. 여기 주인한테 감사하다는 인사 확실히 하고."

120

그 말투가 엄마와 똑같아서 웃음이 나온다. "알았어요오." 하고 침대에서 일어나려는데 천장과 바닥이 핑그르르 뒤집어졌다.

* * *

진짜, 되는 일이 없다.

노인이나 애들만 걸린다고 생각했던 일사병에 걸렸다는 것을 우선 납득할 수 없다. 거기다가 생각했던 것보다 증상이 심각해서, 슈퍼마켓에서 병원으로 직행해 링거를 맞으며 그대로 하룻밤을 보내야 하는 저시가 되다니, 정말이지 이건 내가 원하는 바가 아니었다.

무엇보다 한탄을 금할 수 없는 것은 콩수프를 파는 이쿠에게 결국은 얼음을 갖다 주지 못했다는 것이다. '콩수프를 파는'이라는 설명은 사실 중요하지 않다. 이쿠는 그냥 이쿠다. 어제까지 이쿠는 상큼하고 귀여운 이쿠, 노천시장과는 아무런 인연도 없는 이쿠, 하마 유아복 본사에 근무하는 회사 동료 이쿠였다. 하지만 그것은 내가 알고 있다고 생각했던 이쿠의 일부에 지나지 않는다. 머릿속에서 내내 그 콩수프가 떠나지 않는다. 회사에서 가장 친하다고 여겼던 친구가 지금은 아주 멀게 느껴진다.

나한테 아무런 얘기도 해주지 않았다는 섭섭함도 조금은 섞여 있다. 하지만 문제는 그것이 아니다. 나는 그냥 스쳐 지나갔고, 이쿠는 그곳에 멈춰 섰다. 그리고 뭔가를 발견하고 한 걸음 내딛었다. 두 걸음, 세 걸음…… 아니, 지금은 그 이상을 나아가고 있겠지. 참 대단하기도 하고 듬직하기도 하다. 그리고 이쿠가 발견한 그 무엇과, 그 무엇을 발견한 이쿠한테서 아무것도 발견하지 못하고 있었던 나 자신을 생각하면…… 한숨이 나온다.

그 자리에서 산 흰콩 한 봉지. 거기에는 '라쿠텐도'라는 라벨이 붙어 있었다. 아무리 봐도 그게 이쿠가 연 가게 이름은 아닌 것 같다. 주소가 교토로 되어 있는 것으로 짐작하건대 이쿠는 단지 위탁판매 비슷한 것을 하고 있었던 것 같다. 자세한 것은 아직 모른다. 이것저것 물어보고 싶은 마음은 굴뚝같지만 이쿠는 그때 이후로 보지 못했다.

나보다 분명히 어린 데다 별로 믿음직스러워 보이지도 않는 의사 선생이, 잠시 안정을 취하는 게 좋겠다고 건성으로 한마디한다. 그러자 나도 모르게 힐난조가 된다.

"잠시라는 게 어느 정돈가요?"

선생은 움찔하더니 검은테 안경 너머로 눈을 끔벅거렸다.

"이제 괜찮다고 생각할 정도까집니다."

"이제 괜찮다고 생각하는데요."

그렇게 말하자 선생은 구부정하던 허리를 조금 꼿꼿하게 폈다.

"내가 이제 괜찮다고 생각할 정도까집니다."

나는 계속 괜찮다고 생각하고 있었다. 슈퍼마켓까지 걸어가는 동안에는 아닌게아니라 땀을 무지 흘리고 있구나 하는 걸 느끼고 있었다. 하지만 기분만은 그 순간의 태양처럼 뜨겁게 타오르고 있었다. 그런데 아무것도 못한 채 병상에 붙박혀 누워 있어야 하다니, 진짜 이건 아니다.

"그래. 괜찮지 않았으니까 이렇게 된 거지. 네가 강한 것처럼 보이지만 생각보다 약한 데가 있다고."

롯카 이모가 끼어들자 젊은 의사는 살았다는 듯이 병실에서 나가
버렸다.

"엄마한테 연락했으니까 느긋하게 쉬고 있어."

롯카 이모는 그렇게 말하고 둥그런 의자에 앉았다. 엄마가 올 때까
지 옆에 있어줄 생각인 모양이다.

"아, 진짜. 일요일을 이렇게 보내다니."

"미안해요."

나는 다시 한 번 조그만 소리로 사과했다.

"《점프》 말이야. 그거 월요일에 나오잖아. 오늘 일요일인데 그걸 사
자니 아무리 생각해도 아깝긴 했지만도, 아래 매점이 작고 허름해서
살 게 별로 없더라고. 이《점프》, 틀림없이 몇십 명은 읽고 갔을 거야."

롯카 이모는 완전히 너덜너덜해진 《주간소년 점프》의 표지를 나
한테 보여준다.

엄마가 온다는 말에 마음이 놓여서인지, 아니면 그냥 열사병 때문
인지 나는 링거를 꽂은 채 깊은 잠에 빠져 버렸다. 엄마가 언제 오고
롯카 이모가 언제 갔는지 전혀 눈치채지 못할 만큼 깊은 잠에 빠져
들었다.

다음날 아침, 병원에서 회사로 전화를 걸었다. 처음 전화를 받은
후배 직원에게 내일은 출근할 수 있을 거라고 이야기를 하는데 갑자
기 다른 사람이 전화를 바꿔 받았다.

“충분히 쉬는 게 어때?”

오하시라는 이 상사는 직접 얼굴을 맞대고는 한 번도 이런 식으로 말한 적이 없었다. 그런데 전화로 연결되자 수다스럽게 나온다.

“이참에 잠시 쉬는 것도 괜찮잖아. 피로가 쌓여 있었던 거라고. 유급휴가도 남아 있지? 여름휴가 쓰는 셈 치면 되니까, 알았지? 푹 쉬는 게 좋다고.”

“오하시 씨!” 하고 누가 짜증 섞인 목소리로 오하시 차장을 불러 세우는 소리가 들리더니 수화기는 다시 다른 사람 손에 넘어갔다.

“아, 미안해요. 오하시 씨가 하도 고집을 부려서 말이야. 뭐 억지로 그러라는 건 아니야. 그냥 좀 쉬는 것이 아스와 씨한테 좋지 않을까 하는 거지. 아스와 씨, 안 그래도…….”

야마부키 선배가 말을 하다 말고 입을 다물어 버린다. 계속해서 하려 했던 말이 전파를 타고 쿵쿵쿵쿵 전달되어 온다.

“안 그래도 휴가를 낼 예정이기도 했고.”

신혼여행으로는 큰맘 먹고 열흘에 걸쳐 그리스의 섬들을 여행할 예정이었다. 결혼식 전에도 이것저것 준비하느라 며칠간 휴가를 낼 예정이었지. 그것을 그냥 앞당겨 쓰는 거라고 생각하면 될지도 모른다.

의사 선생이 잠시 안정을 취하는 게 좋겠다고 한 건 사실이다. 자존심 세워가며 출근하면서까지 반드시 해야 할 일이 있는 것도 아니다.

“저, 그러면 말씀대로 며칠 쉬도록 하겠습니다.”

그러나 그렇게 말한 순간 뭔가가 똑 부러지는 소리가 들려오는 것
같았다. 애써 버티고 있던 자존심이 쭈글쭈글 쭈그러들고 있는 게 보
인다. 전화를 끊는 버튼을 누르면서 생각한다. 어쩌면 나 지금 실수
한 건지도 몰라. 어쩌면 정말로 잘못되어 버릴지도 몰라…….

병원을 나서면서 엄마는 당연하다는 듯이 나를 집으로 데려가려
고 했다. 나는 모르는 척 따라갔다. 이 상태로 나 혼자 있는 것도 불
안하잖아. 스스로 핑계를 대가면서 택시에 올라타 좌석에 기댄다. 그
리고 아무것도 생각하지 않기로 한다. 실수한 건지 아닌지 아직 몰
라. 그렇게 생각하기로 마음먹는다.

오랜만에 돌아온 집은 조금도 변한 게 없었고 뭔가가 어색했다. 서
둘러 내 방으로 올라가려 하자 엄마가 황급히 나를 불러 세운다.

"아스와. 아래층에 누워라. 곧 자리 펴줄 테니까."

"괜찮아. 계단 오르는 것쯤이야 뭐."

웃으며 대답하니 엄마는 겸연쩍은 얼굴이 된다.

"네 방, 지금 개조하고 있어. 왜, 네가 이사하면서 침대며 뭐며 할
것 없이 다 가져갔잖아. 방을 비워 두자니 아깝기도 하고 그래서."

"대부분 딸 방은 그냥 비워 놓지 않아? 언제든지 와도 되게 말이야."

엄마는 천연덕스럽게 웃는다.

"아직 야스히코도 있는데 너까지 다시 친정으로 돌아오려고?"

친정에 오기도 전에 시집갈 일이 없어졌잖아. 나는 목구멍까지 올
라온 말을 꿀꺽 삼킨다. 농담이라도 그렇게 말하면 웃고 있던 엄마
얼굴이 굳어지겠지. 나도 내 상태를 잘 모르고 있었지만 아직 괜찮은

것과는 한참 거리가 먼 모양이다.

"열사병 같은 거에 걸리다니, 그 정도로 약해졌나 해서 걱정했는데……."

엄마는 내 얼굴을 새삼스럽게 쳐다본다.

"어째 얼굴이 좀 깨끗해진 것 같네?"

바로 엊그제 에스테틱 살롱에 다녀왔으니까. 그 이야기를 할까 하다가 그만두었다. 에스테틱 살롱에 다녀왔기 때문에 얼굴이 깨끗해졌다고 하면 그건 겸손한 것일까 아니면 오만한 것일까? 혼자 살기 시작한 딸이 호사스럽게 에스테틱 살롱에 다니는 것을 못마땅하게 여길 엄마는 아니라고 생각하지만, 온통 걱정만 시키고 있는 주제에 그런 데 가서 얼굴이 깨끗해졌다고 말하자니 그건 좀 그랬다.

엄마가 깔아준 이불에 누우니 천장 마감재의 나무판자 마디가 참으로 애틋하게 옛날 생각을 불러일으킨다. 어렸을 때는 이 방에서 네 식구가 나란히 이불 펴고 자곤 했을 거야. 천장의 삼나무 판자는 옹이나 나이테 모양이 아주 다양하다. 오빠와 나는 그 중 하나를 놓고 떠들어댔지. 저게 사람의 눈처럼 보인다느니, 그게 아니라 도깨비 눈처럼 보인다느니 하면서 말이야. 처음엔 그냥 장난을 친 거였는데, 그게 점점 무섭게 보여서, 겁쟁이였던 우리는 둘 다 천장을 올려다보지 못하게 되었어. 안 보기로 해놓고서도 괜히 궁금해서 결국은 힐끔힐끔 보고 그랬지만.

우리 오누이가 자라 이층에 각자 자기 방을 하나씩 갖게 된 다음부터 이 방은 장롱만 하나 달랑 있을 뿐 별로 사용하지 않는 방이 되어 버렸다. 엄마가 닫고 나간 맹장지(나무 문에 안팎으로 두꺼운 종이를 바르는 것-옮긴이) 문도 옛날 그대로다. 산수화 비슷한 풍경화 같은 게 그려져 있어서 인테리어로서는 별로다. 하지만 만약 엄마가 이층의 내 방을 사용하고 싶어한다면 나는 일단 한 번 집을 떠났던 사람으로서 여기를 사용하기로 하지 뭐. 그래도 괜찮을 것 같아.

그러다가 순간 깨닫는다. 도대체 내가 지금 무슨 생각을 하고 있는 거지? 기어가 뒤로 돌아가고 있다. 실수한 것 같던 예감이 딱 들어맞았다. 그동안 바짝 틀어쥐고 있던 마음의 고삐가 열사병과 오늘 아침의 전화, 그리고 부모님 집으로 들어옴으로써 헐렁해져 버린 것이다. 잠시 회사를 쉬기로 결정한 순간 버팀목이 빠져 버렸다. 철버덕 널브러져서 이젠 일어나기도 힘들다.

어느새 잠이 들었던 모양이다. 눈을 뜨니 방안이 부유스름하게 어두워져 있었다. 배꼽 언저리에서 힘이 빠져나가고 없었다.

부모님 집으로 들어오는 게 아니었다. 그게 아니면 회사를 쉬는 게 아니었다. 분명히 잘못된 선택이었다. 나는 결코 강하지 않다. 그러므로 여기저기 박아 놓은 거멀못(나무그릇 등의 금간 데나 벌어질 염려가 있는 곳에 걸쳐 박는 못-옮긴이)에 의지해 가면서 내 자리를 벗어나지 말고 하루하루를 잘 넘겨야 했다. 그 거멀못이라는 것이 설사 틀에 박힌 일상 속의 별 볼일 없는 행위라 하더라도, 나는 그런 것들 하나하나를 붙잡고 어찌어찌 무사히 지내오고 있었던 것이다.

아직 어지러운 몸을 반쯤 일으켜 가방 주머니에서 드리프터스 리스트를 꺼낸다. 일상을 놓아버리고 만 지금, 어쩌면 이런 때일수록 이것이 힘이 될지 모른다.

예뻐진다.
매일 냄비를 사용한다.
가마.
귀인가마.
하고 싶은 것을 한다.
여행을 한다.

어떻게 된 일인지 항목들이 다 심드렁하게 보인다. 마츠리 가마 같은 건 무슨 생각으로 써넣었을까? 정말로 보고 싶었다면 진작 보러 갔을 것이다. 그리고 냄비. 매일 냄비를 사용하겠다니, 안쓰러우면서도 기특하다. 그런데 냄비를 쓴다고 진짜 버틸 수 있는 힘이 생길까?

이불 끄트머리에 리스트를 내려놓고 눈을 감으니 눈부신 태양 아래 활짝 웃고 있던 이쿠의 얼굴이 떠오른다. 그런 이쿠의 얼굴과 이쿠가 팔던 콩. 나는 이미 그 모습을 보고 말았다. 그러고 나니 마츠리 가마라든지 귀인가마 같은 것에 편승하려 했던 나 자신이 너무나 가볍게 보여 어떻게 해야 할지를 몰랐다.

"어떡하나……."

눈을 감고 그렇게 중얼거리는데 문 바깥쪽에서 "앗!" 하는 괴성이 들리면서 "쿵!" 하고 의자 쓰러지는 소리가 났다.

"누, 누, 누구얏!"

오빠의 겁쟁이 기질은 옛날 그대로다.

"오빠, 나야. 아스와야."

이불 속에서 대답을 하자 잠시 사이를 두고 문이 열렸다.

"어유, 뭐야!"

'뭐야!'는 내가 할 말이구만. 열사병 걸린 동생이 집에 와 누워 있다는 말을 오빠는 못 들은 걸까? 아니, 오빠가 원래 그렇지. 아마 듣고도 잊어버렸을 거야.

"얘기 들은 것보다는 안색이 좋네."

"응, 덕분에. 일은 벌써 끝난 거야?"

오빠는 내 질문에 대답도 않고 시선을 옮기더니 이불 발치 쪽에 초점을 맞춘다. 내 가방과 갈아입을 옷가지 등이 놓여 있는 곳이다.

"너, 《점프》같은 거 읽고 그러냐? 그럼 남자들한테 인기 없다."

그건 롯카 이모가 읽고 나서 나한테 가져가라고 한 것뿐이다. 오빠는 "흐흐흐." 웃으면서 방으로 들어오더니, 이불 저쪽 편으로 돌아가 《점프》를 주워들었다. 그러더니 "뭐야. 지난 호잖아." 하고 중얼거린다.

"오빠야말로 서른 살 넘어서 《점프》라니, 그래 갖고 여자들한테 인기 있겠어?"

"어! 너, 지금 실수한 거야. '서른 살 넘어서'라니! 네가 그런 말 들으면 어떨 것 같으냐? 자기가 듣고 싶지 않은 말은 남한테도 하면 안 되는 겁니다요."

아무것도 맺히는 데가 없는 말투다. 설교하고 있는 듯한 분위기도 전혀 없다. 방을 빠져나가는 오빠의 뒷짐 진 손에 《점프》가 들려 있는 것을 보면, 어떻게 슬쩍 무마해 넘기려고 적당히 둘러댄 말이 틀림없다. 그랬는데 그 소소한 말 한마디가 가슴에 쿵 내려앉는다.

서른 살 넘어서……. 이제 2~3년만 지나면 나도 그런 소리를 듣게 되겠지. 안 돼. 절대로 안 돼. 보란 듯이 멋지게 서른 살을 맞이하고 싶다. 지금 이런 상태로 서른 살이 된다면 얼마나 후회스러울까?

천천히 반대쪽으로 몸을 뒤척여 이불 끝에 놓여 있던 리스트를 집는다. 몸이 붕 뜨는 것처럼 속이 안 좋다. 어지러운 증세도 아직 남아 있다. 나는 엉금엉금 기어 이불 발치에 있던 가방에서 볼펜을 꺼낸다. 그리고 매달리는 심정으로 리스트를 다시 읽어 본다. 부정하지 말자. 이것은 지금의 내가 갖고 있는 얼마 안 되는 즐거움, 아니 즐거움은 아니더라도 최소한 의지가 되는 것 중의 하나이다. 예뻐지는 것? 좋다. 매일 냄비를 사용하는 것도 할 수만 있다면 대단한 일일 것이다. 가마? 됐다. 귀인가마? 이것도 됐어. 나는 고개를 한 번 끄덕이고 나서 리스트의 맨 마지막에 '콩'이라고 써 넣는다.

콩이라고밖에는 달리 쓸 수가 없다. 실제로 콩을 어찌 해보겠다는 것은 물론 아니다. 이쿠에게 콩에 해당하는 것을 나도 찾아내야겠다는 의미다. 아니, 그건 일부러 찾아내야 하는 게 아닐 것이다. 필시 그 무엇인가를 살짝 느낄 수만 있으면 되는 그런 것이다. 그런 생각을 하다가 천장을 올려다보는데 기나긴 한숨이 나왔다. 무엇인가를 살짝 느낀다는 것의 어려움이 느껴졌기 때문이다. 무엇을 어떻게 느낄 것인가? 그 '살짝'이라는 것의 차이가 쌓이고 쌓여 이루는 저 멀고 높은 곳까지 올라갔다. 지금으로서는 그저 올려다보는 것 말고는 아무것도 할 수 없다. 올려다보다가 목이 아파서 그것마저 못하게 될지도 모른다.

나는 볼펜을 내려놓고 왼손에 리스트를 쥔 채 이불 위에 큰 대자로 드러눕는다.

하고 싶은 것을 한다는 것. 새로운 것을 한다는 것. 그때는 좋은 아이디어라고 생각하고 써내려 나갔는데 다시 보니 고개가 끄덕여지지 않는다. 콩이라고 써놓은 것도 틀림없이 똑같은 경로를 거치겠지. 하고 싶은 게 뭐고 새로운 것이 뭔지 잘 보이지 않는다. 콩 같은 건 더 그렇겠지…….

하고 싶은 것이 있으면 척척 하면 된다. 아무도, 그 무엇도 나를 막지 않는다. 그런데 안 한다. 고작 르크루제를 사다 놓고 흐뭇해하는 게 다다. 옷을 왕창 산다든지 여행을 하겠다고 리스트에 추가한 항목들을 차례차례 실천해 볼까? 그러면 내 인생이 조금은 더 풍부해지지 않을까? 적어도 이건 확실하다. 내 옷장과 디지털 카메라 메모리가 지금보다는 풍부해지리라는 것.

"어이!"

문밖에서 부르는 소리가 났다.

"왜?"

"오늘 저녁 말이야."

20센티미터쯤 스르르 문이 열리더니 그 사이로 오빠의 얼굴이 나타났다.

"엄마가 오늘 늦으신단다. 너한테 뭔가 맛있는 걸 해주라고 부탁을 하셨거든."

"오랜만에 딸이 와서 누워 있는데. 아, 냉정한 엄마!"

"할 수 없지. 누구에게나 나름대로 다 사정이란 게 있으니까."

나름대로의 사정. 엄마한테도 나름대로 사정이란 게 있다? 그러네. 맞아. 나도 내가 내 멋대로 나갔다가 내 멋대로 돌아온 것뿐이잖아.

"미안해. 오빠한테도 나름대로 사정이 있을 텐데."

"지금 그 말, 꼬는 거냐?"

문틈으로 한쪽 어깨를 들이밀면서 오빠는 큰맘 먹었다는 듯이 한마디 한다.

"불고기라도 먹으러 갈까?"

"불고기? 이왕이면 식구들 다 같이 가지. 다들 모였을 때."

나는 이불 속에서 오빠를 올려다보며 대답한다.

"바보야. 내가 우리 식구 4인분을 낼 만큼 여유가 있어 보이니?"

"그럼 괜찮아, 불고기 안 먹어도. 그냥 보통 집에서 먹는 밥이면 돼."

"넌 진짜 바보구나. 보통 집에서 먹는 밥이라는 게 제일 어려운 거야."

하긴 그럴지도 모른다. 하지만 지금은 불고기를 먹으러 갈 기력이 없다.

"제대로 먹지도 않고 있었지? 그러니까 이렇게 말랐지."

"어? 말랐어? 내가 말랐다고?"

"좋아하는 것 좀 봐라. 걱정 마. 나, 잘 챙겨먹고 있어. 이렇게 이 오빠가 마음 놓을 수 있게 신경 좀 써주면 안 되냐?"

"아아, 그럼 핫케이크!"

오빠는 잠시 가만히 있더니 진짜 못 말린다는 듯이 웃었다. 핫케이크는 오빠가 가진 정말 유일한 카드였던 것이다.

"그럼 저기 앉아서 기다려."

나는 오빠가 가리킨 부엌의 테이블까지 천천히 걸어간다. 이럴 때 어깨 좀 빌려주면 얼마나 좋겠는가. 진짜 둔한 신경의 소유자다.

하지만 오빠의 핫케이크는 정말 맛있다. 보통 때는 요리 같은 거 전혀 안 하는데, 왠지 초등학교 때부터 핫케이크만은 오빠가 잘 만들어줬다. 신경 안 쓰고 대충 하는 게 비결이란다. 밀가루와 달걀과 우유를 적당히 넣고 적당히 섞는다나.

"맛있게 만들어야지 어쩌고 하면서 팔을 걷어붙여 봐. 에고가 튀어나온다고나 할까? 어딘가 허세가 잔뜩 들어간 맛이 나거든."

에고씩이나! 대단한 논리야. 하지만 진짜로 대충 만들고 있는 것만은 아닐 것이다. 그 증거로, 핫케이크 이외의 다른 것을 만들 때면 그 신경 안 쓰고 대충한 맛이 그대로 나기 때문이다. 오빠가 설렁설렁 만들어 내놓은 볶음이나 조림 요리는 진짜로 맛이 없다.

"마실래?"

냉장고 문을 연 오빠가 캔맥주를 꺼내 나한테 던진다. 캔을 따자 슈우 하면서 거품이 솟아오른다.

"노릇노릇하게 잘 구우려고 용을 쓰면 안 돼. 사향쥐 색깔 정도가 되면 되지. 이제 대충 구워졌나? 하는 정도로 말씀이야."

말은 그렇게 하면서 불은 세게 해놓는다. 사향쥐 색깔이 어떤 색깔인지는 모르지만, 맛있는 냄새가 나기 시작하면서 노릇노릇하게 잘 구워진 핫케이크가 접시에 얹어져 나왔다.

이제 막 구운, 그리 달지 않은 핫케이크를 한입 베어 물며 맥주를 마신다.

"아, 맛있어! 어떻게 핫케이크랑 맥주가 엄청 잘 어울리네!"

"당연하지!"

오빠는 즐거운 듯 돌아서더니 국자로 새 반죽을 떠서 프라이팬에 올려놓는다.

"신나게 구워 보자고!"

그 뒷모습을 바라보면서 이대로 집에 눌러앉아 버리고 싶은 마음이 아까보다 더더욱 커지고 있음을 깨닫는다.

"있잖아. 왠지 여기에 이렇게 있을 수 있었으면 좋겠다는 생각이 드네."

"왜? 뭔 얘기야?"

"이렇게 핫케이크 먹으면서 맥주 마시고, 아무 생각 없이 이런저런 이야기를 나누면서 있을 수 있었으면 좋겠다는 얘기."

"그러면 되잖아."

"회사 그만둘까?"

"그건 또 뭔 소리야?"

자존심을 접으면 일이 이렇게 되리라는 것, 알고 있었다. 일을 향한 의욕이 급격히 사그라지고 있다. 아니, 의욕에 넘친 적이 지금까지 있긴 있었나? 그저 지금까지 회사를 그만두겠다는 생각을 한 적이 없었고, 어떤 식으로든 일은 계속하게 될 거라고 생각했을 뿐이다.

　"지금이 바로 그때인지도 몰라."

　이렇게 말하자 오빠가 "헹!" 하고 웃었다.

　"뭐냐? 그때라는 게."

　"애기 옷이 참 예쁘구나 하는 정도의 마음으로 선택한 회사였어. 또 사무직이니까 나 대신 일할 사람은 얼마든지 있을 테고 말이야."

　"호오, 사무직이니까 대신할 사람이 얼마든지 있다는 얘기?"

　"있잖아. 나 말이야. 회사를 계속 다니기가 좀 힘들거든?"

　그런 것도 몰라? 하는 눈으로 나는 오빠를 바라본다. 나는 상처를 받았다고! 결혼이 깨진 후로 동정과 호기심 어린 시선을 쭉 받아왔단 말이야! …… 아아, 이건 뭐냐. 나는 갑자기 갖고 있던 패를 흔들어 보여주며, 스스로 바보 같은 짓을 저질러 버린다. 불쌍한 모습을 연기하고 있는 나 자신이라니, 이젠 정말 지겹다. 나, 지금 엄청나게 우스운 꼴이 돼 버렸어!

　"오빠, 이거 아직 안 익었어!"

　"그 정도는 괜찮다니까. 미디엄레어 정도가 제일 맛있는 거야."

　오빠는 아무 일도 없었다는 듯이 이야기를 흘려버리고 있다. 동생이 고민하고 후회하는 이야기가 어쩌면 정말로 안 들리는 건지도 모른다. 캔맥주 큰 것이 세 개째 비었다.

대학을 졸업한 후로 계속 다닌 이 직장은 그렇게 좋은 곳도, 그렇게 나쁜 곳도 아니었다. 취업 빙하기에 취직을 했기 때문에, 그야말로 얼음으로 뒤덮인 벌판에서 간신히 먹이를 구한 매머드 같은 심정이었던 데다가, 유아복에 특별히 신념이 있었던 것은 아니지만 일이란 다 그런 거라고 생각하고 있었다. 이왕이면 신념을 품을 수 있는 일을 하고 싶다든지, 사무직이 아니라 디자인 같은 것을 해보고 싶다든지, 그런 종류의 생각과는 거리가 좀 있었다.

그런데 정말 그럴까? 이대로 가는 것이 정답일까? 목표나 보람도 없이 이렇게 설렁설렁 일을 해도 괜찮은 것일까? 대답은 아무도 해주지 않는다. 알고 있다. 그 누구도 대답할 수 없다는 걸. 대답은 나 스스로 생각해서 하는 수밖에 없다.

"어라? 아스와, 뭐 해? 핫케이크가 새로 나오고 있다고."

결혼하면 그만두겠다는 생각은 한 적이 없다. 그러나 아이를 낳게 되면 그만두어도 괜찮겠다고 생각했다. 참 무척이나 오래된 옛날이야기 같다. 결혼과 출산이 다 없었던 일이 되고 회사를 그만둘 이유가 없어지니까 거꾸로 직장을 그만두고 싶다는 생각이 든다. 아니, 그만두지는 않더라도 일이라는 것을 좀 더 진지하게 생각해 보고 싶다.

"나, 콩을 찾고 있어."

"풋콩? 맥주엔 역시 풋콩이지."

"어떤 콩인지 알면 고생을 안 할 텐데. 아아, 난 도대체 어떤 콩을 찾고 있는 걸까?"

"아스와, 벌써 취했냐? 우와! 얼굴 빨개진 것 좀 봐."

"으응. 콩이라고 할까, 콩 모양을 한 어떤 것이라고 할까. 콩 모양의, 그러니까 살아가는 길이라고 해야 할까……."

"도대체 무슨 콩을 말하는 거야?"

오빠의 눈썹이 찌푸려졌다.

거기서부터 기억이 뚝뚝 끊어진다. 속은 비고 몸은 약해져 있는데, 거기에 오랜만에 맥주가 들어왔던 것이다. "모르겠어, 모르겠어." 하며 중얼거리던 소리에 어느새 리듬이 붙어 노래가 되었다. 나는 목청까지 꺾어가면서 "모르겠어어, 모르겠어어." 노래를 부른다. 오빠는 뭐라고 투덜거리면서도 핫케이크를 다 구웠다. 그러고는 텔레비전을 켜고 야구 야간경기 중계를 보기 시작했다.

"아, 진짜! 아스와, 시끄러워. 모르겠어어, 모르겠어어라니!"

"그러니까아." 하고, 나는 리듬을 붙여서 대답한다.

"정말로 모르겠다고. 하고 싶은 게 뭔지, 콩이 뭔지, 회사를 어떻게 하면 좋을지, 예쁘다는 게 어떤 건지, 그리고 돈을 어떻게 써야 할지도 말이야."

"아! 돈이라면 나한테 줘."

오빠는 텔레비전 화면에 시선을 고정한 채 왼쪽 손을 나한테 내민다. 그러는가 했더니 갑자기 그 손바닥에 힘이 들어가면서 주먹이 꽉 쥐어진다.

"그렇지! 가라! 뛰어! 히가시데(히가시데 아키히로, 일본의 프로야구 선수. 센트럴리그인 히로시마 도요카프 소속 - 옮긴이)! 요코하마를 살려줘!"

"예뻐지면 과연 내가 구제받을 수 있을까? 냄비가 과연 나를 살려줄까?"

"나는 올해 어떻게 해서든지 카프(히로시마 도요카프: 히로시마에 연고
를 둔 일본 프로야구 구단-옮긴이)가 클라이맥스 시리즈(일본 프로야구에서
센트럴 리그, 퍼시픽 리그의 정규 리그 우승팀을 포함한 상위 3개 팀이 참가하여 일
본 시리즈 진출권을 놓고 겨루는 플레이오프 경기-옮긴이)까지 가 줬으면 한
다. 그래서 이렇게 뜨거운 목소리로 응원을 하고 있는 거야. 그러므
로 네가 구제를 받을 수 있을지 없을지는 나로서는 잘 모르겠구나."

남매의 이야기는 명백히 헛돌고 있다. 이쯤 되면 대화의 성립이 불
가능하다.

"냄비가 널 살려줄 거야!"

확신에 가득 찬 목소리가 들려 돌아다보니 거실 입구에 엄마가 서
있었다.

"아스와. 매일매일 먹는 밥이 너를 살린단다. 그건 틀림없는 사실
이야."

엄마는 그렇게 말하면서 싱긋 웃었다.

07 병문안

  그런데, 정말로 한가했다. 한가하다는 말의 어원이 히말라야라고 노래한 게 누구였나? 만약 정말로 그 가설이 맞는다면 지금 나는 히말라야의 중턱을 오르고 있는 중인지도 모르겠다.

  그러나 실은 히말라야가 아니라 해발 600미터쯤 되는 산기슭 언저리에서 이리저리 헤매고 있다. 줄곧 펴놓은 이부자리에 벌렁 드러누워 나는 생각한다. 그날 하늘은 정말 푸르렀다고. 노천시장에서 올려다본 하늘은 광활했고, 반짝이며 쨍쨍 내리쪼이던 태양은 뜨거웠다.

  나는 그 자세 그대로 벽시계를 올려다본다. 벌써 점심때가 지나고 있다. 자연의 섭리에 따라 배가 고파지려 할 때였다.

  아버지, 엄마, 오빠까지 온 가족이 아침부터 나가 버려 집에는 나 혼자 남았다.

"아직 완전히 회복된 게 아니니까 웬만하면 계속 누워 있도록 해."

엄마는 나가면서 그렇게 말했다.

"누워 있을 정도는 아니야. 이제 괜찮아."

"그래? 그렇다면 저녁 준비 좀 부탁할까?"

"그럴 정도로 회복된 건 아니지만……."

식탁 의자에 앉아 유감스러운 눈빛을 하고 있는 나에게 오빠가 한 마디 했다.

"너는 잠옷 바람으로 앉아서 무슨 말이 그렇게 많냐? 아, 진짜 부럽다! 나도 하루 종일 잠옷 바람으로 살아보고 싶네!"

아르바이트나 하며 사는 주제에 잘난 척하기 좋아하는 오빠도 곧이어 나갔다.

아버지는 무뚝뚝한 얼굴을 하고 있지만 엄마나 오빠보다는 조금 자상한 데가 있다.

"올 때 뭐 맛있는 거라도 사 오마. 뭐가 먹고 싶은지 말해 봐라."

맛있는 거라는 게 결국 아버지 회사 근처나 집에 올 때 내린 역 근처의 상가에서 살 만한 것들이겠지. 그래도 반갑고 신이 난다.

"아이스크림요."

그렇게 말하자 아버지의 양쪽 눈꼬리가 아래로 살짝 내려갔다.

"참 나, 모처럼 맛있는 걸 사줄까 했더니 기껏 100엔짜리 아이스크림이냐? 아스와는 아직도 아이로구나."

아직도 아이로구나. 이렇게 말할 수 있어서 아버지는 기분이 좋은 것 같았다. 어쩐지 좋은 일을 한 것 같은 기분이 되려고 하다가 갑자기 뾰로통해져서 고개를 저었다. 100엔짜리 아닌 아이스크림도 많은데요. 아버지란 사람은 옛날부터 딸의 마음 같은 것을 전혀 헤아려줄 줄 몰랐다. 300엔짜리 아이스크림이라면 한 개만 사줘도 좋아했을 텐데, 100엔짜리 아이스크림을 세 개 사오는 사람이었던 것이다. 성의는 고맙지만 그걸로는 점수 따기가 어려운데, 이런 부분은 도대체 어떻게 가르쳐 드려야 할까? 이럴 때는 오빠가 알아서 잘 이야기하면 좋으련만, 문제는 오빠 역시 100엔짜리 세 개 타입일 가능성이 농후하다는 것.

어? 그런데 엄마는 어디 가신 거지? 아침에 나갈 때 어떤 옷차림이었는지 확실히 기억나지는 않지만 제대로 잘 갖춰 입고 있었던 것 같다. 물론 아직 슈퍼마켓이나 백화점은 문을 열지 않은 시각이었다.

갑자기 생각나는 것이 있어서 나는 자리에서 일어난다. 방에서 부엌을 지나 푹푹 찌는 복도로 나와서 계단을 올라간다. 그리고 망설임 없이 오랫동안 사용해 왔던 방의 문을 열었다.

가택 수사하듯이 남 보기에 이상한 짓을 하려고 올라온 게 아니다. 다만, 원래 내 방이었던 곳을 들여다보고 싶었던 것뿐이다. 엄마는 개조하고 있는 중이라고 했다. 어떻게 개조하고 있는지 좀 보고 싶었다.

창문에는 검은색 커튼이 쳐져 있다. 인테리어 취향에 따른 것이 아니라는 건 한눈에 알 수 있다. 본래 내 침대가 있던 자리에는 1인용 소파가 놓여 있고, 그 맞은편에는 거실에 있는 것보다 한 치수 작은 텔레비전과 DVD 꽂이가 새로 놓여 있다.

검은색 커튼은 이것을 보려고 쳐놓은 것이었다. 당당하게 거실에서 보면 될 텐데……. 그런 생각을 하는 순간 목덜미 언저리가 스멀스멀한 것이 뭔가 켕기는 기분이 들었다. 한 번도 생각해 본 적 없었는데, 그러고 보니 엄마에겐 자기의 방이라는 게 지금까지 없었던 것이다. 딸이 떠난 뒤에 생긴 혼자만의 공간에서, 엄마는 자기가 좋아하는 영화를 천천히 보고 싶었을지도 모른다.

아무 생각 없이 DVD 꽂이 쪽으로 가던 손길이 멈췄다. DVD는 영화만 있는 것이 아니었다. 〈해바라기〉라든지 〈길〉이라든지 하는, 나도 알고 있는 이탈리아 명화 제목들 옆으로 '이탈리아어 강좌'라고 쓰여 있는 것들 몇 개가 조용히 늘어서 있었다. 이탈리아어라니? 아니, 엄마가 갑자기 어떻게 된 거 아냐?

웃음이 나오려 하다가 문득 생각이 났다. 갑자기가 아닐지도 모른다.

이 집에서 살고 있을 때도 나는 낮 동안 집에 없었다. 그러므로 그 사이에 엄마가 어디서 무엇을 하고 있는지 전혀 몰랐다. 알려고 하지 않았다고 해야 하리라. 그저 막연히 이렇게 생각했을 뿐이다. 한가하게 집안일 끝낸 다음에는 텔레비전을 보면서 센베이라도 먹고 있겠지. 그런데 그랬을 것 같지가 않다. 그랬을 리가…… 없지 않은가?

엄마가 낮 동안에 무엇을 하는지, 어떤 것에 관심을 가지고 있는지, 그런 이야기를 제대로 들어준 적이 과연 있었나? 신혼여행은 피렌체 같은 데로 가는 게 어때? 엄마가 이렇게 말했던 것을 기억한다. 그때 나는 어떻게 대답했던가? 아니, 그리스야. 유즈루하고 벌써 그렇게 정했거든. 그렇게 말하고는 두 번 다시 생각도 하지 않았을 것이다. 거긴 엄마가 가고 싶은 거겠지 하면서 이야기를 계속할 기회조차 주지 않았다. 언제나 자기 생각밖에 할 줄 모르는 못된 딸이었다.

아무 말 없었던 엄마 대신 조그마한 새 텔레비전한테 야단을 맞은 듯, 나는 조용히 입 다물고 방을 나온다. 타박타박. 계단을 내려오는 슬리퍼 소리만 울린다.

거실로 들어와 에어컨을 조금 강하게 켜고 텔레비전 채널을 이리저리 두 바퀴 돌리다가 끈다. 냉장고 문을 열고 한 장 남아 있는 어묵을 발견한다. 그것을 석쇠에 얹어 구우면서, 그 사이에 천천히 생강을 갈고, 전기밥솥에서 밥을 퍼 공기에 담는다. 석쇠에서 어묵을 내려놓고 살짝 탄 듯한 부분에 생강 간 것을 얹고 간장을 떨어뜨린다. 식탁에는 밥과 어묵뿐이다. 식사를 마친다. 그러고 나니 더 할 일이 없다.

이랬던가? 언제나 이렇게 할 일이 없었던가? 밥그릇을 개수대로 가져가 설거지통에 넣으면서 고개를 갸웃한다. 바로 얼마 전 여기서 살고 있을 때는 평일을 이런 식으로 보낸 적이 없기 때문에 몰랐던 것뿐인지도 모른다. 그때하고 지금은 무엇이 변한 것일까? 도대체 왜 이렇게 할 일이 없는 것일까?

생각할 것도 없이 답은 나와 있다. 그때는 늘 옆에 유즈루가 있었고 지금은 없는 것이다.

유즈루가 사라지고 결혼이 없었던 일이 되어 버린 것뿐인데 모든 것이 다 없어져 버린 것 같다. 갑자기 모든 것을 빼앗기고 나 홀로 황야로 내쫓기고 만 것 같은 느낌. 하지만 빼앗긴 것이 아니다. 없어진 것도 아니다. 나는 처음부터 아무것도 갖고 있지 않았던 것이다.

유즈루가 없어지고 나니 잘 알겠다. 나란히 걷고 있다고 믿었던 사람이 없어진다는 것은, 나란히 걷고 있다고 믿고 있던 길까지도 사라진다는 것이다. 나는 어느 쪽으로 발을 내딛어야 할지조차 모르고 있다. 당연하지. 결혼에 의지해서 걷고 있었으니까.

그렇다면 지금은 어떤가? 처음 걷던 길로 다시 데려다줄까 하고 묻는다면 나는 고개를 끄덕일 것인가? 그렇게나 견고해 보이던 길이 지금은 흔적도 없다. 저 끝에는 무엇이 있을까? 지금 발밑이 진흙탕은 아닐까? 바로 앞에 구멍이 뚫려 있지는 않을까? 이런 식의 생각은 할 줄조차 몰랐다. 그러다가 정신을 차려 보니 길 아닌 곳에 나 혼자 우두커니 서 있는 것이다.

저 혼자 황야로 쫓겨난 탕자라면 괜히 멋있어 보이는 이미지가 떠오를지도 모르겠다. 하지만 착각은 하지 말자. 황야도 아니고, 혼자도 아니다. 또는 처음부터 황야였고 혼자였다. 나 자신은 아무것도 달라진 것이 없다. 출발은 바로 그런 사실에서부터 해야 하는 것이리라.

이제부터는 어떤 길이든 다 만들어 나갈 수 있어. 어디를 어떻게 가든지 상관없어. 내가 원하는 쪽으로 씩씩하게 나아가면 되는 거야. 이런 생각이 드는가 싶더니 다시 심드렁해진다. 난 원래 길눈이 어두워. 체력도 약하고……. 어디든지 갈 수 있다 쳐도, 그러면 도대체 어디를 가야 되나?

거실 소파에 앉은 채 멍하니 생각한다. 아무데도 갈 수 없다는 생각이 들 때는 어떻게 해야 되는 거였더라? 음…… 그렇지. 종이에 써 놨잖아. 어디로 가면 좋은지, 무엇을 하면 좋은지를 말이야. 그래, 드리프터스 리스트. 바로 이럴 때 필요한 거야.

나는 방으로 들어와 구석에 놓여 있던 가방에서 리스트를 꺼낸다. 슬쩍 훑어보기만 해도 곧바로 한 가지를 고를 수 있다. 이럴 때는 지금 바로 할 수 있는 가장 구체적인 항목에 착수하는 게 최고다. 매일 냄비를 사용한다. 이 항목이다.

같은 가방 안에서 흰콩이 들어 있는 봉지를 꺼낸다. '은수망'이라고 라벨에 쓰여 있다. 노천시장에서 이쿠한테 산 콩이다. 마른 콩 같은 걸 내 손으로 삶아본 적은 한 번도 없다. 하지만 통조림 콩은 사용해 본 직이 있지. 명절에 엄마와 함께 검정콩조림을 만들어 본 적도…… 아마 있었을 거야, 기억은 잘 안 나지만. 그러니까 아마도 할 수 있을 거야.

부엌으로 가서 맨 안쪽의 수납장 꼭대기에서 큰 냄비를 꺼낸다. 틀림없이 냄비에 콩을 넣고 휘휘 저어 씻은 다음에 넉넉히 물을 부어 담가놓으면 될 것이다.

콸콸 쏟아지는 물 속에 잠겨가는 흰콩을 보고 있노라니 마음이 넉넉해지는 느낌이다. 지금 뭔가 바람직한 방향으로 한 걸음 내딛은 것 같다. 매일 냄비를 사용하겠다고 한 리스트의 항목도 수행하고, 이쿠의 콩으로 요리도 만들어보고, 덤으로 저녁식사 준비도 할 수 있게 됐다. 뭐냐, 이거? 한 마리, 두 마리, 세 마리. 일석삼조네?

어제 저녁 오빠와 둘이 있는데 집에 돌아온 엄마가 말했다.

"매일매일 먹는 밥이 너를 살린단다."

말처럼 그리 대단한 걸 만들어주신 기억은 없는데, 그치? 오빠와 나는 이렇게 속닥거렸다. 그러나 그건 매일 먹는 밥으로 내 몸이 구성된다는 의미가 아니라, 매일 밥을 지음으로써 삶이 굴러가게 된다는 그런 의미였을 것이다. 그렇기 때문에 콩을 물에 담가놓기만 해도 이렇게 만족스러운 것이 아닐까?

초인종이 울린 것 같아 수돗물을 잠근다. 딩동! 역시 초인종이 울리고 있다. 이런 대낮에 누가 온 거지? 발소리를 죽이며 부엌의 의자에 앉는다. 물소리가 바깥까지 들리지는 않았을 것이다. 없는 척하는 수밖에 없다. 그럴 수밖에 없는 것이, 아직도 나는 잠옷 바람인 것이다. 초인종은 한 번 더 울리더니 그쳤다. 한참을 기다렸다가 다시 하던 일로 돌아온다. 그런데 수도꼭지를 틀자 또 무슨 소리가 울리는 것 같아 다시 물을 잠근다.

휴대전화였다. 휴대전화가 울리고 있었다. 서둘러 수건으로 손을 닦고 방으로 달려가 충전기에 꽂아두었던 전화기를 집어들었다. '교'라는 표시가 떴다.

"여보세요? 아스와, 지금 집에 있지?"

"응. 어? 지금 울린 초인종, 너였어?"

"현관 앞에 와 있으니까 빨리 문 열어."

서둘러 현관으로 달려가며 묻는다.

"여기 있는 거 어떻게 알았어?"

"네가 메일 보냈잖아. 열사병으로 입원했다가 부모님 집으로 왔다고."

"아하."

그랬다. 알릴 사람이 없어서……. 이렇게 말하면 대단히 실례겠지만, 실제로 메일 보낼 상대가 교 정도밖에는 떠오르지 않았다. 이쿠하고는 메일 주소는 교환했어도 메일을 보낸 적이 없다. 하물며 그때 거기서 열사병 걸렸다는 이야기를 어떻게 한단 말인가? 롯카 이모는 노상 메일이 싫다는 말을 입에 달고 있었다. 단지 쓰는 게 귀찮아서 그러는 것이려니 생각은 하지만.

휴대전화를 귀에 댄 채 문을 여니 똑같은 모습으로 교가 서 있었다.

"그렇구나. 오늘이 화요일이구나."

"아스와, 이제 전화에 대고 말하지 않아도 들려."

그러면서 아직 휴대전화를 귀에 대고 있는 교의 뒤에서 문이 닫힌다. 그 말이 오른쪽 귀와 왼쪽 귀로 각각 따로따로 들려오는 것을 듣는 순간 거기에 미세한 시차가 있다는 것을 발견한다. 오른쪽 귀에서 들려오는 소리와 휴대전화를 대고 있는 왼쪽 귀에서 들려오는 소리의 한가운데에 무언가가 괴괴히 서 있다.

"와 줘서 고마워."

내 목소리가 생으로 교의 오른쪽 귀에 전달되면서 휴대전화를 통해 왼쪽 귀로 전달된다. 양쪽 귀 사이에 시차가 발생한다. 교의 눈에 얼핏 당혹스러운 빛이 나타났다가 사라지는 것이 보인다. 정말 일순간에 지나지 않는 이 시차가 나와 교의 사이에 존재하는 어떤 현실 같은 것인지도 모른다.

가까운 거리에서 마주보며 교는 여전히 전화기에 대고 말했다.

"일단 잠옷부터 갈아입어."

방으로 들어와 갈아입은 옷은 목둘레가 늘어난 오렌지색 티셔츠와 회색 반바지다. 좀 더 제대로 갖춰서 입고 싶었지만, 어차피 집에서 어슬렁거릴 거다 싶어서 제대로 된 옷을 챙겨 오지 않았다.

그런 채로 거실로 나오자 교의 산뜻하고 격조 있어 보이는 하얀 원피스가 눈부시다.

"잠옷하고 별 차이가 없네."

그렇게 말하면서 웃어넘기려고 했다. 그런데 소파에 앉아 있던 교는 웃지 않는다.

"아스와. 얼굴도 예쁜 애가 어떻게 좀 하고 있지 그러니?"

역시 친구는 있고 볼 일이다. 예쁘네 어쩌네 하며 내 기를 살려주는 건 교밖에 없다. 유즈루 생각이 슬쩍 떠오르긴 했지만, 그는 변함없이 나를 예뻐해 주지 않았다.

"예쁘다는 말 같은 건 믿으면 안 되겠지?"

목소리에 기운이 없는 나를 보며 교는 이상하다는 듯이 웃는다.

"무슨 소리야, 아스와. 예쁘다는 말, 싫어? 왜? 화장 좀 하고 마음에 드는 옷으로 갈아입기만 해도 기분이 달라지는데, 그럴 수 있는 걸 왜 안 해?"

그렇게 말하며 소파에서 긴 다리를 쭉 뻗으며 꼰다.

"교, 예쁘다는 말 너도 듣고 싶니?"

아니, 안 그래. 이렇게 말해 주면 좋겠다.

"예쁘냐 안 예쁘냐 하는 것을 기준으로 삼는 것, 그것도 남이 해주는 평가에 신경을 쓰는 것, 그런 건 너와 안 어울려."

단숨에 그렇게 말해 버리자 교는 등을 완전히 소파에 기대면서 살짝 웃는다.

"그럼, 아스와답다는 건 어떤 건데?"

말문이 막혀 대답을 할 수가 없다. 웃고 있는 교의 표정은 언제나 시원하다.

"특별히 남에게 예쁘다는 말을 듣고 싶어서가 아니야. 아침에 일어나서 세수를 하는 것처럼 나는 화장을 하고 예쁜 옷을 골라 입어. 그 정도로 나한테는 중요한 일인 거지. 너한테도 뭔가가 있을 거야. 매일 이것을 하지 않고는 하루를 시작할 수 없는 그런 일이."

"나한테는 없는 것 같은데……."

매일 하는 것. 나의 중심이 되어 줄 것 같은 어떤 것. 정말로 없다는 생각이 든다.

"너는 지금 스스로에게 자신감이 좀 없어진 것뿐이야."

돌아가는 길에 교가 뒤돌아보면서 싱긋 웃는다.

"그래." 나도 미소를 짓는다. "고마워." 손을 흔든다. 현관에서 반쯤 몸을 내민 상태에서 교를 배웅하고 혼자 중얼거린다.

"참 못됐다. 교……."

"너, 괜찮아. '조금 희미해진 자신감'은 금방 되찾을 수 있을 거야." 이건, 자기는 그런 사람이라는 의식이 없는, 커다란 자신감을 갖고 있는 사람의 여유다. 그런 사람한테는 내가 자신감을 잃어버린 게 그냥 우스운 얘기로밖에 안 들리겠지.

아마 오랫동안 자신감을 되찾기 힘들 것이다. 그 오랫동안이란 게 어느 정도일지 생각해 보려니 머리가 아프다. 열사병의 후유증 따위가 아니다. 자신감 같은 건 태어났을 때부터 가져본 적이 없었던 것 같다.

어떤 걸 해서 일등이 되겠다든지, 두각을 나타내 보겠다든지, 그런 말은 해본 적이 없다. 공부든 운동이든 외모든, 전부 그냥 보통이다. 아니지. 자기 자신에 대한 평가는 대개 호의적이기 마련이니, 보통이라고 생각한 것도 사실은 약간 밑도는 수준일지 모른다.

보통 이상으로 예쁘고, 언제나 눈에 띄게 뭐든지 잘했던 교가 내 마음을 알 리 없다. 모르리라는 것을 안다. 그런 관계였기 때문에 도리어 지금까지 잘 지내올 수 있었다. 그러나 그 모르는 정도가 이렇게나 크다니, 너무 힘들다. 나의 자신감은 조금 희미해진 정도가 아니란 말이다.

교를 배웅하고 거실로 돌아와 땅이 꺼져라 한숨을 쉬었다. 혼자 있는 자의 특권이 이런 것이리라. 한숨을 쉬고 싶을 때 마음껏 쉬는 것. 한숨 속에 파묻혀 소파에서 그대로 잠이 들었다.

현관문이 열렸나 했더니 엄마가 돌아온 모양이다. 기분이 좋은 것 같다. 그렇지. 오늘은 귀가하는 엄마를 모처럼 현관문 앞에서 맞이하려고 했었지. 그러나 "오셨어요?" 하고 일어나다 말고 그대로 멈춰버렸다. 엄마 뒤로 교가 따라 들어오고 있었던 것이다.

"자, 들어와라. 오랜만 아니니? 교, 천천히 놀다 가렴."

"아니, 그게, 그러니까, 좀 전에 간다고 막 나간 참이었는데."

엄마 뒤에서 교가 메롱 하고 혀를 내민다.

"모처럼 왔으니까 저녁 먹고 가거라."

"네에!" 하고 즐거운 듯 목청을 높인 교를 계단 옆으로 데리고 가서 물었다.

"어떻게 된 거야? 왜 다시 왔어?"

"왠지 그냥 집 생각이 나서 말이야."

그러고는 "에헤헤." 웃는다.

"어머니가 해주신 밥, 맛있잖아."

"그래? 평소에 맨날 먹는 그 밥이?"

"아이고, 바보. 일상복과도 같은 밥이 매일매일 언제나 맛있다는 게 정말 놀라운 일 아니냐?"

아! 이 대사, 최근에 어디서 들었던 것 같은데. 매일매일이라든지, 보통이라든지, 밥이라든지……. 아, 이 몸의 오라버니였던가! 오빠 입에서 나오면 신빙성이 떨어지긴 하지만 뜻밖에 아주 참한 견해였는지도 모르겠네.

"거기 두 사람! 좀 와서 도와줘!"

부엌에서 엄마가 불렀다. 희희낙락해서 교가 달려간다. 나는 그 뒤를 따르는 형국이다.

"우리집에서는 이런 일이 없었거든. 동경의 대상이었지. 평소에 엄마와 딸이 함께 식사 준비를 하는 장면."

"그래? 그럼 다 부탁해."

그러는 사이에 생각이 났다. 교는 가족들과 사이가 안 좋다. 고등학교 졸업하고 집을 나온 후 부모님 집에는 왕래를 하고 있지 않다.

"채소 좀 씻어 줄래?"

엄마한테 받은 소송채를 들고 개수대로 가던 교가 한마디 한다.

"아이고, 참. 점심 먹은 그릇 정도는 설거지를 해야지, 아스와."

"아, 미안. 깜빡했어."

"아이고, 이 냄비엔 콩이 반쯤 불은 채 들어 있네."

이번에는 엄마까지 힐책하는 눈으로 이쪽을 본다.

"이거 아직 제대로 안 불었어. 이대로는 삶아도 딱딱하지. 이 더위에 내일까지 담가둘 수도 없고. 저녁 먹고 나서 다시 삶아야겠네."

"아아, 미안. 깜빡했네."

그때 마침 아버지가 들어오셔서 부엌으로 얼굴을 내밀고는 다정하게 말을 건넨다.

"아, 교가 왔구나. 오랜만이다. 잘됐네. 아이스크림 많이 사왔거든."

그러면서 슈퍼마켓 봉지를 높이 들어 보인다. '많이'가 아니고 '조금'이어도 된다고요. '맛있는 걸로 조금'이 바라는 바라고요. 하지만 자랑스럽게 웃는 아버지의 얼굴 앞에서 절대로 그렇게는 말할 수 없다.

교가 있는 것만으로 분위기가 화기애애하다. 이런 딸이면 엄마 아버지도 키운 보람이 있을 텐데. 딸이 아니라서, 딸이 아니고 아들이라서 교의 부모님은 받아들일 수가 없었던 것일까? 잠시 후 집에 돌아온 오빠도 교를 보자 얼굴에 웃음이 번진다. 오랜만에 왁자지껄한 저녁식사가 되었다.

근처 역까지 배웅해 주기로 하고 교와 함께 둘이서 집을 나온다. 더위도 밤에는 사뭇 견디기 쉽게 바뀌어 가고 있다.

"또 와."

즐거웠으므로 그렇게 말했다. 정말 그렇다고 생각했는데 갑자기 교가 부럽다는 생각이 들었다.

"좋겠다, 교는. 우리집 식구들과도 잘 어울리고."

"후후." 하고 교가 웃었다.

"잘 어울리는 건, 그건 아스와네 가족이라서 그런 거 아니겠어?"

"그래. 정말 너는 요렇게 조그마했을 때부터 귀여움을 받았지."

교는 밤하늘을 한번 올려다보고는 나를 바라봤다.

"정말 감사하게 생각해. 하지만 그것 때문만이 아니야. 너의 가족은 내가 너의 친구니까 나를 환영해 주신 거야."

"그야 어느 정도 그런 것도 있겠지."

"바로 그거야."

교는 집게손가락을 똑바로 세워 들었다.

"딸의 친구를 소중히 생각해 주는 것. 다시 말해 딸을 소중하게 생각해 주는 것. 넌 그것이 당연한 거라고 생각하지? 하지만 그건 전혀 당연한 게 아니야. 너는 복이 많은 거야. 정말 행복한 거라고."

갑자기 그런 말을 들으니 전혀 실감이 나지 않는다.

"아스와. 네가 얼마나 많은 사랑을 받아왔는지 생각해 본 적 있니?"

교와 시선이 딱 마주쳤다. 밤에 봐도 아름답다.

"아버지와 어머니는 너를 엄청나게 사랑하고 계셔."

"그런가?"

"그렇다니까."

강력한 어조로 단언한다.

"사랑받고 자란 아이는 이미 자신감을 갖고 있어. 자기가 모르고 있는 것뿐이지. 네가 아무 조건 없이 그 자리에 있어도 된다고 생각할 수 있는 것은 자신감이 있기 때문이야."

혹시 교는 아무것도 모르는 나한테 내가 모르는 것을 가르쳐주려고 일부러 다시 돌아온 것일까?

"교는 어렸을 때부터 뭐든지 참 열심히 했지."

옛날 생각이 난다는 듯 아까 엄마는 그렇게 말했다. 그랬다. 교는 언제나 야무졌다. 공부든 운동이든 못하는 게 없었고, 누구한테나 다정했다.

"이렇게나 훌륭하게 큰 걸 보니 내가 다 자랑스럽구나."

그러면서 엄마는 눈가를 훔쳤다.

"아니, 여보. 울 일이 어딨다고?"

아버지는 웃었지만, 아닌게아니라 교는 정말 자랑스러워할 만하다고 나는 생각한다. 교는 정말 열심히 살아왔다. 열심히 살 수밖에 없었겠지. 꼭 그럴 수밖에 없었던 것은 아니었겠지만. 열심히 해서 꼭 인정을 받고 싶었을 거야.

그렇구나. 교의 자신감은 타고난 것이 아니었구나. 노력하고 노력한 결과, 쌓여온 것이었구나…….

"이제 그만 들어가."

역까지 가는 길의 중간쯤에 있는 편의점 앞에서 교는 손을 흔들었다. 나도 손을 흔들었다.

"우리 식구들, 오늘 다들 즐거웠어."

말을 계속할지 말지 잠시 망설였다. 교한테 직접 얼굴을 마주보며 이런 이야기를 하자니 무척 쑥스럽다. 미세한 틈처럼 벌어져 있던 시차가 서로 딱 달라붙으면서 사라져버리는 느낌이 몰려왔다.

"우리 아버지, 엄마, 오빠, 모두 너를 좋아해. 그렇기 때문에 오랜만에 네가 놀러와서 즐거우셨던 거야."

만약 네가 내 친구가 아니었다 하더라도 말이야. 이렇게 덧붙이고 싶었지만 그만두었다. 그런 가정은 의미가 없으니까. 생각하고 싶지도 않으니까.

"휴대전화가 울리더라."

집으로 들어오니 텔레비전 화면에서 눈을 떼지 않은 채로 오빠가 알려준다. 요즘 별로 쓸 일이 없다 보니 휴대전화를 자꾸 잊어버리고 나간다. 메일이 오지 않았는지 수시로 체크하고 확인하던 습관이 거짓말 같다.

"아, 참! 너, 그게 뭐냐? 착신 멜로디 창피하니까 바꿔라."

"내 맘이야."

유즈루와의 추억과 전혀 관계없는 노래로 바꾼 지 얼마 안 되었던 것이다. 휴대전화 화면이 반짝거리는 게 보인다. '이쿠'라고 나와 있다. 지금 전화를 거는 게 좋을까?

한동안 회사를 쉬기로 한 게 잘한 것 같다는 생각이 들었다. 이대로 출근해서 이쿠와 얼굴을 마주하게 되면 무슨 이야기를 해야 할지 갈피를 잡을 수 없었다. 노천시장에서 아무 일도 없었던 척하며 평소처럼 이야기해? 그러면 아무것도 달라지지 않은 상태로 지낼 수 있을지도 모르지. 하지만…… 역시…… 그럴 수는 없겠지.

어떻게 할까? 어떻게 하지? 중얼거리면서 욕실로 들어가 샤워기에서 쏟아지는 물을 머리부터 뒤집어쓴다. 노천시장에서 콩을 팔던 이쿠의 모습은 그 어느 때보다 생생하게 빛나 보였다. 멋있었다. 그리고 콩요리 모임의 취지에는 충격까지 받았다. 그때는 그렇게나 이쿠를 도와주고 싶은 마음이 흘러 넘쳤는데 왜 그걸 솔직히 이야기하지 못할까?

휴대전화가 울린 것은, 여전히 답답한 마음으로 욕실을 나와 짧은 머리칼의 물기를 벅벅 닦아내고 있을 때였다. 이쿠한테서다. 받을까 말까? 잠시 망설였다. 그러다 결심을 하고 통화 버튼을 누르려는 순간 거실에서 오빠의 목소리가 튀어나왔다.

"빨리 받아! '휘파람은 왜에'라니, 시끄러워 죽겠네. 그런 건 할아버지들한테나 물어보라 그래. 지금 중요한 시합을 하고 있는데. 아앗, 구리하라(구리하라 겐타, 히로시마 도요카프 소속의 프로야구 선수-옮긴이)! 이 원통함을 헛되이 날려버리면 안 돼!"

나는 방문을 닫고 통화 버튼을 눌렀다.

"이쿠 씨?"

일단 선수를 친다. 철딱서니 없는 명랑소녀처럼 말하려는데 괴상하게 뒤집힌 목소리가 나왔다.

"미안해. 몸 상태도 안 좋을 텐데. 잠시 쉰다는 말 듣고 깜짝 놀랐어. 그래서 전화를 할까 말까 망설이다가 그냥 걸어버렸다. 좀 괜찮아?"

민들레 같은 목소리가 들려온다.

"응. 이제 괜찮아."

"일요일엔 씩씩해 보이더니."

그렇다. 일요일 이야기를 해야 한다.

"미안해. 그날 갑자기 사라져서……. 아, 그 콩, 대단하더라. 물에 뽈록뽈록 붇더니 금방 익던데?"

"우와. 갖고 가서 바로 먹어봤구나."

"응. 굉장히 맛있었어."

삶으면서 얼마나 익었나 보려고 한 알 집어서 먹어봤는데, 아직 간을 안 했는데도 달큰한 것이 정말 맛있었다.

어떻게 해서 먹으면 가장 맛이 있는지 이쿠는 유쾌하게 한바탕 설명을 늘어놓았다. 그러더니 갑자기 입을 다문다.

"저기 말이야."

휴대전화 저쪽에서 숨을 죽이는 기척이 느껴졌다. 본론으로 들어간다는 소리다.

"좀 말하기가 그렇긴 한데……."

나는 이쿠가 머뭇거리고 있는 그 분위기를 즉각 파악하고 반사적으로 대응한다.

"말하기 곤란하면 안 해도 돼."

최대한 가볍게 말하려고 했다. 머릿속에서 깜빡깜빡 붉은색 램프가 점멸하기 시작한다. 오판 램프다. 나는 당황해서 조금 전의 대사를 주워 담는다. 말하기가 그런 말이라면 하지 말아 주고, 나 역시 그런 말이라면 안 듣기로 하겠다? 앞으로 이런 관계를 지속해 나가고 싶다는 말이야? 지금 이쿠가 하려는 말을 듣지 않고 어떻게 하려고?

"……가 아니고 말해 주면 좋겠어. 듣고 싶어. 들어야 하는 거야. 그럼."

서둘러 말을 바꾸자 이쿠의 목소리가 웃음을 띤다.

"고마워. 아스와 씨가 그렇게 말해 주니 내가 한결 말하기가 쉽네. 저기, 음, 혹시 관심 없으면 듣고 흘려도 괜찮은데 말이야."

가슴이 두근거린다. 이쿠가 마구 더듬고 있다. 그렇게나 심각한 이야기일까? 혹 회사를 그만두고 싶다는 게 아닐까? 설마 콩요리 부업을 도와달라는 말? 내가 확실히 대답해 줄 수 있는 거라면 좋겠는데…….

"내가 콩요리 모임 회원으로 노천시장에 가게를 열 때 친구들한테 부탁을 했거든. 텐트를 친다든가, 자동차를 운전한다든가, 전부 나 혼자서는 할 수가 없어서 말이야."

"그런 거라면 앞으로 나한테도 이야기해 줘. 얼마든지 도와줄게."

"응, 고마워. 그런데 말이야. 저기……."

"아이고, 답답해. 이쿠 씨, 걱정하지 마. 다음은 언제야? 이제 몸도 회복되었고, 난 언제든지 시간이 있거든?"

"응. 아니, 그런 게 아니고. 있잖아, 그날. 그 친구들 가운데 아스와 씨한테 한눈에 반해 버린 친구가 있는데 꼭 소개해 달라는 거야. 그런 부탁을 받아서……. 그렇지만 아스와 씨, 지금은 그럴 마음이 아니지?"

"응."

곧바로 대답했다. 파혼한 지 얼마 안 되었기 때문만이 아니다. 나는 내가 가진 게 아무것도 없다는 사실을 알아버렸다. 앞으로 연애든 결혼이든 없을 것 같다는 생각이 든다.

"미안해. 일부러 중간에서 그런 이야기까지 해줬는데."

"아니, 아니야. 오히려 내가 미안하지. 세토구치한테는 내가 잘 말할게. 하지만 어떻게 보면 그애도 운이 좋았어. 아무 일 없었다면 아스와 씨는 이미 남의 아내가 되어 있을 텐데. 아무튼 일단 기회는 남아 있는 거잖아."

그게 기회일까? 남아 있다고 말할 수 있을 정도로 정말 뭔가 남아 있는 걸까? 잘 모르겠다. 그런데 무엇보다도 나한테 한눈에 반했다니 그 세토구치라는 사람도 운이 다한 건지 모르겠네.

"혹시 만약을 위해서 이 말만은 꼭 해두고 싶은데, 세토구치, 굉장히 좋은 사람이야."

굉장히 좋은 사람이 왜 나 같은 사람한테 반했을까? 이런 생각이 들었지만 그냥 가만히 있었다.

<u>08</u> 원점을 뛰어넘어

직접 물어보면 될 것을 아버지는 내가 아닌 엄마에게 물었다고 한다. 아직 한동안 여기 있겠지? 이렇게. 아무렇지도 않은 척하면서.

아버지, 미안해요. 여기 있으면 편하긴 하지만 역시 내 아파트로 돌아가야 할 것 같아. 가지 말았으면 좋겠다고 생각해 주는 마음이 기쁘고 고마워요. 부모님 집이 이렇게 가까운데 혼자 나와서 살게 해 주신 것도 말할 수 없이 감사하고.

말로는 자립하기 위해서라고 했지만, 생각하고 싶지 않은 문제들을 죄 놔두고 멋대로 혼자 나와 괜한 허세를 부리고 있는 거 아닌가 싶어 스스로도 좀 불안한 구석이 있었다. 하지만 여기가 이렇게 편한 걸 확인하니 마음이 놓인다. 이 집이 싫어서, 혼자 살면서 자유분방한 자유를 만끽하고 싶어서 도망쳐 나온 것이 아니라는 얘기다. 밥을 하고, 욕실 청소를 하고, 쓰레기를 분리해서 내놓고, 부재중에 온 택배 안내서를 처리하는 등등의 사소한 일들을 하나씩 하나씩 해나가며 나 스스로 내 생활을 영위해 가는 것. 그런 수고스러움이 나한테는 필요했던 것이다.

월요일과 화요일, 딱 이틀간 덮었던 이불을 안고 베란다로 나간다. 오늘도 아침부터 햇볕이 뜨겁다.

"그만두지 마."

오빠는 출근길에 현관에서 신을 신으며 그렇게 말했다. 무슨 얘기? 입안에서 우물거리는 게 발음조차 불분명해 다시 물으려는데, "회사 말이야." 하고 퉁명스레 덧붙였다.

오빠는 내가 이제 내 집으로 돌아가려 하는 것을 알아차린 모양이다. 하지만 아르바이트나 하는 처지에 남한테 그만두지 말란 말을 참 잘도 한다 싶었다. 아르바이트나 하는 처지니까 오히려 더 절실하게 느끼는 바가 있었던 것일까? 이런 처지는 되지 마라, 이런 얘기? 하지만 얼굴은 그렇게 절절해 보이지 않는다.

오빠가 일하는 곳은 상가 안에 있는 제법 큰 주류 판매점과 그 연줄로 다니게 된 역 앞의 레스토랑이다. 둘 다 꽤 오랫동안 다녔을 것이다. 다닐 만한지 오빠는 평소처럼 편안한 복장으로 발걸음도 가볍게 집을 나섰다.

그 뒷모습을 배웅하고 거실로 돌아오자 불현듯 어떤 생각이 떠올랐다. 저녁때까지 기다릴 수 없다! 식구들이 다 들어올 때까지 기다렸다가 이제 돌아가겠다고 이야기하는 것이 가족에 대한 최소한의

예의라는 생각은 들었다. 하지만 오늘 이 하루를 아무것도 안 하고 그냥 보내려니 그게 더 무서웠다. 지금을 놓치면 나는 다시 질질 끌려다니며 이 집에 눌러앉고 싶어질지도 모른다. 아버지, 미안해요. 나는 다시 한 번 입속으로 중얼거린다. 나는 도무지 나를 신용할 수가 없는 것이다.

이불을 널고, 내가 있던 방을 대충 청소한 다음에 테이블 위에 편지를 써서 남겼다.

고마워요. 또 올게요. 아스와.

광고 전단지 뒷면에 유성 매직으로 그렇게 써 놓고 보니 참 매정해 보인다. 한마디 더 덧붙인다.

'걱정을 끼쳐서 미안해요.'

생각에 생각을 거듭해 한마디 더 써넣는다.

'이제 다 나은 것 같아요.'

그리고 살짝 서비스를 추가한다.

'아버지. 아이스크림, 맛있었어요.'

'오빠. 핫케이크, 잘 먹었어.'

먹은 것을 열거하고 나니 어쩐지 유서 같다.

'엄마.'

그렇게 써 놓고는 한참을 고민한다. 이탈리아어, 열심히 하세요. 아니, 그게 아니야. 열심히 하고 있을 때일수록 모르는 척하면서 가만히 지켜봐 주기만 바라지 않나? 나 같으면 그럴 것 같은데. 엄마, 우리 언제 같이 이탈리아 여행 가요. 아니. 이것도 아니다. 엄마와 이탈리아 여행 같은 건 틀림없이 갈 일이 없을 거야. 건강 잘 챙기세요. 이건가? 또 연락할게. 이거? 왠지 남한테 하는 말 같다. 그럼 뭐라고 하면 되지? 엄마한테 할 한마디 말.

'언제 맛있는 거 같이 먹어요.'

결국 먹는 얘긴가? 언제 한번 대접할게요. 사실은 이렇게 쓰고 싶었다. 자랑스러운 노란색 르크루제로 말이다. 하지만 아직은 좀 자신이 없다.

현관문을 잠그고 신문 투입구 안으로 열쇠를 떨어뜨린다. 신발장 위로 딸그락 떨어지는 소리를 확인한 뒤 역을 향해 걸어가기 시작한다. 여기서 내 아파트까지는 전철 기다리는 시간까지 다 합쳐도 30분이 채 안 걸린다. 그런데 그 사이에 어떤 주파수 같은 것이 변화하고 있다. 내 안의 무언가가, 어딘가가, 반응하는 장소가 휘리릭 바뀐다. 그러면서 갑자기 나홀로 태세로 돌입한다. 정신 똑바로 차려! 자기 두 다리로 한 걸음씩 걸어가는 거야! 이렇게 말이다.

사흘 만에 돌아온 아파트는 내가 알고 있던 것보다 훨씬 낡아 보였다. 가까이 다가가서 위를 올려다본다. 사용 연한이 꽤 되었는데도 지금까지 그렇다는 것을 못 느끼고 있었다. 아파트의 외관까지 신경 쓸 여유가 없었던 것이겠지. 나 혼자 이런 데까지 와버렸다 싶은 고독감. 그건 새로 지은 아파트로 이사했다 해도 필시 똑같았을 거야.

나한테는 하나도 다를 것이 없다.

낡은 바깥 계단을 올라가서 이층에 나란히 늘어서 있는 다섯 개의 문, 그 가운데 끝에서 두 번째 문, 204호가 빠져 있어 205호다.

문을 열자 숨 막힐 듯한 열기와 함께 그리웠던 냄새가 화악 달려 든다. 세상에, 그리웠다니! 비좁은 현관에서 신발을 벗으며 이상한 착각에 사로잡힌다. 그리워하던 곳으로 돌아온 것 같은 느낌. 착각이 아닌지도 모른다. 여기는 틀림없이 내가 있을 장소인 것이다. 이사하고 나서 아직 얼마 되지도 않았건만 이 방의 낡아빠진 듯한 냄새가 벌써 그립고 정다운 무엇이 되어 있었다.

마루로 올라와 부엌에서 물 한 잔을 따른 후 그 자리에 선 채 다 마신다. 그러고는 창문을 열러 간다. 이곳에 꽉 차 있는 열기를 다 날려버리고 싶다. 베란다의 새시 문을 열자 방충망 사이로 바람이 쏴아 불어 들어온다.

예뻐진다.

매일 냄비를 사용한다.

가마.

귀인가마.

하고 싶은 것을 한다.

여행을 한다.

새로운 것을 한다.

콩.

리스트를 앞에 놓고 생각에 잠긴다. 원래 이건 생각에 잠기는 일이 되어서는 안 되는데. 하고 싶은 일의 리스트를 만들고 그것을 실행하는 것에 의미가 있으니까. 그저 리스트를 만들고 실행하면 되는 거야. 그러면서 나는 조금씩 변화하고 재기하게 되겠지.

그런데 재기라니…… 어디서부터? 혹시 파혼한 데서부터?

땀방울이 등으로 흘러내리는 것을 느끼고 그 참에 창문을 닫고 에어컨을 켠다. 우웅 하며 에어컨이 가동하고 그와 함께 나도 생각에 빠져든다. 우웅, 드리프터스 리스트라는 게 파혼당하고 재기하는 데 필요한 리스트였던가?

그렇다면 너무 허무하지. 임시방편에 불과한 것 아닌가? 재기할 때까지만 필요한 리스트라면 나는 다시 원점으로 돌아가겠다. 나한테 필요한 건 앞으로도 훨씬 오랫동안 나를 지켜줄 수 있는 리스트다. 나는 그런 리스트를 만들고 싶다!

지금이 그 기회야. 그 원점을 뛰어넘어 보자. 회사는 일주일 동안 휴가다. 몸은 거의 다 나았다. 이 기회에 리스트를 다시 쓰고 필요한 건 새로 추가해서 하나씩 해결해 가자. 그렇게 해서 나를 지탱해 줄 든든한 토대를 만들어 보자.

예뻐진다. 매일 냄비를 사용한다. 가마. 귀인가마. 하고 싶은 것을 한다. 여행을 한다. 새로운 것을 한다. 콩.

그런데 뭔가가 걸린다. 이 리스트, 약간 이상하다. 항목별로 그 해상도의 차이가 너무 크다.

콩은 일단 논외로 하자.

하고 싶은 것을 한다. 이건 좀 심하다. 이렇게 추상적이니까 움직일 수가 없지!

만약에 회사에서 지금 취급하고 있는 유아복을 '좀 더 잘 팔리도록' 하라는 지시를 받았다고 해보자. '좀 더 잘 팔리도록' 하려면 어떻게 해야 할까? 좀 더 귀엽게 만들면 될까? 그러니까 프릴을 더 많이 단다든지, 모자에 고양이 귀를 덧단다든지, 파스텔 색조를 쓴다든지 하면 될까? 좀 더 고급스러운 분위기로 가는 건 어떨까? 아니, 그건 또 전혀 다른 방향의 이야기가 되겠지. 그게 아니라 좀 더 저렴하게 간다면? 색깔의 변화를 풍부하게 준다든지 하는 것은? 이건 근본적으로 제작 부서만의 문제가 아니라 영업부에도 책임이 있다. 어쨌든 항목들이 명확하지 않으면 엉뚱한 곳에 가서 헤매게 될 공산이 크다.

리스트도 마찬가지다. 항목들을 세분화해서 구체적으로 열거해야 한다. 그것들을 차례차례 정리해 보자.

손에 들고 있던 볼펜을 연필로 바꾸어 쥔다. 이러면 잘못 써도 돼. 지우개로 지우면 되니까. 하고 싶은 것을 한다. 이렇게 쓴 것 밑에서부터 화살표를 쭉 그은 다음에, 예를 들면 음······ 그렇지.

베르메르를 보러 간다.

좋아, 좋아, 베르메르(요하네스 베르메르. 네덜란드 화가. 대표작 〈진주귀고리 소녀〉 - 옮긴이). 왠지 교양도 있어 보이고. 요즘 엄청 유행하는 것 같던데, 이미 일반상식에 속한다고 봐야겠지.

　슈크림 전문점 루테시아에 가서 슈크림을 마음껏 먹는다.
　강변에 나가서 트럼펫을 실컷 분다.

　트럼펫은 갖고 있지도 않거니와 불 줄도 모르지만.
　이렇게 해보니 얼마든지 술술 쓰겠다. 콧노래라도 흥얼거리고 싶
을 정도다. 무엇보다 이렇게 콧노래를 흥얼거리고 싶다는 것 자체가
얼마 전까지만 해도 생각도 못할 일이었다. 앞으로 내 인생에서 콧노
래 부르는 일 같은 건 절대 없을 거라고 결심했다는 게 아니다. 그냥
콧노래라는 것을 잊고 있었다는 말이다. 이제는 떠올릴 수가 있다.
아무 일도 없을 때 나는 이랬다. 툭하면 콧노래를 흥얼거리곤 했던
것이다.

　좋은 영화를 마구 보러 다닌다.
　살바토레에서 에스테틱 시술을 받는다.(유즈루를 찍……

　찍소리 못하게 하겠다고 쓰려다가 그냥 '찍'만 쓰고 말았다. '찍소
리'라니, 그런 말을 쓰면 안 되지. 우선 유즈루한테 찍소리 못하게 해
서 어쩌겠다는 말인가? 내가 예뻐진다고 해서 유즈루의 마음이 되돌
아올 것도 아니지 않은가? 아스와가 이렇게 예뻤다니, 내가 바보 같
은 짓을 했구나! 뭐, 이런 생각은 할지도 모르겠지만. 아스와가 건강

해 보여서 마음이 놓인다. 어쩌면 유즈루답게 이런 식으로 생각할지도 모르지.

일어나서 창밖을 내다본다. 뜨겁게 달구어진 아스팔트 위를 고양이 한 마리가 가로질러 간다.

내가 예쁘지 않아서 유즈루가 떠난 거라고는 생각하지 않는다. 예뻐지는 것과 유즈루는 상관이 없다. 이제 유즈루는 아무 상관이 없다.

한쪽으로 걷어놓은 파란색 커튼을 보며, 가을이 되면 커튼을 바꾸는 것도 좋겠다는 생각을 한다. 이사 올 때 우선 되는 대로 역 앞 가구점에 가서 적당한 걸 사다가 달았던 것이다. 그러나 가을에 가을 커튼을 달고 겨울에 겨울 커튼을 갈아 단다면 이 방에도 좀 더 깊이 정이 들 것이다. 이곳은 그저 잠시 머물다 떠날 곳이 아니다. 이윽고 가을을 맞이할 것이고, 겨울이 올 것이고, 봄이 지나고 다시 여름이 와도 나는 이곳에 있을 것이다.

커튼을 바꾼다.

계절에 따라 커튼을 바꿔 달며 혼자만의 삶을 만끽해야지.

그래, 이참에 뭔가를 새로 배우는 것도 좋을지 몰라. 파혼하지 않았으면 못했을 어떤 것, 지금부터라도 열심히 정진해서 대성한다면 그것도 멋진 일이겠지. 대성까지 안 해도 괜찮아. 그 덕분에 지금 이렇게 행복해졌다고 말할 수 있는 그런 일을 했으면 좋겠다. 어쩌면 이런 것도, 어쩌면 유즈루에 대한 자존심 같은 것인지 몰라. 그렇더라도 그냥 좋은 일이라고 해두자.

새로운 것을 한다. 여기엔 뭐가 있을까?

자기를 찾는 여행 같을 걸 할 생각은 없다. 그런 건 시작할 수도 없다. 나한테는 아무것도 없으니까. 뭔가를 찾을 게 아니라 새로 추가해야 하는 것이다. 그렇게 함으로써 비로소 내가 되고 싶은 '나'가 될 것이다. 거기에 필요한 것이 이 리스트다.

이렇게 생각이란 것을 할 수 있게 되었다는 것, 나한테 아무것도 없다는 것을 깨달았다는 것, 거기다가 긍정적으로 바뀌었다는 것. 몇 달 전만 해도 상상할 수 없는 일이었다. 유즈루한테 고맙다는 생각이 든다.

…… 뭐라고? 참 나! 어떻게 그럴 수가 있겠어? 절대로 용서할 수 없어! 절대!

결국은 증오가 환기된다. 안 되겠다. 생각만 할 게 아니라 뭔가를 하는 게 좋겠다. 움직이기 시작하면 금방 달라질 거야. 그런 생각을 하면서 털썩 하고 방바닥에 드러눕는다. 뭔가를 하자. 뭔가를 해야 되는데…….

쭉 뻗은 손의 가운데손가락 끝에 뭔가가 닿는다. 아까 우편함에서 들고 올라온 사흘치 신문다발이다. 집에 없었기 때문에 밀려 있었던 것이지만 솔직히 말하면 집에 있었어도 마찬가지였을 것이다. 부모님 집에 있을 때도 신문을 챙겨 읽는 습관은 없었다. 1면의 큰 제목 정도만 훑어보고 그 다음에 텔레비전 프로그램으로 넘어간 뒤, 다시 앞으로 한 장 넘겨서 나타나는 4컷짜리 만화와 사회면 기사를 대충 보면 그걸로 끝이다. 배달된 상태 그대로 방 한쪽 구석에 쌓이는 날도 많다. 그날치 신문도 안 보면서 나중에 한꺼번에 모아서 읽는다니, 그런 일은 틀림없이 안 일어나리라. 그러면서도 읽지도 않고 새 신문을 버리는 것이 마음에 찔려 계속해서 한쪽에 쌓아두고 있다.

원래 신문을 구독할 생각 같은 건 없었다. 인터넷으로 충분하니까. 그런데 이사한 지 며칠 되지 않은 어느 날, 언제나처럼 별 용무도 없이 나타나 차 한잔 마시고 있던 이모가 이렇게 물었던 것이다.

"어? 오늘 신문은?"

그 순간 신문도 구독하지 않는 내가 어린애 같다는 생각이 들면서 갑자기 부끄러웠다. 그 말 한마디가 위력을 발휘한 것은, 그것이 롯카 이모 입에서 나온 말이었기 때문이다. 롯카 이모도 보는데! 그리하여 곧바로 보급소에 전화를 했다.

매일매일 나를 위해 신문이 배달된다는 사실, 거기에는 어엿한 한 인간이 된 것 같은 흐뭇함도 있었다. 그런데 그저 쌓여 갔다. 읽지 않고 펼쳐보지도 않은 신문은 스트레스가 되어서 차곡차곡 쌓여 갔다.

이달까지만 보고 끊을까? 손가락 끝에 만져지는 신문다발을 끌어당기자 그 사이에서 광고지가 쑥 삐져나온다. 아무 생각 없이 컬러풀한 광고지를 빼냈다. 그리고 그 순간 나는 "앗!" 하고 작은 소리를 질렀다. 요리교실 수강생을 모집하는 광고가 있었던 것이다.

이거다 싶었다. 이거야! 뭔가 배우고 싶다는 생각을 하고 있을 때 눈에 띈 광고라니, 이런 것이 운명이야.

곧바로 일어나 망설임 없이 전화를 걸었다. 여기서 망설이면 다시 오지 않을 기회를 놓치는 거야.

"네, 저기, 견학을 좀 하고 싶은데요."

나도 모르게 말소리가 빨라졌다.

"견학뿐만 아니라 직접 체험해 볼 수도 있답니다."

전화기 속 목소리의 느낌이 좋아서 마음이 놓였다. 오늘 오후 1시 클래스에 자리가 비어 있다고 한다.

"그럼 그때 가겠습니다."

나는 전화를 끊었다. 박자가 착착 들어맞는다. 일이 잘될 때는 이렇게 돌아가는 법이지. 콧노래를 부르며 나는 리스트에 연필로 한 항목을 추가했다.

요리교실에 다닌다.

* * *

에스테틱 살롱에는 원래 어느 정도 예쁜 사람이 더한층 세련되게 자신을 갈고 닦기 위해 다닌다고 한다. 요리교실도 어느 정도 솜씨에 자신이 있는 사람이 그 재능을 더욱더 연마하기 위해 다니는 곳이 아닐까? 가는 길에 문득 그런 생각이 들어 긴장이 됐다. 어쨌거나간에 나는 완전 초보니까 얌전히 견학만 하겠다고 하는 게 좋았을까?

요리교실에 발을 들여놓으며 내 예측이 빗나갔다는 것을 금세 알 수 있었다. 아담한 스튜디오 분위기의 주방에 예쁘장한 여자애들이 주욱 늘어서 있었다. 그렇구나. 나는 여기까지 와서야 처음 알았다.

평일 오후 1시의 요리교실에 오는 게 도대체 어떤 사람들인지를 말이다. 영리한 매는 발톱을 감춘다는 말이 있지. 여기 있는 여자애들도 날카로운 발톱을 감추고 있을지 모른다.

실습 사이사이에는 깔깔거리며 귀여운 것처럼도 보였다. 그러나 예쁜 앞치마가 더러워질세라, 매니큐어 바른 손톱이 상할세라 물로 씻고 닦는 일은 극력 피하려 드는 눈치였다. 다 이런 여자애들만 모여 있는 것은 아니겠지. 우연히 이런 애들 틈에 배치된 것뿐일 테지. 그런 생각을 하며 신경을 쓰지 않으려 했다. 그렇게라도 하지 않으면 너무 아프니까. 바로 얼마 전까지의, 결혼을 코앞에 두고 붕붕 떠다니던 내 모습이 어쩔 수 없이 떠올랐다. 나도 똑같았다.

만들어진 요리가 이 자리를 웅변해 주고 있었다. 고급 병조림이나 냉동식품을 훌륭하게 활용해서 화려한 요리가 한 접시 차려지는 것이다. 보여주기 위한, 감탄을 불러일으키기 위한 요리 한 접시. 꽤 괜찮은 방법이네 싶은 건 사실이다. 그런데 이런 병조림 같은 건 어디서 사는 거지? 대체 값은 얼마 정도나 하는 거야?

시끌벅적하게 진행되는 요리교실 한가운데서 나는 점점 말이 없어졌고 씻고 닦는 일만 계속했다. 물 만지는 일을 잘하는 것도 아니고, 하고 싶어서 그런 것도 아니다. 누군가는 해야 할 일이니까 그냥 받아들인 것이다. 그런데 일단 받아들이니까 그 자리를 벗어날 수가 없다. 썰고 볶고 예쁘게 꾸미는 차례는 한 번도 내게 돌아오지 않았고, 그때마다 나오는 설거지거리만을 계속 씻고 닦아야 했다. 누군가가 이번에는 내가 하겠다고 말해 주기를 은근히 기다렸건만 그런 인간은 끝끝내 나타나지 않았다.

말없이 요리교실을 나와 마침 상영 시간이 맞는 영화가 있어 한 편 보기로 했다. 굉장히 보고 싶었던 영화는 아니었지만 리스트의 항목이 머릿속에 떠올랐던 것이다.

좋은 영화를 마구 보러 다닌다.

이렇게 썼으니까. 또 좋은 평을 받고 있는 영화고. 지금 이 영화를 안 본다면 앞으로도 영화를 보러 다닐 일은 안 생길 거야. 나는 스스로 내 등을 떠민다. 요리교실에 가고 영화를 본다. 조금씩 조금씩 나는 앞으로 나아가고 있는 중이리라, 아마도.

그런데 표를 사고 엘리베이터를 타는 순간 극심한 피로가 몰려왔다. 앞으로 나아가고 있다는 실감이 전혀 없었다. 뒤쪽 구석에 자리를 잡고 앉아 의자에 깊이 몸을 파묻고는 스크린을 바라보며 혼자 생각했다. 내가 지금 뭘 하고 있는 건가……. 영화제에서 상을 받았다는 화려한 영화가 눈앞을 경중경중 지나가고 있었다.

영화관을 나오니 비가 오고 있다. 우산이 없다. 산성비를 맞으며 전철을 타고 집으로 왔다.

리스트의 항목을 실행에 옮겼다는 성취감은 없었다. 하긴 그럴 수밖에. 콧노래 같은 거나 흥얼거리며 떠오르는 대로 써넣은 항목들이

제대로 소화되어 곧바로 효과를 낼 턱이 있나?

샤워를 하면서 생각한다.

효과? 무슨 효과? 리스트의 항목을 실행하면서 그 동안의 시간을 알차게 보내면 그것으로 되겠거니 생각했다. 그런데 거기에 또 어떤 특전이 베풀어지기를 바랐다니, 그런 효과를 기대했다니, 욕심이 너무 과한 거지.

어쩌면 처음부터 너무 뻔뻔했던 것이 아닐까? 아무것도 가진 것 없는 나를 무엇으로 가득 채운단 말인가? 그런 것을 기대하는 것 자체가 잘못된 거 아닌가? 또 새로운 무엇인가가 가득 차서 싹 바뀐다면 그 전까지의 나는 도대체 무엇이었다는 얘길까? 아무것도 없는 것, 그것이 나 아니었나?

샤워를 마치고 욕실을 나온다. 머리카락의 물기를 닦으면서 생각한다. 아아, 혼자다. 이렇게 뭔가를 생각하며 목욕 타월만 한 장 걸친 채 방안을 왔다갔다해도 아무도 뭐라고 하지 않는다. 아무튼 생각하는 것은 일단 뒤로 미루고 뭔가 맛있는 것을 만들어서 먹어야겠다.

나는 캐미솔과 반바지 차림으로 부엌에 선다. 비를 맞으며 돌아오는 길에 산 양배추를 큼직하게 석둑석둑 썰고, 양파를 절반으로 잘라 르크루제에 함께 넣는다. 월계수잎을 한 장 넣고, 암염을 뿌리고, 냉장고에 딱 두 장 남아 있던 베이컨까지 꺼내서 넣은 다음 양배추가 자작자작 잠길 정도로 물을 붓는다. 그 다음은 약한 불에 올려놓고 흐물흐물하게 익기만 기다리면 된다. 실패할 염려가 없는 양배추 찜이다. 콩소메 한 조각을 넣어도 좋고 토마토를 추가해도 맛있다.

그런데 덥다. 방금 샤워를 하고 나왔는데 벌써 땀이 난다. 이렇게 더운데 찜요리를 하는 것이다. 이열치열이라는 말도 있지 않은가? 들어줄 사람도 없건만 혼자서 온갖 이유를 다 갖다 붙이고 있다.

끓어오르는 냄비의 불을 줄이고 나서 의자에 앉아 한숨 돌린다. 그러고 나니 아까 '일단' 내려놓았던 문제를 다시 집어들지 않을 수 없다. 리스트 검증이다. 새로 추가한 항목 가운데 두 가지를 오늘 해치웠다. 그래서 어떤 수확이라도 있었나?

무엇이든 견학이나 체험 정도로는 그 진면목을 찾아내기 어려울 것이다. 껍질만 살짝 벗겨보는 것만으로는 알 수 없다. 모든 것에는 깊이가 있고, 안쪽으로 깊이 들어가야만 그 묘미를 맛볼 수 있다.

그런데 잘은 모르겠지만 오늘의 요리교실은 아니었다. 적어도 내가 원하는 곳은 아니었다. 나는 누군가의 앞에 내놓고 감동시킬 수 있는 요리를 만들고 싶은 것이 아니다. 잘난 척은 이제 됐다.

그럼 어떤 요리를 만들고 싶냐? 나를 지켜줄 매일매일의 요리다. 그게 어떤 건지 나도 아직 모른다. 오늘은 일단 맛있는 것을 만들어 먹고 싶다. 집에 돌아오는 길에 역 앞 상가에서 언제든지 살 수 있는 재료로, 가능한 한 매일 만들더라도 귀찮지 않을 정도로 간단한 방법으로라는 조건을 달아서 말이다.

"아스와아! 있니이?"

양배추가 완전히 익어 냄비에서 맛있는 냄새가 나기 시작할 때 현관 저쪽에서 나를 부르는 소리가 들렸다. 롯카 이모다. 언제나 바깥 계단에서 나는 발소리를 듣고 미리 알았는데 오늘은 깨닫지 못했다. 발소리가 문제가 아니다. 현관문을 열자 롯카 이모는 다른 사람처럼 외모가 달라져 있었다.

나는 가까스로 정신을 차리고 조심스럽게 물었다.

"이모, 웬일이야?"

"뭐가?"

"그 모습…… 가장무도회에라도 가는 거야?"

덕지덕지 두꺼운 화장을 한 롯카 이모 닮은 여자가 진짜로 화난 표정을 지었다.

"무슨 그런 실례의 말씀을! 이제 콘서트에 갈 건데 이 정도는 차려 입고 가는 게 예의라고!"

"무슨 콘서트?"

마치 그렇게 물어주길 기다렸다는 듯이 롯카 이모가 요염하게 웃었다. 정확히 말하자면 본인으로서는 요염하게, 실상은 새빨간 립스틱이 입꼬리 밖으로까지 삐져 나와 있는 것이 적잖이 신경에 거슬렸다.

"주리(일본의 가수, 배우, 작곡가인 사와다 겐지의 별명이며 주된 활동시기는 1960~1980년대 - 옮긴이)."

주리가 누구야? 이모는 그대로 현관에 선 채 자신이 마치 예쁜 여자인 양 미소를 짓다가 내 뒤로 시선을 빼앗기더니 순식간에 본연의 표정으로 돌아온다.

"저《점프》, 이번주 거잖아. 네가 샀니?"

"오빠가 산 거야."

지난주 것을 보고 난 오빠는 그 다음 호가 궁금했던 모양이다. 다 읽고 나서 나한테 줬다. 별로 보고 싶은 것도 아니었는데 말이다.

"뭔가 맛있는 냄새가 나네?"

롯카 이모는 코를 킁킁거렸다. 차마 발걸음을 옮기기 섭섭한 눈치였다.

"이제 가야겠네. 잘못하면 늦겠어."

"어? 잠깐. 이모, 여기 왜 온 건데?"

등이 푹 파인 드레스 차림의 등짝에 대고 물으니 홱 돌아보며 대답한다.

"이 요염한 자태를 보여주려고 왔다. 자, 그럼 간다."

그러면서 살짝 손을 든다. 나도 손을 들어주면서 생각했다. 화장이란 게 한다고 다 좋은 건 아니구나. 저렇게는 차라리 안 하는 게 훨씬 나은 것을.

롯카 이모가 사라진 현관 앞에 서서 문을 잠근다. 탕탕거리며 바깥 계단을 내려가는 롯카 이모의 힐 소리가 점점 작아진다.

자, 그럼 이제 갓 지은 밥과 양배추찜만으로 차려진 저녁식사다. 그런데 한입 먹고 나니 절실히 깨달아지는 것이 있다. 내가 만든 리스트 따위는 믿을 게 못된다는 것……. 양배추찜 한 그릇에도 상대가 되지 않는다.

"매일매일 먹는 밥이 너를 살린단다."

엄마의 그 단 한 마디가 온몸으로 스며든다. 나는 묵묵히 양배추찜을 먹었다.

　방에 있는 전화가 울린다. '우리집'이라는 신호가 뜨는데 오빠다.

　"어."

　자기가 걸어 놓고는 "어." 하더니 끝이다.

　"왜? 무슨 일 있어?"

　"이쪽은 아까 소나기가 왔는데 그쪽은 어땠어?"

　"그쪽이라니. 왜 그래, 오빠. 여기는 그렇게 머나먼 데가 아니라고!"

　일부러 명랑한 목소리로 대답해 준다. 하나 있는 여동생이 사라지니까 오빠도 섭섭한 모양이네.

　"그러니까 비가 왔단 말이지?"

　"그래, 그래. 굉장히 쏟아졌어, 여기도. 요 앞의 길이 물에 잠길 뻔했다니까?"

　그러고 보니 롯카 이모는 아까 그런 힐을 신고서 콘서트장까지 무사히 잘 도착했나 모르겠다.

　"왜 그러는 거야? 오빠답지가 않네."

　"너, 뭔가 생각나는 거 없냐?"

　"응?"

　"응이 아니야. 그냥 널어놓고 가버리지 않았냐고! 이불 말이다, 이불!"

　"아앗!"

　"그뿐이냐? 베란다 문까지 열어놓고 가는 바람에 비가 들이쳐서

난리가 났다, 난리가!"

"아, 어떡해. 미안, 미안!"

"달랑 메모 하나 써 놓고 가버리질 않나. 이불 버렸지, 방바닥 버렸지, 도대체 너란 애는 말이야."

그때 어디선가 노랫소리가 들려왔다. 크지는 않았지만 확실하게 멜로디가 들려왔다. 기쁘고도 즐거운 듯한 노랫소리가 점점 가까워진다.

"뭐야? 그 노래는?"

내 물음에 오빠는 입을 다물었다. 그러더니 이렇게 말했다.

"사와다 겐지 아니냐?"

"무슨 노래더라? 엄마가 좋아하는 노래지, 아마?"

말하고 나서야 깨달았다. 전화기 저쪽이 아니라 이쪽에서 들려오고 있다는 걸. 노랫소리는 점점 가까워지더니 정확히 현관문 앞에서 멈췄다. 아하! 주리가 사와다 겐지였구나!

"오빠, 미안해. 지금 이모가 온 거 같아."

수화기를 내려놓음과 동시에 현관문 두드리는 소리가 났다. 밤이라서 예의 "아스와아! 있니이?"를 삼간 거겠지?

문을 열자 기분 좋은 얼굴로 롯카 이모가 서 있었다.

"이거 굉장한데? 자동문 같아."

목소리는 밝은데 들어오자마자 마루 끝에 털썩 주저앉는다. 화장은 이미 다 지워졌다. 좀처럼 신지 않던 힐을 신어서 발이 아픈 것일까?

"혹시 취했어?"

"응, 취했다. 주리의 모습과 목소리에."

"자, 자. 얼른 들어와. 차 준비할게."

롯카 이모는 힐을 벗고 비틀거리며 올라왔다.

"미안한데, 차 말고 밥 주라."

"아직 안 먹었어?"

"콘서트 앞두고 마음이 들떠서 먹을 때를 놓쳤어. 또 여기 오면 맛있는 게 있을 거라는 사실도 알고 있었고."

얄미운 롯카 이모. 어떻게 하면 내가 좋아할지, 어떻게 하면 내가 기분 좋게 밥을 차려줄지 귀신같이 안다. 여기에 오면 뭔가 맛있는 게 있다고? 히죽. 여기에 오면 뭔가 맛있는 게 있을 거라고? 히죽히죽. 내가 히죽거리는 사이에 롯카 이모는 밥을 세 공기나 먹고 나서 식사를 마쳤다. 그러고는 내가 만든 호지차를 마시면서 눈치도 빠르게 좌탁 위에 있던 리스트를 발견한 모양이다.

"늘어났네?" 늘어난 부분은 어쩌다 그렇게 된 거라 별로 보여주고 싶지 않은데…….

"너, 트럼펫 같은 거 못 불잖아?"

나는 말없이 머리를 흔든다.

"아스와는 참 대단한 데가 있어. 처음부터 이 리스트를 어떻게 써야 하는지 알고 있었으니 말이야."

"쓰라고 하니까 쓴 것뿐이야. 쓰는 방법 같은 건 몰랐어."

"그렇지만 하고 싶은 일의 리스트를 써보라고 하면 사람들은 대개 예뻐지고 싶다거나, 여행을 가고 싶다거나 그렇게 쓴다고."

나도 그렇게 썼다. 예뻐지고 싶다거나 여행을 가고 싶다고.

"그런데 너는 달랐지. 확실하게 단정을 지어서 썼어. 예뻐진다, 여행을 간다, 냄비를 산다, 이렇게 말이야. 그렇게 쓰는 게 바로 실현되게 만드는 비결이거든."

실현은 아직 되지 않았다. 냄비는 샀지만 예뻐지지도 않았고, 여행도 안 갔다.

"괜찮아. 틀림없이 잘될 거야."

그렇게 말하더니 롯카 이모는 찻잔을 좌탁에 내려놓고 벌렁 드러누워 기분 좋은 듯이 주리의 노래를 부르기 시작했다.

09 불가능 리스트

아침부터 비가 내리고 있었다. 그치는가 싶으면 갑자기 다시 쏟아지기를 수차례. 지금은 아파트 옥상에서 짐승들이 날뛰고 있는 듯한 소리가 난다. 하늘이 시커먼 게 갑자기 여름의 끝이 도래한 듯하다.

창문을 닫은 채 억수같이 비가 쏟아지는 거리를 바라보다가 한 가지를 발견한다. 지금까지는 비가 싫다고 생각하고 있었는데, 그게 아니었다는 것. 비가 싫은 게 아니라 빗속에 옷과 신발을 척척하게 적셔가며 출근하는 것이 싫었던 것뿐이다. 혼잡한 전철 안으로 밀려드는 젖은 우산과 숨 막히는 냄새, 그리고 드라이해서 간신히 펴놓은 앞머리를 헝클어뜨리는 습기가 싫었던 것뿐이다. 이렇게 내 방에 있을 수만 있다면 비가 오는 건 전혀 싫지가 않다.

이 나이가 되어서 싫어하는 것이 하나 줄다니 그것도 나쁘지 않네. 기대하지 않았던 만큼 기분이 좋다. 비가 싫은 게 아니라 신발이 젖는 것이 싫고, 만원 전철이 싫고, 회사에 가는 것이 싫었던 것이다. 어, 싫은 게 늘어난 건가?

뭔가 이득을 본 것 같은 기분이다. 비가 핑계였다는 사실을 깨달 았다는 것만으로도 회사에 휴가를 내기 잘했다 싶다. 심심은 하지 만⋯⋯. 할 일은 있는 것 같으면서도 없는 것도 같고, 또 보글보글 끓고 있는 냄비 안을 들여다보다가 창문으로 바깥을 내다보기도 하면 서, 결국은 아침부터 멍한 채로 시간을 보내고 있다. 하고 싶은 거, 뭐 없을까? 지금 당장 움직이고 싶어질 만한, 나한테 콩에 해당하는 일. 빨리 땅에 뿌리고 물을 주고 싶다.

취직하려고 뛰어다닐 때 이력서 쓰던 기억이 떠오른다. 입사 지원 동기는 비교적 술술 써 넣을 수 있었지만 취미와 특기를 쓰는 자리 에는 뭘 써야 할지 생각이 안 나 며칠을 고민했다. 지금 고민할 곳이 거기인가 싶은 생각을 하면서도 그랬다.

그 무렵부터 나한테는 특별히 써 넣을 만한 것이 없었다. 어떤 자 격증 같은 것을 따뒀으면 좋았을지도 모르겠다는 생각이 얼핏 들기 도 했지만, 그게 불가능한 일이라는 결론도 거의 동시에 나와 있었 다. 어렸을 때부터 피아노니 수영이니 서예니 하는 것들을 배우러 다 녔고, 한때는 배드민턴 서클에 들어간 적도 있다. 그러나 그 어느 것 도 제대로 배운 것이 없다. 나, 혹시 어떤 것에 관심을 집중하거나 특 성화하는 것이 불가능한 부류의 사람이 아닐까?

"아냐, 아냐."

소리를 내어가면서 부정한다. 내친김에 고개까지 크게 좌우로 흔든다. 지금까지만 그랬던 것뿐이다. 앞으로도 꼭 그러리라는 법은 없다.

"앞으로의 나를 새롭게 써나가는 거야."

방 안에 저 혼자 흩어지는 내 목소리가 좀 허무하다. 지금의 나라면 어떤 것을 써 넣어야 할까? 테이블 위에 내내 펼쳐 놨던 리스트를 곁눈질로 흘겨본다. 요 2~3일간, 리스트에 써 넣고는 다시 지우는 작업에 몰두하고 있었다.

좋은 영화를 마구 보러 다닌다.

요전에 요리교실에서 돌아오는 길에 한 편 보고는 살짝 좌절하고 있던 참이다.

"살짝 좌절이라니, 그건 무슨 좌절?"

아, 안 되겠다. 역시 혼잣말이 늘고 있어. 아무튼 이래 갖고는 마구 보는 것과 가까워질 수 없을 것 같다.

일주일에 책(명작)을 한 권씩 읽는다.

나를 '명작'으로 채우고 싶다. 아무것도 없는 나라는 자루에 좋은 것만을 엄선해서 채워 넣고 싶다.

그런데 명작이라는 것들은 아무래도 재미가 없다든지, 길다든지,

좀 그렇다. 게다가 어쩌다 도전한 명작들은 등장인물의 이름이 복잡해서 외울 수가 없다. 그러니 공감이나 감동을 할 도리가 없다. 나는 바보가 아닐까 하는 생각이 자꾸 든다. 나는 책을 덮어버린다.

그때 바깥 계단 쪽에서 귀에 익은 소리가 난다. 소리라기보다는 리듬이랄까? 빗소리에 뒤섞여 독특한 리듬이 가까이 다가오고 있다. 평소와 약간 다르긴 하지만 틀림없다. 롯카 이모다. 아마도 긴 장화 같은 걸 신고 있을 것이다.

"아스와아! 있니이?"

마지막의 '니이' 하는 소리가 채 끝나기 전에 문을 연다.

"어쩐지 요즘 문 열리는 시간이 짧아진 것 같네. 우리 호흡이 척척 맞아떨어져 가고 있는 건가?"

"으응, 그러게. 호흡이, 맞아떨어져 가고 있는 건가……."

마음에도 없는 대답이 나온다. 나는 롯카 이모의 발에 시선을 빼앗기고 있다.

"사실은 너무나 외로워서 노상 현관문 앞에서 대기하고 있는 거 아니니?"

심하게 실례되는 소리를 늘어놓으며 롯카 이모는 좁은 현관에서 신발을 벗었다. 장화다. 진짜 검은 색의 긴 고무장화를 신고 온 것이다.

"여성용으로도 진짜 이런 장화가 있네?"

나는 반들반들 빛나는 검정색 장화를 감탄하며 바라본다. 그러는 사이에 롯카 이모는 부엌 쪽으로 가 노란색 르크루제 뚜껑을 들고 그 안을 들여다본다.

"우와! 호화판이네!"

"롯카 이모도 오늘 땡땡이야?"

"어? 너, 땡땡이 중이었어?"

롯카 이모는 르크루제 뚜껑을 닫고, 이번에는 부엌 조리대 위에 있는 요리책을 펄럭펄럭 뒤적인다.

"무슨 일이야? 뭐 하러 온 거야?"

내가 묻자 롯카 이모는 요리책을 내려놓고 크나큰 한숨을 내쉬어 보인다.

"볼일이 없으면, 오면 안 되는 거니?"

"그야 회사를 쉬면서까지 일부러 올 만한 데가 아니니까 그렇지. 무슨 일이 있는 건가 싶어서……."

"아스와. 너 진짜 열사병에서 아직 다 낫지 않은 거 아니냐? 오늘 토요일이란다."

토요일? 월요일에 부모님 집에 갔다가, 화요일에는 교가 왔었고, 수요일에 여기로 돌아왔지. 그래서 요리교실에 가고 영화도 봤어. 목요일에는 서점에 갔던가? 금요일은 책도 보고 요리도 만들고 하면서 지냈고.

"정말이네. 오늘이 토요일이었네!"

"글쎄, 토요일이라고 했잖아. 너, 이 이모를 신용하지 않는 모양이다?"

그러면서 테이블의 의자를 척 끌어당겨 앉는다.

"점심 먹자, 아스와."

"응." 하고 대답하면서 점심 먹으러 이모가 온 거구나 생각한다.

"왜 대낮부터 이런 성찬을 만들었어? 그것도 이 여름에."

옥스테일 수프(소꼬리, 베이컨, 토마토 퓨레 등을 넣고 만든 영국식 수프-옮긴이)다. 책과 씨름을 해가며 만들었다. 어려운 요리는 아니다. 하지만 한번 데쳐낸다든지, 거품 같은 걸 걷어낸다든지 하는 수고를 해야 한다. 먹어본 적이 없기 때문에 다 끓여진 건지 아닌지 몰라서 신경이 쓰였다. 만약 실패하면 두 번 다시 만들고 싶지 않을 것 같아서 더더욱 신경이 쓰였다.

요리책의 처음부터 마지막까지 전부 만들어 본다.

리스트에 이런 항목을 넣어 버렸다. 요리교실은 생각도 하고 싶지 않았다. 그런 데 다니지 않고서 요리를 마스터하고 싶었다. 처음에 이런 생각이 떠올랐을 때는 이 얼마나 좋은 아이디어인가 싶어 기분이 좋았지만, 사실 책 한 권의 내용을 전부 다 만들어 본다는 것은 상당한 끈기가 요구된다. 여섯 번째 요리를 만들면서 나는 벌써 지치고 있었던 것이다.

"소꼬리 같은 걸 참 잘도 구했네."

어제 상가 정육점에서 힘 좀 썼다. 시간도 들고 돈도 좀 들었다. 근데 이렇게 그냥 아무 일 없는 토요일 낮에 롯카 이모와 둘이서 밥을 먹고 있자니, 이것저것 낭비하고 있구나 하는 생각을 떨칠 수가 없다.

"그저께 부탁해 놨지. 평소에 그런 걸 파는 가게가 아니니까."

"아! 역에서 가까운 데 말이지? 거기 인상이 별로야. 이것저것 없는 것도 많고. 큰길 말고 골목 하나 들어가서 안쪽에 정육점 하나 있지. 왜, 서점 안쪽에 말이야. 거기가 좀 작긴 해도 괜찮아."

"그래?"

"응. 100그램에 184엔 하는 돼지 뒷다리살 얇게 썬 거 말이야. 진짜 부드럽고 맛있어. 가끔 크로켓을 덤으로 주기도 하고."

그렇게 말하면서 롯카 이모는 흐뭇한 얼굴 앞으로 두 손을 가져다 합장한다.

"잘 먹겠습니다!"

행복한 얼굴이다. 맛있어 보이는 것을 앞에 두고 있는 사람의 얼굴은 참 보기가 좋구나……. 그런데 그 얼굴이 갑자기 확 바뀐다.

"아스왓!"

"왜? 뭐가 잘못됐어?"

"이거! 너무너무 맛있다!"

"응? 아아, 그래요? 고마워."

"그래." 하고 롯카 이모는 고개를 끄덕인다.

"고맙다는 말은 내가 해야지. 아스와, 정말 잘도 기억하고 있었구나, 내 생일을."

"누……?"

하마터면 누구 생일이냐고 물을 뻔했다. 롯카 이모의 생일이 오늘이었단 말인가? 오늘이 토요일이라는 것도 잊고 있었던 내가 롯카 이모 생일을 기억하고 있을 리는 없다. 애시당초 생일이 언제인지도 모르고 있었다. 몇 살인지조차도 정확히 모른다.

"아아, 이럴 때 와인이라도 있으면 좋을 텐데 말이야. 이 수프에는 틀림없이 레드 와인이 잘 어울릴 거야."

롯카 이모의 눈이 가늘어지면서 황홀한 표정이 된다.

"이모, 와인 같은 거 마시나?"

"어머, 얘는? 나, 맛있는 거는 다 좋아해."

이모는 자랑스럽게 대답한다.

"지금 전화해서 적당한 걸로 추천해 달라고 할까? 옥스테일 수프에 어울리는 와인. 내친김에 여기까지 갖다 준다면 더 좋을 텐데."

누구한테냐고, 이번에는 부담 없이 물어봤다. 롯카 이모 아는 사람 중에 와인을 잘 아는 사람이 있는 모양이다. 아니면 주류 판매점이든지. 그러니까 갑자기 와인 이야기를 꺼낸 것이겠지. 웃으면서 눈썹을 찌푸린 기린처럼 멍청한 얼굴을 하고, 롯카 이모가 내 얼굴을 바라본다.

"누구냐니? 당연히 야스히코지."

"왜?" 하고 나는 또다시 가벼운 마음으로 물었다.

"왜 오빠한테 그걸 물어보느냐고?"

그런 걸 오빠한테 물어본들 무슨 대답이 나올 턱이 없을 텐데?

"아니. 야스히코의 목표가 소믈리에 되는 거잖니."

"뭐? 코물리에?"

롯카 이모가 이번에는 정말로 눈썹을 찌푸렸다.

"아이고, 더러워라! 아스와. 지금 고기가 튀었잖아."

테이블을 휴지로 닦고 나서 다시 한 번 되물었다.

"소믈리에? 와인을 고른다든지 하는 그 소믈리에?"

나는 큰 소리로 웃었다.

"우하하하! 그거, 절대로 이모가 착각한 거야. 오빠가 소믈리에라니, 말도 안 돼."

"하긴 뭐."

롯카 이모는 두어 번 고개를 끄덕이고 나서, "한 그릇 더 먹자!" 하며 그릇을 내밀었다.

"나도 처음엔 웃었어. 와인과 잘 안 어울리는 것 같아서. 그런데 왜 소믈리에가 되려고 하는지, 뜻밖에도 꽤 진지하게 지원 동기를 설명하더라고."

지원 동기 같은 건 쉽게 말할 수 있다. 꿈꾸면 되는 거니까. 취미나 특기 쪽이 훨씬 어렵지. 자기 자신의 부실함을 단박에 드러내서 보여주니까 말이다.

"하지만 요번에 집에 갔을 때도 오빠는 그냥 맥주 마시던데? 와인 같은 건 안 나왔어. 아 참, 더 드시고 싶으면 직접 떠서 드세요."

"아직 자격증을 딴 게 아니니까 미리 말하고 싶지 않은 거겠지. 나도 《점프》 빌리려고 야스히코 방에 들어갔다가 문제집 있는 거 발견하고 처음 알았거든. 특히 여동생한테는 좀 부끄럽기도 하고, 말하기가 그럴 거야."

맛있어 보이는 것만 잔뜩 골라서 한 그릇 담아가지고 온 롯카 이모가 맞은편 자리로 돌아와 앉는다.

"참 싫다."

"뭐가?"

"왜 다들 그렇게 열심히 사는 거야?"

회사에서도 다들 열심히, 집에서도 다들 열심히. 교도 그렇고 이쿠
도 그렇고, 또 말하자면 사쿠라이 게이도 그렇고. 다들 자기 있는 자
리에서 열심히 뭔가를 하고 있다. 엄마는 이탈리아어를 공부하고 있
고, 거기다가 오빠까지 뭔가를 하려고 노력하고 있다니, 왠지 싫다.
오빠가 맨날 쓸데없는 소리만 해줘서 맘 편히 있을 수 있었던 면도
분명히 있었다는 생각이 든다.

"왠지 마음이 너무 초조해."

나는 수프를 내려놓았다. 말이 빨라졌다.

"나만 한 걸음도 움직이지 못한 채 점점 뒤처지고 있어. 10년은 뒤
떨어진 것 같아."

"그래."

롯카 이모가 두 그릇째의 수프를 깨끗이 비우며 말했다.

"20대 때는 누구나 다 초조하지."

별로 대수로운 일도 아니라는 듯이 롯카 이모는 말을 이었다.

"초조하지 않다고 하면 거짓말이라고 할 정도로 초조하지."

그러니까, 자기 자신에게 취미든 특기든 하고 싶은 것이든 아무것
도 없다는 것을 알아버린 내가 아니더라도, 한창 좋을 나이에 2년을
사귄 사람에게 파혼당한 내가 아니더라도, 다들 초조해하고 있다는

말인가?

"롯카 이모도 초조해?"

"어, 나? 으음, 글쎄. 30대가 되고 나서 좀 있으면 참 이상하게도 편안해진단 말이야. 으음, 참! 한 그릇 더 먹는다?"

나는 말없이 고개를 끄덕인다. 20대에는 초조함에 허우적거리고, 그러다 뭔가를 얻으면 30대에는 편안해질 수 있을까? 편안해져서 좋을까? 냄비 앞에 서 있는 롯카 이모의 뒷모습을 바라본다. 20대 때든 30대 때든 이 롯카 이모는 초조한 적이 없었을 것 같다.

롯카 이모는 자리로 돌아와 곧바로 고깃덩이를 입에 넣고는 씨익 웃는다. 아아, 맛있다. 그런 얼굴. 아아, 롯카 이모가 와줘서 정말 다행이야!

"왜 그래?"

"아니, 그냥. 이모는 초조한 게 없구나 싶어서. 열심히 살고 있지 않는 아우라가 철철 넘쳐."

그렇게 안 들렸을지 모르지만 이건 칭찬하는 말이다. 적어도 지금의 나로서는 그 이상 할 수 없는 최고의 찬사!

"열심히 안 살아도 좋은 거 아니겠어라?"

수프 그릇을 입으로 가져가며 롯카 이모가 말했다. 엉성한 간사이 지방 사투리다. 게다가 목소리에는 교태까지 살짝 섞여 있다.

"그 목소리는 또 뭐야?"

"주리 흉내."

"어? 주리가 간사이 말을 써? 그렇게 배배 꼬면서?"

"물론 실제는 훨씬 더 멋지지. 뭐, 근데, 열심히 할 수 있을 때, 열심히 할 수 있는 사람이, 열심히 하면 되는 거라고 나는 생각한다."

열심히 안 살아도 좋은 거 아니겠어라? 열심히 안 살아도 어쩌면 좋을지 모른다. 지금은 좀 허우적거리고 있다 해도, 제 갈 길을 찾지 못해 헤매고 있다 해도…….

얽히고 설키고 헝클어진 나를 친친 얽어매고 있던 끈이 헐렁헐렁해지고 있는 느낌이 온다. 어깨를 움직여 보고 팔을 휘둘러본다. 조금 편안해졌다. 잘 들여다보니 그 끈의 끄트머리를 바로 내 손이 쥐고 있다. 내가 나를 묶어 놓고 있었던 것이다.

열심히 살고 있는 사람들을 보며 내 마음이 불편해졌던 이유는 무엇일까? 열심히 사는 것과 거리가 먼 나 자신이 부끄럽다는 마음도 있었을 테고, 분명 뭔가 열심히 하고 있는 사람에 대한 질투도 있었겠지.

열심히 살고 있는 사람한테는 솔직하게 감탄하자. 내가 그렇게 살고 있지 않더라도 괜히 뻗대지 말고, 비하하지도 말고, 그냥 맨 뒤에서 유유히 걸어가자.

교하고든, 이쿠하고든, 사쿠라이 씨하고든 맞대결하지 않아도 된다. 물론 오빠한테도 마찬가지. 맞대결하고 자시고 할 것도 없다. 다른 데서 뭔가를 열심히 하고 싶어도 나한테는 그럴 수 있는 터조차 없다. 그렇다는 사실을 감추려고 적당히 얼버무리려 하니까 대책 없이 초조한 것인지도 모른다.

"열심히 안 살아도 좋은 거 아니겠어라?"

"아이고, 참아줘. 주리랑 하나도 안 비슷해."

당연하지. 주리가 누군지 모르니까. 오른쪽 눈이 덮이도록 모자를 흘러내리게 쓴 주리. 나는 숟가락으로 오른쪽 눈을 가리며 껄렁껄렁한 표정을 지어 보인다. 롯카 이모를 통해서 보는 주리라는 사람, 요상하기 짝이 없는 인물이다.

롯카 이모와 나란히 서서 설거지를 한다.

"휴우, 너무 배가 불러서 움직일 수가 없네!"

투덜거리는 이모를 뒤에서 안다시피 해서 의자에서 일으켜 세웠다. 내가 설거지 담당이고 롯카 이모는 물기를 닦아 정리하는 파트다.

스폰지 거치대에 놓인 스폰지를 집으려고 손을 뻗는데 뭔가가 또르르 굴러떨어진다. 붉은색의 금시두 콩 한 알이 개수대에 움츠리고 있다. 어제 포크빈즈(콩과 돼지고기에 토마토 소스를 넣어 만든 미국의 대표적인 가정요리-옮긴이)를 만들 때 떨어진 것이 거기에 끼여 있었나 보다. 요리책에는 통조림 콩을 이용해도 된다고 쓰여 있었다. 그래서 대충 통조림 콩을 넣었는데, 진득진득하니 맛있어야 할 포크빈즈가 기대했던 것보다 별로였던 것은 아마도 그 탓이었지 싶다. 마른 콩을 불리고 삶아서 만든 것과는 맛이 전혀 다른 음식이 된다는 거, 당연한 얘기지. 그치, 이쿠 씨?

"저기…… 돈이 좀 있는데 말이야."

"웅? 뭐라고? 안 들려."

"아니…… 돈이 좀 있다고 했을 때 말이야."

"글쎄 안 들린다니까? 물 좀 잠가봐."

"물을 잠그면 설거지를 할 수 없잖아."

그리고, 그러면 너무 잘 들리잖아.

"다 써버려야지 하고 작정을 하긴 했는데 말이야. 그래도 괜찮겠지?"

"얼마나?"

"잘 듣고 있었으면서!"

2백만 엔이다. 몇 년 동안 쭉 저축해온, 소중히 써야 할 돈이었다. 그런데 그 소중함 때문에 의문이 생겼다. 돈이라는 것에도 인품이 묻어나는 것이 아닐까 하는.

이쿠는 콩을 팔 때 한 봉지에 얼마의 이익을 얻고 있을까? 예를 들어 콩을 팔아서 100엔을 벌었다고 해보자. 그 100엔이 이쿠의 호주머니로 들어가서 언젠가 그게 초콜릿 한 개로 바뀐다고 하면……

"아니지!"

"뭐가?"

무슨 소리 하냐는 듯 이쪽을 보는 롯카 이모의 시선을 아랑곳 않고 나는 머릿속에 떠오르는 몽롱한 생각들을 말로 바꾸어 본다.

"그래. 아니야. 초콜릿 한 개 먹을 수 있는 가치밖에 없는 것이냐 한다면, 그건 아니라고."

"무슨 소리를 하는지 모르겠네."

이모는 마지막으로 국자의 물기를 닦고 행주를 제자리에 놓는다.

"자, 이제 차라도 마시자."

"콩을 팔아서 이익을 얻는 것은 이쿠뿐만이 아니야. 콩을 산 사람한테도 이익이 되는 부분이 있다고. 재미라든지, 즐거움이라든지, 맛있는 콩 맛을 알게 된다든지 하는. 그리고 생각지도 못했던 부분에 대해 생각하는 계기가 될 수도 있고."

말로 잘 표현할 수가 없다. 내 마음이 어느 부분에 걸려 있는지, 무슨 생각을 하고 싶은 건지 확실히 잡히지가 않는다.

롯카 이모는 보리차를 한 잔 따라 테이블 위에 놓는다. 그러고는 아무렇지도 않은 척 옆쪽 선반에 놓여 있는 책과 잡지 같은 것을 슬쩍 둘러본다. 그냥 그러는 척하는 것이다. 나한테도 이제 슬슬 보인다. 롯카 이모는 남의 이야기를 심각하게 들어주는 것이 어쩐지 어색한 것이다. 그래서 별로 관심이 없는 척한다. 실은 지금도 의자에 앉아 내가 계속 이야기하기를 기다리는 태세인 것이다.

"예를 들어 콩을 산 사람이, 그 봉지 속에 들어 있던 레시피를 보고 콩과 채소와 스파이스만 가지고 맛있는 요리를 만들었다고 하면, 육식 과잉으로 비롯된 세계적인 식량 위기에도 공헌할 수 있게 된다는 말이야."

"그거 어디서 들어본 말 같다?"

롯카 이모는 곧바로 치고 들어온다. 거 봐. 확실히 내 말을 듣고 있었잖아.

"응. 이 말은 라쿠텐도 광고지에서 인용한 거야. 돈의 가치라는 것도 어느 한쪽 측면에서만 볼 수는 없는 거겠지? 다양한 방면으로 영향을 미치는 이익이라는 것도, 100엔이면 그냥 100엔이란 수치만으로는 계산할 수 없다는 것이 아닐까?"

나는 롯카 이모의 반응을 흘깃 훔쳐본다. 시선은 잡지를 향해 내리깔고 있으나 미동도 하지 않는다.

"그런 생각을 하니까 돈을 사용하는 데에도 책임이 있는 것이 아닌가 하는 생각이 들었어. 내가 무엇인가를 구매하는 행동이 다른 누군가에게 조금이라도 도움이 될 수 있을지도 모른다는 생각."

"그래?" 하면서 롯카 이모가 잡지에서 눈을 뗀다.

"돈 얘기가 나왔으니 말인데. 은행에 돈을 맡겨 놓으면 그 돈이 나와 무관하게 투자된다는 것, 알고 있었니?"

"참, 그렇구나. 그렇게 해서 은행이 돈을 버는 거지."

"예금한 돈이 기업으로 흘러간다는 건, 그러니까 우리 돈이 모르는 사이에 말도 안 되는 어떤 데를 지원해 주고 있을지도 모른다는 얘기야. 그런 생각 하면 싫지 않니?"

"그래?" 하면서 이번에는 내가 놀랄 차례였다. 롯카 이모가 그런 생각까지 하며 살고 있었다니!

"이모. 혹시 뭔가 열심히 노력하며 살고 있는 건 아니겠지?"

"응. 나는 열심히 안 사는 타입이야. 열심히 안 해도 뭐든지 다 잘되는 타입."

"아무렴요. 그럼요."

아까 식기장 서랍에 넣어놨던 리스트를 다시 꺼낸다.

"아, 드리프터스 리스트!"

롯카 이모가 들여다보기 전에 새로운 항목을 추가로 써넣는다.

경제 공부를 한다.

경제라니, 너무나도 허풍스럽고 어울리지 않아서 쓰고 있는 나도 웃긴다. 그런 건 지금까지 나와 전혀 무관한 이야기라고 생각해 왔다. 그렇다고 이제부터 마르크스를 읽어야겠다거나 뭐 그런 얘긴 아니다. 모르니까 답답하다는 얘기다. 아무 생각 없이 돈을 쓰거나 저축하거나 그랬는데, 그런 행동들이 너무나 무심했다는 생각.

돈을 쓰는 방식은 결국 그 사람을 드러낸다. 어디에 얼마나 돈을 쓰느냐 하는 것에 그 사람의 인생이 나타나는 거란 생각이 든다. 이쿠가 콩을 팔아서 버는 돈과 내 은행 예금 같은 것을 경제라고 해도 될지는 잘 모르겠지만.

"아아아, 아스와가 초콜릿 이야기를 하니까 갑자기 초콜릿이 너무나 너무나 먹고 싶어졌어!"

초콜릿 이야기를 했던가? 롯카 이모가 벌떡 일어난다. 돌아갈 모양이다.

"좀 더 있다가 가지 그래요? 이렇게 비가 쏟아질 때 나가지 않아도 되잖아."

장화에 발을 집어넣고 있는 롯카 이모의 희희낙락하는 얼굴을 보자 알 것 같았다. 롯카 이모는 비를 싫어하지 않는다. 아니, 싫어하는 게 아니라 좋아하는 것이다.

"아 참, 아스와!"

현관 자물쇠를 열면서 롯카 이모가 돌아다본다.

"카라마조프는 말이야. 처음 40쪽은 건너뛰어야 되는 거야. 그러면 그 다음부터 갑자기 재미가 생겨."

테이블 옆 선반 위에 그 문고본이 계속 놓여 있었던 것이 생각난다. 1000쪽이 넘는 책을 붙들고 처음 30쪽 언저리에서 더 나아가지 못하고 있던 것을 어떻게 알았을까?

"그리고 말이야."

롯카 이모가 문을 열고 나가면서 덧붙인다.

"열심히 안 살아도 괜찮지만 말이야."

"응."

"너, 네가 생각하고 있는 것보다 열심히 살고 있어."

"그런가?"

"음, 아마도."

이왕이면 딱 잘라서 그렇다고 대답해 주지. 이렇게 생각했을 때는 이미 문이 닫힌 뒤였다.

* * *

비 오는 건 정말 전혀 나쁘지 않다. 젖으면 어때? 이렇게 생각하고 걸으면 우산도 빙글빙글 돌아가고 발걸음도 가볍다.

중후한 오크 문을 열자 사쿠라이 게이가 기다리고 있었다.

"틀림없이 다시 와줄 거라고 생각했어요."

우아한 까만 수트 차림이 보면 볼수록 아름답다. 맞대결 같은 게 필요 없다는 걸 알았기 때문에 다시 왔지만, 막상 그 웃는 모습을 코

앞에서 보니 미묘하게 가슴이 술렁거린다.

"마침 예약 캔슬된 것이 있어서 시간이 중간에 뜬 참이었거든."

응접실로 안내를 받아 가니 안락한 소파가 놓여 있다. 유백색 찻주전자에서 가넷 빛깔의 차가 따라진다.

"전화로 이야기하기를, 다시 림프드레나지를 받겠다고 한 것 같은데."

자기 잔에도 차를 따르며 사쿠라이 씨가 상냥하게 말을 건넨다.

"그렇게 무리하지 않아도 괜찮아요."

"무리하고 있는 거 아닌데요."

혹시 비용이 부담될까봐 그런 말을 하는 것일까? 하긴 여기는 흔히 볼 수 있는 체인점 에스테틱 살롱과는 다르다. 누가 봐도 고급스럽고 요금 수준도 한 단계 위다. 아니면 혹시 내가 이 장소와 어울리지 않는다는 것을 슬그머니 일러주는 걸까? 돈은 있는지 모르겠지만, 아스와 씨가 과연 이곳에 올 만한 사람인가요? 이런 뜻에서 말이다.

나도 모르겠다. 예뻐지겠다고 잘 알지도 못하는 림프액 어쩌고 하는 것이 잘 순환되도록 남의 손을 빌리고 있는 나. 돈 쓰는 방식으로 그 사람의 됨됨이를 알 수 있다면 나는 도대체 어떤 인간이라는 이야길까?

"참 잘도 오네요."

사쿠라이 씨가 창문 쪽으로 시선을 준다. 지난번에 왔을 때는 커다란 창문을 통해서 잘 손질된 나무들의 싱싱한 초록이 눈에 들어왔다. 오늘은 비에 젖어 짙은 회색이다.

"비 오는 게 참 좋지요?"

그렇게 말하자 사쿠라이 씨가 살짝 웃으며 고개를 끄덕인다.

"아스와 씨답네요. 빨간 우산을 쓰고, 빨간 장화를 신고, 일부러 물 웅덩이를 첨벙거리며 즐겁게 걸어가는 이미지가 있어요, 아스와 씨 한테는."

주리의 노래 같은 거라도 흥얼거리면서? 그렇게 어리지도 않고, 천진난만한 개구쟁이도 아닌데?

"나는 비가 싫어요."

사쿠라이 씨가 이어서 말한다. 마치 어른이 되면 누구나 다 비를 싫어하게 되어 있다는 듯한 말투다.

"비가 오면 뭐가 싫은가요?"

목소리 톤이 조금 낮아졌는지도 모르겠다. 어쩌면 화가 난 듯 들렸을지도. 꼭 비를 편들자고 하는 건 아니지만 정말 싫은 것은 비가 아닐지도……. 나도 그걸 오늘 아침에야 겨우 알았다.

"그러네요. 꼭 비가 싫은 건 아닐지도 모르겠네요."

사쿠라이 씨는 조용히 홍차 잔을 내려놓았다.

"비 오는 날은 예약 캔슬이 많아요. 여긴 어차피 그런 곳이에요. 억수 같은 비를 무릅쓰고서라도 와야겠다고 생각하는 사람은 진짜 소수지."

비를 싫어하는 데에도 참 다양한 이유가 있구나 싶다.

"이런 날, 일부러 여기까지 와 줘서 고마워. 그럼 시작해 볼까요?"

"네." 하고 대답하며 나는 찻잔을 내려놓는다.

실은 담판을 지으려고 여기에 왔다, 이렇게 말하면 너무 과장이 심하겠지? 하지만 그때 그렇게 압도당한 채 그냥 있을 수는 없다고 생각했다. 내가 이 사람의 아름다움에 감탄했다는 사실을 확실히 인정하고 싶었고, 그리고 할 수 있다면 전하고 싶었다. 대척점에 설 이유 따윈 없었다.

하지만 그런 여유는 금방 없어졌다. 시술이 시작되자 마사지는 역시 비명이 나올 만큼 아팠고, 무슨 말을 하려 했고, 애초에 내가 무슨 마음이었는지 죄다 어디론가 날아가 버리고 말았던 것이다.

시술이 끝나자 시원한 주스가 나왔다. 주스를 벌컥벌컥 마시고 나니 비로소 제정신이 돌아왔다.

"그 후 어땠어요? 열사병으로 쓰러졌다는 말을 들었는데."

"이제 괜찮아요. 그동안 푹 쉬었고, 이것저것 생각도 할 수 있었고……."

사쿠라이 씨가 살짝 미소를 띠었다.

"그럴 줄 알았어. 마사지를 하는데 알겠더라고요. 아스와 씨의 몸이 지난번보다 훨씬 부드러워져 있었어."

그러면서 오른손으로 들고 있던 잔을 소리 나지 않게 테이블에 내려놓는다.

"그래서 이제 자기 자신이 예쁘다는 생각이 좀 들기 시작했나요?"

"예, 예쁘다는 생각?"

"지난번에 왔을 때, 아스와 씨, 열등감덩어리였어요. 그런데 그게 많이 풀려서 느낌이 좋아지고 있어. 이제 자기 자신이 예쁘다는 생각만 할 수 있으면…….”

“자기를 예쁘다고 생각하는 건 좀 그렇지 않나요?”

“어머! 우선 자기 자신을 예쁘고 사랑스럽다고 생각할 수 있어야 주변 사람들도 그렇게 느끼지 않겠어요? 우선은 자신이 먼저 자기 자신을 믿어줘야 하는 거예요.”

내가 과연 믿을 만한 존재일까? 사랑스러울 수 있는 존재일까? 이제야 겨우 ‘열심히 안 살아도 좋은 거 아니겠어?’라고 생각하게 되었는데.

나 자신을 예쁘다고 생각한다.

지금 이 자리에서 리스트를 꺼내 써 넣고 싶다. 어디에 써 넣어야 할까? 하고 싶은 것을 한다고 한 항목? 예뻐진다고 한 항목? 생각해보니 ‘예뻐진다는 것’도 ‘하고 싶은 것’의 하위 항목일지 모르겠다.

나 자신을 예쁘다고 생각한다…… 나 자신을 예쁘다고 생각한다……. 이렇게 중얼거리자 사쿠라이 씨가 하얀 이를 드러내 보이며 웃는다.

“아스와 씨는 비가 오는데도 좋아서 밖으로 뛰쳐나가는 아이처럼 예뻐요.”

“자기 자신을 예쁘다고 생각하는 것이 정말로 예뻐지기 위한 첫걸음인 것 같네요.”

"그래요. 예쁜 배, 예쁜 엉덩이……, 이렇게 주문을 외면서 정성껏 가꾸다 보면 정말 예뻐지게 될 거예요."

"음, 그걸 리스트에 올려야겠어요."

"리스트?"

드리프터스 리스트를 어떻게 설명하면 좋을까?

"요즘 열심히 리스트를 만들고 있거든요."

이렇게 답하자 사쿠라이 씨는 무슨 말인지 알아차린 듯했다. 그러고는 뜻밖에도 이렇게 딱 잘라 말했다.

"그런 건 그만두는 게 나아요."

"네?"

"리스트 같은 건 안 만드는 게 낫다고요. 리스트는 반면교사예요. 예를 들어 어떤 사람이 '극기'라고 썼다면 그 사람은 자기 자신을 극복하지 못한 사람일 거예요. 오늘 할 일을 내일로 미루지 말자고 썼다면 그 사람은 언제나 내일로 미루고 있는 사람일 거고요. 그러니까 자기 마음에 걸리는 것들, 자기가 못 하는 일들을 열거하고 있는 거죠. 한마디로 그건 '불가능 리스트'예요. 그 리스트에 쓰여 있는 것은 모두 다 자기의 약점이라는 이야기죠. 정말로 중요한 것, 무슨 일이 있더라도 반드시 지키고 싶은 것이 있다면 입 밖에 내거나 종이에 쓸 필요가 없지 않을까요?"

불가능 리스트……. 여름의 끝을 알리는 비가 창밖 풍경을 잿빛으로 바꾸어 가고 있었다.

* * *

연필로 찌익 선을 긋는다. 우선 '가마'다.

맨 처음부터 상위에 링크된 것이었으나 결국은 빛을 보지 못하고 지워진다. 그래, 어떻게 보겠어, 마츠리 가마. 그것도 혼자서 말이야. 마츠리의 열기와 환호성에 압도당해 외려 혼자라는 생각에 사무칠 모습이 눈에 훤히 보인다.

'귀인가마', 다시 한 번 선을 찌익 긋는다. 잘 생각해 보면 알 수 있는 얘기다. 귀인가마는 타기만 한다고 되는 게 아니다. 설령 지금 이 옆을 지나가는 귀인가마가 있어서 무사히 탈 수 있다 해도 틀림없이 얼마 안 가서 굴러떨어지고 말걸?

찌익, 찌익. 선을 그을 때마다 고개가 푹푹 꺾인다. 좋은 영화도 그렇고, 이상하게 명작들도 읽을 수 없다. 나는 그렇게도 좋은 영화가 보고 싶었던 것일까? 명작들을 읽고 싶었던 것일까? 스스로 물어봐도 답이 안 나온다.

쓰고 지우기를 반복하다 보면 혹시 중요한 게 보일지도 모른다고 생각했다. 그러나 안이한 생각이었다. 이렇게 가다가는 모조리 선을 긋게 되어 남아나는 게 없을 것 같아서 연필 쥔 손을 멈춘다. 마지막에 뭔가 남을지 모른다는 희망도, 아무것도 남지 않으리라는 공포를 이기지 못한다.

"한마디로 불가능 리스트라는 거죠."

사쿠라이 게이의 목소리가 귓속에서 웅웅거린다. 그녀의 말에 반박하지 못했다. 불가능 리스트가 아니고 내 가능성 리스트라고 말해

205

볼걸.

자신이 없었다. 물에 빠진 형국의 나는 과연 리스트 덕분에 버티고 있는 걸까? 요리책에 실린 요리를 처음부터 끝까지 만들어보겠다고 한 것, 강변에 나가 트럼펫을 불어보겠다고 한 것, 거기다 경제 공부까지 해보겠다고 한 것, 혹시 이런 것들이 모두 '밑 빠진 독에 물 붓는' 식이 아니었을까? 리스트 중 용케 남아 있는 항목들 중 절반은 자존심 때문에 남겨둔 것에 지나지 않는다. 누구보다 나 자신이 가장 잘 안다. 내 자존심 따위는 머지않아 뭉개지겠지. 그러면 리스트란 것도 어찌 되든 상관없는 것이 되고 말 거야.

리스트를 생각하면 내 마음을 잘 모르겠다. 리스트가 정말 중요하다고 생각했다. 그런데 사쿠라이 씨의 말 한마디에 이렇게 쉽게 흔들리고 마는 뿌리 얕음과 이 자신 없음은 뭔가? 결국 문제는 리스트가 아니라 나 자신인지도 모른다.

일단은 연필을 내려놓자. 리스트는 언제든지 지워버릴 수 있다. 지금 서둘러서 지워야 할 이유는 없다. 그렇게 나 자신에게 이르면서 리스트를 넷으로 잘 접는다. 그리고 청바지 뒷주머니에 집어넣는다. 뒷주머니를 한 번 톡톡 치면서, "괜찮아!" 하고 말해 본다. 리스트는 여기에 들어 있다. 마치 부적 같다. 그런 생각을 하면서 뭔가를 떠올리려고 했으나, 그게 무엇인지 잘 모르겠는 가운데 정신을 차리고 보니 늦은 밤이었다.

일어나서 주전자에 물을 받는다. 보리차 팩을 하나 꺼내 넣고 내일 마실 보리차를 끓인다. 거의 자동적으로 손이 움직이고 있는 중에도 머릿속에서는 전혀 다른 생각을 하고 있다.

리스트를 잘 접어서 넣던 순간 얼핏 눈에 들어왔던 '콩'이라는 글자의 잔상. 그것이 지워지지 않고 계속 남아 있다. 콩……. 결국 한 것은 아무것도 없다. 나에게 콩이란 대체 무엇인가? 실마리 비슷한 것도 찾지 못했다. 보리차 주전자를 응시한 채 생각에 빠져들다가 머리를 흔든다. 청바지 뒷주머니를 만져 본다. 잘 접어 놨잖아. 여기 들어 있잖아. 이제 리스트 생각은 한동안 접어두기로 하자.

샤워를 하고 일찌감치 자자. 휴가도 내일로 마지막이다. 한 주가 시작되면 다시 출근이다.

10 콩 그리고 느낌

일주일 만에, 토요일과 일요일까지 합치면 아흐레 만의 출근이다. 그리 긴 휴가를 낸 것도 아닌데 왠지 좀 긴장된다. 여름방학 끝나고 처음 등교한 중학생 같은 기분이다. 조금 길어진 머리칼을 괜히 쓰다듬으며 사무실에 발을 들여놓는다.

"안녕!"

이쿠가 반가운 표정으로 파티션 저쪽에서 얼굴을 내밀고 인사한다. 다른 동료들도 "어?" 또는 "아!" 하고 반기며 한마디씩 해준다.

"일주일이나 느긋하게 휴식을 취해 주신 덕분에 여기는 아주 바빴지요."

맞은편 자리의 후배가 농담 반 진담 반 섞어 한마디 건넨다. 다행이다. 이렇게 말을 붙일 정도로 내가 괜찮아 보이는 모양이다. 괜찮아 보이는 것이 아니라 정말로 괜찮아졌는지도 모른다.

그나마 여유가 있었던 것은 아침나절 잠깐뿐이었다. 쌓인 서류들을 묵묵히 정리하는 가운데 시간이 11시가 넘자 어느새 일상의 리듬으로 휩쓸려 들어갔다. 새로운 마음으로 업무에 복귀해야겠다고 생각했는데, 막상 업무가 시작되자 일이란 건 역시 이런 거지 싶다. 손에 익은 업무는 덤덤한 법이다. 완전히 길들고 길들여져 자극이라든지, 재미라든지 하는 것과는 거리가 멀다.

점심은 이쿠와 함께 나가서 먹기로 했다. 다른 때 같았으면 늘 하던 대로 다 같이 회의실에서 먹었을 것이다. 그러나 휴가가 끝나면 둘이 점심을 먹으면서 휴가 중에 있었던 이야기를 하는 것이 당연한 룰처럼 되어 있었다.

"좀 물어보고 싶은 게 있어."

이렇게 회사 메일을 보냈더니 "그럼, 점심때 카트레아 어때?" 하는 답이 돌아왔다. 안 그래도 금요일이 되기 전에 날 잡아서 점심 먹자고 할 생각이었는데 선수를 빼앗겼다. 하지만 오늘이라도 상관없다. 먹고 싶을 때, 먹고 싶은 사람과 먹으러 가면 되지. 간단한 이야기다.

지금까지 나는 회사에서 그 누구와도 지나치게 가까워지지 않도록 일정한 선을 그어 놓고 있었다. 회사에서는 회사에 걸맞은 모습으로 모든 사람에게 실수하지 않도록 조심했다. 그리고 너무 친해지거나, 너무 깊이 얽매이지 않도록 주의하며 행동반경을 좁혀 왔다.

그래서 지금 벌을 받고 있는 것이다. 입사 6년차인데도 업무는 단

조롭고, 휴가를 끝내고 출근해 이쿠와 둘이 식사하러 가는 것도 다른 동료들의 눈을 의식하며 이것저것 생각한다. 참 웃기는 직장인. 스스로도 그런 생각이 든다. 하지만 잠깐! 벌이라면 나중에 받지 뭐. 지금은 내가 좀 바쁘거든.

"지금 뭐라고 했어?"

건물을 빠져나오면서 이쿠가 묻기에 "아무것도 아니야." 하고 고개를 젓는다. 하느님한테 반말을 하면 안 되지. 하느님, 벌을 주시려거든 좀 나중에 주세요.

회사에서 두 블록 떨어진 지하 레스토랑 카트레아는 해시라이스를 잘한다. 물을 갖고 온 빨강머리 여자애한테 메뉴도 보지 않고 "둘." 하고 손가락 두 개를 펴 보이며 주문했다.

"이쿠 씨는 뭔가 느낌이 팍팍 오는 편이야?"

주문을 끝냄과 동시에 묻자 이쿠는 어떤 대답을 해야 할지 말문이 막히는 모양이다.

"혹시 제6감이 있느냐는 말이야?"

그렇게 되물은 이쿠는 물을 한 모금 마시고는 목소리를 낮춘다.

"혹시 첫눈에 반했다는 그 이야기?"

"아니, 아니."

당황해서 손까지 내저은 것은 갑자기 세토구치라는 이름이 떠올랐기 때문이다. 나를 보고 첫눈에 반했다는 기특한 사람. 이름만이 아니라 얼굴까지 몽롱하니 떠오르는 것 같다. 그다지 듬직해 보이지는 않지만 소박한 느낌을 주는, 동안의⋯⋯. 앗, 내가 지금 뭐 하는 거지? 세토구치라는 사람을 본 적도 없으면서! 그냥 흘려듣는 척하며 어느새 얼굴까지 상상하고 있었단 말인가? 누가 내게 첫눈에 반했다는 말을 전해듣고 실은 기분이 좋았던 거 아니야?

"그게 아니라, 콩 말이야."

말을 해놓고 보니 전후 맥락이 없다.

"그러니까 이쿠 씨는 콩을 보면서 한눈에 이거 좋다 하는 느낌이 팍 왔느냐고."

말을 고쳐서 다시 해본다. 콩이라든지, 느낌이라든지 하는 말이 갑자기 다른 얼굴을 하고 제멋대로 걸어가고 있는 것 같다.

옛날부터 나는 감이 둔한 편이었다. 혹시 콩이 널려 있다 해도 아무 생각 없이 밟고 지나갈 유형의 인간인 것이다. 이쿠가 어떻게 해서 콩을 발견하게 되었는지, 그 이야기가 듣고 싶다. 그냥 느낌이 왔어. 이런 대답이 돌아온다면 항복할 수밖에 없겠지만…….

"대체로 느낌이 팍 온다는 건 어떤 것일까?"

추상적인 질문을 하는데도 이쿠는 진지한 표정으로 이야기를 계속한다.

"음, 나도 느낌이 팍 오는 적이 많지 않아서 말이야."

그러더니 다시 살짝 웃는다.

"……라고 말하면 약간 거짓말이고, 미안!"

아아, 역시! 이쿠는 감이라는 것을 확실히 느끼고 있었구나. 그렇다면 그 느낌을 따라서 앞으로 나아갈 수가 있지.

"느낌이 팍 온 거지? 그래서 콩이 있는 곳을 킁킁 냄새 맡고 찾아낸 거지?"

"킁킁이라니, 별로 듣기 안 좋네."

이쿠가 킁킁 냄새 맡는 흉내를 내는 바람에 우리는 웃었다. 이쿠의 목소리가 조금 바뀌었다.

"아니야. 많지 않다는 건 거짓말이고, 사실 느낌이 팍 오는 경우는 거의 없어."

"어? 이쿠 씨도 그렇구나."

말은 그렇게 하면서 생각한다. 거의 없는 것과 한 번도 없는 것은 다른 거라고. 한 번도 없다는 것은 아무런 전망도 없다는 말이다.

"나한테 느낌이 팍 왔던 건 말이야."

이쿠가 목소리를 낮췄다.

"아스와 씨랑 친해질 것 같다는 거였어. 처음 만난 날 느낌이 팍 왔거든."

한 박자 쉬고 나서 나는 테이블 위에 놓여 있는 이쿠의 양손을 꼭 잡았다.

"우와아! 이쿠 씨, 진짜 좋은 사람이야!"

감격에 겨워 우는 시늉을 하며 두 손을 꽈악 잡는다. 이쿠의 손은 작고 차가웠다.

"그런데 말이야. 느낌이 팍팍 와야 할 필요 같은 건 없는 게 아닐까? 난 그렇게 생각하고 싶어."

"왜?"

"느낌이 팍 오는 건 마지막 순간에 내딛는 한 걸음 같은, 그러니까 모든 준비를 다 끝낸 뒤에 오는 계시 같은 것이 아닐까 싶어. 아무것도 준비된 것이 없다면 갑자기 계시 같은 것이 내려올 리 없겠고, 설령 내린대도 받아들일 수가 없겠지. 계시가 없고, 번쩍 하는 뭔가가 없더라도 그냥 꾸준히 자신의 일을 하는 거야."

아, 그렇구나. 나는 그런 생각은 미처 하지 못했다. 물론 느낌이 팍팍 와 준다면 금방 알 수 있겠지만, 그 '팍팍'은 그리 쉽게 오지 않는다. 중요한 건, 그런 걸 마냥 기다리는 것이 아니라 자기가 생각해서 선택한 걸 그냥 해나가는 것!

"그렇구나."

나는 한숨을 쉬었다.

"너무 감동한다."

이쿠가 웃는다.

"식사 왔습니다." 하는 말과 함께 하얀 그라탱 님이 담겨 있는 접시 두 개가 테이블 위에 자리를 잡았다. 뜨겁게 구워진 치즈가 지글지글 소리를 내고 있다.

"어, 어. 아닌데요. 여기 해시라이스 두 개 주문했는데요."

고개를 들어 주문 내용을 확인하자 빨강머리 소녀가 인상을 팍 썼다.

"둘! 이라고 하셨잖아요. 그렇게 주문하시면 보통 도리안이라고 생각하죠. 저희 가게, 도리안이 대표 메뉴거든요."

"아니지. 해시라이스 주문했어요."

"도리안이었어요."

"절대로 해시라이스예요. 난 여기서 해시라이스밖에 주문한 적이 없다고요."

"그냥 먹자."

맞은편의 이쿠가 중재에 나선다.

"그냥 먹자, 아스와 씨."

인상을 편 빨강머리의 얼굴은 뜻밖에 앳되어 보인다. 빨강머리가 살짝 고개를 숙이는데 머리카락이 흔들렸다.

"도리안이 아니고……."

내 말에 빨강머리가 다시 공격 태세에 돌입한다. 아직도 해시라이스를 고집하는 거예요? 아니, 해시라이스가 먹고 싶었던 건 사실이지만 말이야…….

"도리아라고!"

내 말에 빨강머리는 어떤 표정을 지었을까. 얼굴을 들지 않고 도리아를 한 숟가락 떠서 입에 가져가니 뜨거웠다.

쟁반을 들고 테이블을 떠나는 빨강머리의 모습을 살짝 확인한 이쿠가 조그맣게 말한다.

"아스와 씨는 정말 친절하네. 다른 사람의 잘못을 바로잡아 준다는 게 굉장히 용기가 필요한 일이잖아. 지금도 나는 계속 모르는 척하고 있었는데."

누군가가 가르쳐주지 않는다면, 그녀는 도리아를 도리안으로 잘못 알고 평생 살 테니까. 운 좋게도 나는 내가 잘못한 것을 조금씩 가르쳐주는 사람이 주변에 많았지만, 모든 사람이 나처럼 운이 좋은 건 아니다. 유즈루한테 정말 감사하다는 생각이 든다. 나의 잘못은 파혼을 한 것이 아니라 결혼을 하려고 했다는 것이다. 요즘 들어서 겨우 그런 생각이 들기 시작했다.

* * *

금요일 아침. 부탁받은 회의용 자료가 너무 많아서 빈 회의실을 독차지하고 앉아 정리하고 있었다. 대량의 복사물을 나누어 스테이플러로 묶고 있는데 문이 열리면서 야마부키 선배가 얼굴을 들이밀었다.

"여기 있었네."

"네. 무슨 일이세요?"

야마부키 선배는 테이블 가득 널려 있는 복사물들을 한 바퀴 훑어본다.

"이렇게 많으면 누구한테 좀 도와달라고 하지."

자료를 준비하는 일은 손이 좀 많이 갈 뿐 그리 재미있는 업무라고는 할 수 없다. 다른 동료에게 도와달라고 하기에도 좀 망설이게 된다. 후배가 생기면 이런 일에서 해방될 거라고 생각했다. 그런데 어떻게 된 건지 이런 일은 다들 당연하다는 듯 나한테 맡긴다.

"좀 할 이야기가 있는데, 오늘 점심이나 같이 먹는 거 어때?"

무슨 얘기지? 지금 여기서 하면 안 되는 이야긴가? 뭔가 불길한 예감이 든다. 원하는 그 뭔가는 꽉꽉 느끼지도 못하는 주제에 불길한 예감만은 잘도 든다.

한참 동안 자료를 정리하고 마무리해서 빈 상자에 담아 회의실 한쪽에 잘 놓는다. 그 중에서 한 부를 꺼내 차장 자리에 갖다 놓는데 마침 야마부키 선배가 나타났다. 아직 점심시간까지는 시간이 약간 남아 있다.

"붐빌 테니까 조금 일찍 나갑시다."

야마부키 선배는 그렇게 말하고 차장에게 말을 건넨다.

"오하시 씨도 같이 갈래? 예쁜 여인네가 둘이야."

차장은 "하하." 하고 짧게 웃는다.

"아이구, 미안해라. 나는 지금 좀 가야 할 데가 있어서."

둘이서 엘리베이터를 타는데 야마부키 선배가 낙담한 듯이 한마디한다.

"오하시 씨 신입 교육을 한 게 바로 나거든. 참 나, 미안하다는 얼굴이 그렇게 즐겁니? 진짜……. 근데 카트레아, 괜찮지?"

"네? 아, 네."

대답이 시원찮았던 것은 곤혹스러워하는 차장의 얼굴이 눈앞에 어른거리고, 이번 주에만 벌써 두 번째로 빨강머리의 도리안을 마주해야 하는 것, 그리고 무엇보다도 야마부키 선배가 무슨 이야기를 하려는 건지 걱정이 되었기 때문이다. 하지만 회사 사람들이 올지도 모르는 곳으로 가자는 걸 보면 그렇게 복잡한 이야기를 하려는 것은 아닌 듯하다. 휴가를 낸 사이에 감원 대상이 되었다든지, 파혼 이후의 이야기를 캐물으려 한다든지 하는.

아직 점심시간이 되지 않아서인지 카트레아는 한산했다. "어서 오세요.”하고 변함없이 퉁명스런 빨강머리 여자애가 인사한다.

“해시라이스 둘.”

이번에는 확실하게 주문한다. 빨강머리는 어깨를 슬쩍 으쓱하고는 카운터 안쪽으로 돌아간다.

“그때 이후로 좀 어때?”

“네. 덕분에 완전히 회복되었어요.”

“그렇다면 다행이야. 쉬기 전보다는 다시 눈에 생기가 도는 것 같아.”

“일주일이나 쉬면서 다른 분들께 부담을 드려서 죄송합니다.”

일단 테이블 너머로 고개를 숙이기는 했으나 그렇게 큰 부담을 주지는 않았을 거라는 자신이 있었다. 자신이라는 말이 좀 이상하게 들린다. 이런 일에 자신을 가져서야 되겠니?

“쉬는 동안 업무가 그렇게 많이 밀리지는 않았어요. 다들 알아서 처리해 주셨더라고요.”

누군가가 나 대신에 업무를 처리해 주었다. 그러니까 처리해 줄 수 있을 정도의 일이라는 말이다. 내가 아니면 처리할 수 없는, 그런 일을 하고 있는 것이 아니라는 얘기다. 그런 생각을 품고 목소리가 약간 뒤틀려서 튀어나왔을지도 모르겠다.

“아스와 씨가 무슨 생각을 하고 있는지는 잘 모르겠지만…….”

야마부키 선배가 말했다.

“회사 업무라는 건, 누군가가 쉬면 다른 사람이 대신할 수 있어야 해. 그게 기본이야. 다소 빠르고 느린 차이나 잘하고 못하는 차이는 있겠지만, 그 사람밖에 할 수 없는 업무라는 게 있으면 안 되는 거라고."

그럴까? 그런 것일까? 그렇다면 회사 안에 나만이 할 수 있는 고유의 업무라는 것이 존재할 수가 없지 않을까?

"어떤 사람이 있어 주었으면 하는 것은 특별한 업무를 할 수 있는 능력 때문만이 아니라고 봐. 아스와 씨는 자기가 회사를 쉬어도 아무도 지장을 받지 않는다고 좀 비하하는 것 같은데, 그건 좀 잘못 생각하는 게 아닌가 싶어."

"네에." 하며 나는 애매하게 고개를 끄덕인다.

"중요한 회의 자료는 무조건 아스와 씨한테 부탁하는데, 왜 그런다고 생각해? 아스와 씨한테 맡기면 실수가 없기 때문이야. 그런 부탁을 받는 게 그리 즐겁지는 않겠지만. 하지만 아스와 씨가 좀 더 자신감을 가지고 일해 주면 좋겠어."

이제야 겨우 이야기의 방향을 알 것 같다. 빙빙 돌려서 말하고 있지만 야마부키 선배는 지금 나를 격려해 주려는 것이다.

그때 빨강머리 여자애가 나타났다.

"식사 왔습니다. 도리안 둘."

"네?" 하고 야마부키 선배가 테이블 위에 놓여지고 있는 해시라이스 접시와 빨강머리의 얼굴을 번갈아 봤다.

"아, 신경 쓰지 마세요. 이쪽이 도리안에 고집이 좀 있거든요."

"그 가시가 비죽비죽 나 있고 이상한 냄새가 나는 과일?"

빨강머리는 속닥거리는 우리에게 인사를 한 다음 계산서를 내려놓고 자리를 떠났다.

해시라이스는 맛있었다. 어떻게 하면 이런 맛을 낼 수 있을까? 그런 생각을 하다가 나 자신에게 깜짝 놀란다. 한 식당을 대표하는 요리의 맛을 흉내 내고 싶다고 생각하다니, 늘 먹기만 했던 내가 진짜 변했네.

"맛있어요."

"맛있네."

둘이서 똑같은 말을 반복하면서 밥을 먹었다. 맛있다는 말을 내가 다섯 번짼가 했을 때 야마부키 선배는 다른 이야기를 꺼냈다.

"다음달부터 신작 발표회 프로젝트 팀이 발족된다는 이야기 들었지?"

그러고 보니 선배는 이미 숟가락을 놓은 다음이다.

"네, 소문으로요."

유아복 발표회는 봄과 가을에 치러진다. 물론 우리 회사도 매회 참가하고 있다. 그러나 그 발표회를 준비하는 기획회의는 왜 그런지 중역들이 중심이 되어 상명하달 형식으로 열려 왔다. 제작 현장 사람들 중심이 아니어서 차질이 빚어지는 경우도 있는 모양이었다. 그래서 내년 봄 발표회부터는 실제 제작에 관여하는 사람들이 기획 단계에서부터 참여하고, 그 팀을 회사 차원에서 지원하는 방식으로 바뀐 것 같았다. 해당 부서 소속이 아닌 나로서는 먼 풍문으로 소식을 들을 뿐이었다.

"그 프로젝트팀에 들어가고 싶은 마음, 혹시 있어?"

"네?"

못해요. 그렇게 곧바로 대답해 버리려는 것을 해시라이스가 막아 줬다. 입 안에 먹을 것이 가득 들어 있는 동안은 말을 하지 않는 것이 예의예요. 어렸을 때부터 엄마한테 곧잘 주의를 받곤 했던 말이다. 그 가르침이 지금 빛을 발하고 있다. 해시라이스를 잘 씹어서 삼키는 그 짧은 동안에 마음이 부르르 떨렸다.

매해 두 번씩 발표회 준비 때문에 철야를 밥 먹듯 하는 현장 사람들을 볼 때마다, 힘들겠다 싶으면서도 부러웠던 마음이 없었던 건 아니다. 하루하루가 다르게 뜨거워져 가는 그 분위기가 전달되어 오면 책상 앞의 나까지도 흥분이 되곤 했다.

"팀에 들어가면 업무가 엄청나게 늘어날 거야. 그런데 그에 비해 그 업무라는 것이 대부분 표도 안 나는 뒤치다꺼리일 거예요. 그래서 억지로 하라고는 말하지 않겠어."

"억지로라뇨. 영광이지요. 그런데 왜 저한테……?"

"아스와 씨는 무슨 일을 하든지 언제나 불평불만 없이 착실하게 해내니까. 사무직 쪽 사람을 누구 추천해 달라고 부탁을 받았어. 아스와 씨가 적임자란 생각은 들었는데, 앞으로도 일을 계속 할 생각이 있는지 확실한 의사를 내가 알아야 할 것 같아서 말이야."

그렇게 말하고 야마부키 선배는 미소를 지었다. 후지산 모양의 입술 양끝이 살짝 위로 올라가 있다. 야마부키 선배를 예쁘냐 안 예쁘냐 하는 기준을 놓고 본 적은 없었는데, 이렇게 살펴보니까 비교적 예쁜 사람이었네!

그런데 유감스럽게도 이 선배는 사람 보는 눈이 없는지도 모르겠다. 어떤 일을 맡겨도 불평불만이 없고 착실하게 해내는 것은 그 업무에 별로 기대를 하지 않고 있기 때문이다. 좋든 싫든 간에 일이란 원래 이런 것이려니 하고 근무해 왔기 때문이 아닐까. 나는 결혼에 마음이 들떠 일을 중요하게 생각하지 않고 있었다. 중요하게 생각하지 않는 일에 대해서는 기대도 없고 불평불만도 없는 법이다.

 그냥 생각해 보겠다는 대답이 상책이 아니라는 건 물론 잘 알고 있다. 받아들일 마음이 있으면 곧바로 대답해야 한다. 하지만 그렇게 하겠다고 씩씩하게 대답할 수 있는 용기가 아직 없다. 프로젝트 팀에 들어가게 되면 업무가 얼마나 바빠질까? 내가 그것을 해낼 능력이 있을까?

 "좀 생각할 시간을 주시겠어요?"

 결국 그렇게 대답한 것은 내 안에서 싹트기 시작한 조그마한 열의였는지도 모른다.

 야마부키 선배는 기분 상한 듯한 기색도 없이 디저트로 나온 아이스커피를 다 마셨다.

 "물론이지. 잘 생각해 보고 대답해 주는 것이 나로서도 더 좋으니까."

 아마 잘 생각해 보더라도 대답은 같을 것이다. 나는 이 제의를 받아들이리라. 일을 열심히 한다. 이렇게 리스트에 써넣고 싶은 마음이 든다. 열심히 하겠다고 썼기 때문에 열심히 하는 것이 아니라, 열심히 할 거니까 열심히 한다고 쓰는 것이다.

언뜻 고개를 들고 보니 카운터 저쪽에서 빨강머리가 엄지손가락을 치켜들고 있다. 뭐냐? 손님들이 하는 얘기를 엿들었단 말이냐, 도리안?

* * *

한 사람 들어가면 꽉 차는 조립식 욕조에 핑크빛 구슬 하나를 던져 넣는다. 구슬은 곧바로 떠오르면서 슈우슈우 거품을 내며 통통 튄다. 욕실 안에 장미향이 가득 찬다. 손가락으로 구슬을 통기니 빙글빙글 돌다가 이내 사라진다.

어지럽게 흘러간 일주일이었다. 회사에 다시 출근했다. 이쿠와 좀 더 가까워졌다. 콩 그리고 팍팍 오는 느낌에 관해 생각했다. 그리고 어제, 프로젝트 팀에 들어갈 생각이 있느냐는 제안을 받았다. 하나같이 대단한 것 같기도 하고, 또 사소한 것처럼도 보인다. 나중에 생각하니 그것이 콩이었다고 할 수 있을 만한 일이 어쩌면 이 일주일 사이에 일어났는지도 모른다. 그 기회를 살릴 것인지 말 것인지, 그냥 모르는 척 흘려보낼 것인지, 이 모든 게 다 나 자신한테 달려 있다. 마치 남의 일인 것처럼 그렇게 생각해 본다. 오늘은 그냥 넘어가자. 잘 모르는 것을 너무 생각하면 오히려 부자연스럽게 되니까.

이쿠도 콩이 그리 특별한 건 아니라고 했다. 그날 카트레아에서 회사까지 걸어가며 이야기해 주었다. 아는 사람 중에 콩요리 모임 회원이 있었다고. 원래 콩을 좋아했기 때문에 관심을 가졌는데, 생각보다 더 괜찮은 모임이었다는 것이다.

"그러니까 결론적으로 연결이 된 거잖아."

나는 이야기를 계속했다.

"아는 사람을 통해 연결될 수 있는 곳은 여기저기 많은데, 이쿠 씨는 콩으로 연결됐고, 나는 아무 데로도 연결되지 못했어. 그런 차이 때문에……."

인생이 변해 가는 거지. 그렇게 말하려 했다. 그런데 말로 하는 건 좀 어색하고 그래서 이쿠 옆을 걸으며 그냥 하늘만 올려다봤다. 목화솜을 대강대강 펴서 펼쳐놓은 것 같은 비늘구름이 선명했다.

"아스와 씨도 이미 뭔가에 연결되어 있는 거 아니야?"

이쿠도 하늘을 올려다보고 있었다.

그 순간의 하늘과 이쿠의 목소리를 떠올린다. 이미 연결되어 있다……. 이어졌다가 다시 끊어졌다가 하면서 인생이 변해 간다…….

"다음달에 또 노천시장이 열려. 괜찮으면 아스와 씨도 와. 나는 이번에도 콩을 팔 거야. 손님으로 와줘도 되지만, 옆에서 도와주는 사람으로서 와준다면 더 좋겠어."

이쿠의 목소리가 귀와 가슴 속에 기분 좋게 울려왔다. 아아, 그거 재미있을 것 같네! 기분이 두둥실 떠올랐다. 이렇게 있는 그대로 즐거운 기분을 느껴본 것이 참으로 오랜만이라고, 하늘을 올려다보며 생각했다.

그러고 보니 샤워가 아니라 이렇게 욕조에 몸을 담그게 된 것이 언제부터였더라? 파혼이 되고 나서 한동안은, 왠지 욕조에 들어가면 나 자신이 잘못한 것들만이 넘칠 듯이 떠올라 견딜 수가 없었다. 유즈루는 그때 나의 이런 점이 싫었던 것이 아닐까? 그때는 아아, 이렇게 말하면 좋았을걸. 치명상이 되었을 수많은 말과 행동들을 검증하면서, 가슴이 짜부라들 듯이 후회하다가 마지막엔 울었다. 울고 또 울다가, 마침내는 눈물이 녹아든 욕조 밑바닥으로 몸과 마음이 다 가라앉아 버릴 것 같았다.

아직도 완전히 편안해진 건 아니다. 하지만 지금 나는 장미 향기가 피어오르는 뜨거운 물 속에 턱까지 몸을 담글 수 있다. 이것만으로도 작은 천국이 된다. 천국, 천국……. 아아, 하느님. 벌을 주시려거든 나중에 주세요.

"아스와아! 있니이?"

귀에 익은 목소리가 들려온 것은 저녁 무렵이었다. 채 마르지 않은 머리를 손가락으로 빗으며 문을 열자 롯카 이모가 싱글벙글 웃으며 들어온다. 뛰어올라온 이모가 의기양양하게 내민 것은 투명한 용기에 들어 있는 알 굵은 딸기였다.

"웬 딸기야? 이런 계절에?"

차곡차곡 예쁘게 담겨 있는 먹음직한 딸기가 반짝반짝 빛난다.

"이치 씨가 준 거야. 요즘 아스와 어떠냐고 묻기에 회사를 좀 쉬고 있다고 했더니, 이거 병문안 인사래."

"이치 씨한테 왜 그런 소리를 하고 그래. 그리고 난 완전히 다 나았다고. 회사도 잘 다니고 있잖아."

내가 버럭 화를 내자 이모가 금세 풀이 죽는다.

"병문안용 딸기가 먹고 싶었던 거지?"

"……."

정곡을 찌른 모양이다. 롯카 이모는 딸기만 보면 정신을 못 차린다. 아니, 맛있는 것을 보면 대부분 정신을 못 차린다고 할 수 있으리라.

"자, 그럼, 씻어서 먹을까?"

내 말에 롯카 이모 얼굴이 활짝 펴진다. 이모는 부랴부랴 개수대로 가서 딸기를 꺼낸다.

그러고 보니 유즈루도 딸기를 좋아했지. 가슴 한쪽이 쩌르르 아파 온다. 하지만 괜찮다. 그냥 '생각'이 난 것뿐이다. 얼마 전만 해도 유즈루는 생각이 나는 것 정도가 아니었다. 아무리 잊으려고 애를 써도 노상 가슴 한복판에 진을 치고는 따끔따끔, 우당탕탕, 이상한 냄새까지 풍길 정도였다. 두리안(durian) 같이 생긴 것이 크기만 조금 작아져서 들어앉아 있는 것 같았다고 할까? 마치 얻어맞은 듯이 욱신거리던 가슴도 지금은 그냥 콕콕거리는 정도로 바뀌었다.

"틀림없이 연유가 있었는데…… 아, 여기 있다!"

냉장고에서 내가 빨간색 튜브를 꺼내자 롯카 이모가 코웃음을 친다.

"저런 사이비 같으니라고."

"왜?"

"딸기는 딸기만! 아무것도 섞어서 먹지 않는 거야. 그게 원칙이지."

그럴까? 지금 이 계절에 나온 딸기가 그렇게 달 것 같지는 않은

데? 엄밀하게 말하면 내 딸기건만 똑같이 나눌 생각인지, 롯카 이모는 다 씻은 딸기를 하나하나 세어 가며 두 접시에 나누어 담았다. 나는 내 앞에 놓인 접시의 딸기에 연유를 끼얹었다. 그때였다.

"으아!"

딸기로 볼이 볼록해진 이모가 얼굴을 찡그렸다.

"이건 딸기가 아니네."

"아무리 봐도 딸긴데?"

"먹어 보면 알아. 이 밍밍하고 별 볼일 없는 맛. 아무리 하우스 재배라도 그렇지. 어떻게 좀 못하나? 좀 더 상큼하고 새콤달콤한 맛이 있어야 그게 진짜 딸기지."

진짜든 가짜든 이건 딸기다. 남들이 진짜 딸기라는데, 이 딸기로서는 어쩔 도리가 없다. 왠지 딸기 편을 들고 싶은 기분이다. 진짜 유즈루, 진짜 사랑……. 뭐가 진짜고 뭐가 가짜인지 나는 알 수 없었고 지금도 마찬가지다.

정신을 차리고 보니 롯카 이모가 연유 튜브를 들고 있다.

"연유를 뿌리면 사이비라고 안 했어?"

"괜찮아, 괜찮아. 맛있으면 돼."

그렇다. 맛있으면 되는 거였다. 진짜 사랑이든 가짜 사랑이든 맛이 있었다면 유즈루도 그렇게 보내지는 않았을 것이다.

롯카 이모는 딸기 위에 연유를 돌아가며 뿌리고는 포크로 내리눌러 곤죽을 만들었다.

"이제 그건 딸기라고 보기 좀 어렵겠는데?"

롯카 이모의 접시 속에 들어 있는 핑크빛의 반고형물을 가리키며 한 말인데 내 말에 나 자신이 흔들린다.

그래. 그건 이미 사랑이 아니었어. 맛있게 먹으려고 이런저런 맛을 섞어 넣어야 할 사랑이라면 언젠가는 끝나고 말 거였어. 그 언젠가를 조금이라도 늦게 오게 하려고 연유든 뭐든 다 집어넣고 필사적으로 휘젓고 있었던 게 아닐까.

"그래, 어쩔 수 없는 일이었어."

그렇게 중얼거리자 내 속을 알 리 없는 롯카 이모가 맞은편에 앉아 크게 한 번 고개를 끄덕여 주었다.

11 빵 한 조각

"노천시장에 딱 좋은 날씨네."

이쿠가 기분 좋은 얼굴로 하늘을 올려다본다.

"응."하고 동의하면서 나는 정정해 준다.

"협동시장이야."

요 몇 주 사이에 알게 된 거지만 이쿠는 좀 대충대충 넘어가는 면이 있었다. 이쿠한테만 오면 푸른 하늘 아래 열리는 시장은 모두 노천시장이 되어 버린다. 오히간(彼岸會: 춘분과 추분을 중심으로 7일간 행해지는 불교 행사로서, 일본에서는 이때 산소를 찾아가 성묘하는 사람이 많다.-옮긴이) 때 열리는 이 시장의 정식 명칭은 협동시장이다. 내가 열사병으로 입원하는 지경에까지 이르렀던 그 노천시장보다는 훨씬 규모가 작고, 주로 손으로 직접 만든 물건들이나 먹거리를 갖고 나오는 사람이 많다. 그래서인지 시장 분위기도 화기애애하고 가족적이다.

우리가 연 가게는 제법 붐볐다. 문을 열자마자 고상한 분위기의 두 모자와 중년 부부 그리고 딱 우리 나이쯤 되는 커플이 와서, 색깔별로 진열해 놓은 콩들을 둘러보고 만져보고 하더니 각자 취향대로 사가지고 갔다. 그 후 가족끼리 나온 사람도 몇 팀이 다녀갔고, 혼자 와서 보고 가는 사람들도 있었다.

사람들을 상대로 직접 물건을 판매하는 건 학교 축제 때 이후로 처음이다. 드넓은 하늘 아래서 먹거리를 판다는 게, 그냥 그 자체만으로도 이렇게 기분 좋은 일이었구나 싶다. "어서 오세요!"가 아니라 "안녕하세요!"라고 인사하고 싶어진다.

기분 좋은 이유가 장소가 꼭 노천이기 때문만은 아닐 것이다. 우리는 이 가게를 처음부터 끝까지 직접 기획하고 준비했으며, 또 직접 판매하고 있다. 이쿠와 서로 의논해 가며, 해야 할 일을 분담해서 만든 콩수프(렌즈콩과 애호박으로 만든 수프-옮긴이), 콩을 넣은 피타샌드(통밀가루로 만든 피타 빵에 병아리콩 페이스트를 넣은 것-옮긴이), 그리고 레시피를 첨부해서 처음 접하는 사람도 쉽게 만들 수 있도록 준비한 콩 요리 키트, 그 어느 것도 맛있지 않은 것이 없었다. 그리고 이걸 사면 절대로 손해 보지 않을 거라고 자신 있게 말할 수 있었다.

요컨대, 팔고 싶은 것을 판다는 것, 그것이 바로 일이나 업무의 즐거움을 좌우하는 열쇠인 것 같다. 이런 일을 업무라고 하기엔 좀 이상하지만 말이다. 내가 만약 어떤 일을 시작하게 된다면 정말로 팔고 싶은 것을 팔아야지!

푸른 하늘이 갑자기 구름으로 뒤덮인 것은 그때였다. 팔고 싶은 것을 팔자! 그래, 팔고 싶은 것을 팔아야 돼! 이런 생각을 하면서 두 주먹을 불끈 쥐었을 때, 어째 날씨가 흐려지는 것 같네 어쩌고 하면서 하늘을 올려다보는 사이에, 검은 구름이 순식간에 달려드는가 싶더니, 곧이어 굵은 빗방울이 후두두둑 소리를 내며 떨어지기 시작했다.

우리는 텐트를 치고 있어서 그나마 다행인데, 콘크리트 바닥에 그대로 좌판을 벌이고 있던 사람들은 팔고 있던 물건이 젖지 않도록 치우느라 정신이 없었다.

맞은편 자리에서 CD를 팔고 있던 사람들을 텐트 속으로 들어오라 하고, 그 옆에서 유기농 비누를 팔고 있던 여자애들을 불러들이고, 종이 박스를 안고 우왕좌왕하는 남자 하나를 더 들이니 텐트 안이 꽉 찼다. 텐트 바깥에서는 빗줄기가 쏟아지는 것과 같은 속도로 손님들이 빠져나가고 있었다. 콩수프와, 콩을 넣은 피타샌드와, 잘 포장해 놓은 콩요리 키트가 아직도 엄청나게 남아 있는데 말이다.

CD를 팔고 있던 장발 청년이 콩수프가 담긴 통짜냄비를 흘깃흘깃 쳐다보더니 마침내 입을 뗐다.

"이 수프, 아깝네요. 이렇게 맛있어 보이는데……."

그러자 그 소박한 한마디에 비 때문에 차갑게 식어버린 가슴이 갑자기 따뜻해져 왔다.

"맛있어 보이기만 하는 것이 아니고 진짜로 맛있어요. 그치?"

내가 동의를 구하자 마치 장난꾸러기 같은 목소리로 이쿠가 되받았다.

"그냥 먹어 버릴까!"

그랬다. 이쿠는 분명 비가 쏟아진 이 상황을 재미있어하는 것 같았다.

"이렇게 비가 오는데 손님이 올 리도 없고, 그냥 남겨 봐야 들고 가는 것도 고생이니 말이야."

그리하여 우리는 텐트 안에서 밀치락달치락하며 여기 있는 사람들에게 수프와 샌드위치를 대접하기로 했다. 오늘 처음 만난, 그리고 앞으로 다시 만날 일도 없을 사람들이 멜라민 컵에 담긴 수프를 후후 불어가며 먹고 있다. 이 다섯 사람의 얼굴을 보니 괜히 쑥스러워 웃음이 난다. 틀림없이 나와 같은 생각을 하고 있을 이쿠의 얼굴을 보고 있자니 괜히 더 쑥스럽다. 우후후후후. 너무나 쑥스러워서 웃음이 실실 나올 정도다.

이 사람들은 평소에 콩을 잘 먹는 사람들일까? 콩이 참 맛있는 음식이구나 하는 생각이 들었을까? 그렇다면 오늘 여기서 가게를 열었던 게 의미가 있을 거야.

절반은 그냥 인사치레였다 하더라도 사람들은 다들 맛있다, 맛있다 감탄하며 먹어주었다. 우리는 기분이 굉장히 좋았다. '우리는'이라고 나는 내 맘대로 생각한다. 이쿠는 생각이 조금 달랐을지도 모르지만…….

수프와 샌드위치를 다 먹은 사람들이 서로서로 손을 흔들며 자리를 떠나고, 우리도 철수하는 수밖에 없겠다고 판단했다. 시간이 아직 채 11시도 안 되었을 때였다. 팔고 남은 콩 키트를 상자에 담고, 텐트를 접고, 테이블과 의자를 정리했다. 그리고 그것들을 커다란 통짜냄비와 함께 어찌어찌 렌터카 짐칸에 꾸겨 넣고, 점심시간도 되기 훨씬 전에 우리는 내 아파트로 돌아왔다.

하루 종일 일할 거라고 예상했다. 나는 완전히 떠버린 오후 시간을 앞에 놓고 이대로 이쿠와 헤어지는 게 못내 아쉬웠다. 우리집에 들렀다 가지 않겠느냐고 말하는 데는 약간의 용기가 필요했지만 말이다.

"와아! 좋아. 갈래, 갈래."

이쿠가 환하게 웃어줘서 기뻤다. 설마 그 후 이런 사태가 벌어질 줄은 예상하지 못했지만.

"노천시장이라면서 말이야. 노천시장을 벌인 건 아침 시간 잠깐밖에 없었잖아, 결국."

인도 음악이 흐르고 있는 방에서 이쿠가 불평불만을 늘어놓는다. 같은 말이 지금 세 번째던가? 나는 못 들은 척하며 이쿠한테 손을 내민다.

"이쿠 씨, 이제 요기까지만 하자."

소녀처럼 가냘픈 손에 들려 있는 잔을 뺏으려고 하자 이쿠는 손을 뒤로 쑥 잡아뺀다.

"무슨 소리야? 아직 한참 멀었어. 지금부터라고."

그러면서 잔에 들어 있는 투명한 액체를 한 모금 마신다.

"열심히 만들었는데, 그 콩수프가 그냥 그대로 남아 버리다니……"

늘 청순했던 이쿠한테 이렇게 말 많은 투덜이 같은 모습이 있는 줄은 미처 몰랐다.

"노천시장이라면서 하나도 노천시장이 아니잖아."

볼을 장밋빛으로 물들이며 또 똑같은 소리를 한다. 콩수프가 잔뜩 남은 것이 여간 속상하지 않았던 모양이다. 뜻밖에 지기 싫어하는 성격도 있는가 보네.

"할 수 없잖아. 비가 온 걸 어쩌겠어."

아마 나의 이 대사도 세 번째일 것이다. 이쿠가 속상해할 때마다 별로 위안도 되지 않을 소리를 되풀이한다. 사실은 나한테도 좀 속상한 일이어야 마땅하다. 그러나 즐거웠기 때문에 투덜거리고 싶은 생각이 들지 않는다.

콩을 구입하고 가게를 여는 데는 돈이 든다. 돈을 벌 생각까지는 하지 않더라도 적자를 보는 건 곤란하다. 그 다음을 준비할 수 없으니까. 이런 일은 계속해 나가는 것이 중요한 게 아닌가? 내가 아는 건 그 정도까지다.

"있잖아. 평소에는 이보다 좀 더 많이 팔리거든. 일단 먹어 본 사람들은 다들 맛있다면서 눈동자를 반짝반짝 빛낸다고. 그 기쁨을……."

그러면서 이쿠는 크게 숨을 쉬었다.

"그 기쁨을 아스와 씨한테도 느끼게 해주고 싶었단 말이야."

그렇구나. 내 생각을 하면서 속상해하고 있었던 거구나. 그러나 그렇게 생각하며 눈을 똥그랗게 뜬 것은 아주 잠깐이었다. 이렇게 연연해하고 있는 것은 나 때문만이 아니다. 물론 뜻밖에 알게 된 이쿠의 지기 싫어하는 성격 탓만도 아니다.

"이쿠 씨, 이제 술은 그만 마셔. 너무 많이 마셨다."

잔을 뺏으니 이쿠는 "그윽" 하는 소리를 낸다. 이미 반쯤 잠들어 버린 상태 같다. 이쿠 씨, 술도 약하면서…….

"물 마실래? 속이 비어 있어서 술이 확 올라왔나봐."

텐트 안에서 처음 본 사람들과 복닥거리면서 먹은 콩수프와 피타 샌드가 아침부터 우리가 먹은 전부였다. 그렇지만 참 맛있었다.

"이 샌드위치에 들어간 게 뭐예요?"

샌드위치를 입안에 가득 문 채로 비누 팔던 여자애가 물었다.

"아, 그거. 후머스(병아리콩에 오일과 마늘 등을 넣어 만든 중동 지방의 전통 음식-옮긴이)라고 하는 건데요. 병아리콩을 푹 삶아서 으깨어 만든 거예요."

"와, 정말 맛있어요. 이것도 콩이구나! 그런데 이 맛은 뭐로 내요?"

소금과 올리브유 그리고 마늘 아주 조금. 그것뿐이다. 나도 옆에서 거들었기 때문에 안다.

"이거 인사로 받아주세요."

장발 청년이 자기가 팔고 있던 CD를 건네주고, 여자애들은 비누를 나누어 주었다.

"다음번에는 멋지게 복수를 해줍시다. 우리 CD를 더 많은 사람들에게 들려줄 거예요."

비오는 하늘을 올려다보며 다른 한 청년이 덧붙였다.

"우리도 이 비누가 얼마나 좋은지 많은 사람들한테 알려주고 싶어요. 그럼 또 만나요!"

비누 파는 두 여자애가 합창을 했다.

"다음에는 이 콩수프에 어울리는 술도 가지고 오겠습니다."

나이를 짐작할 수 없는 남자가 종이 상자 속에서 술을 한 병 꺼내서 우리한테 주었다. 주류 판매는 금지되어 있을 텐데?

봐봐, 이쿠 씨. 나는 이걸로도 충분히 즐거웠어. 시장 이름이 왜 공동시장이 아니고 협동시장인지 그 의미도 알 것 같아.

그때 방안에 흐르고 있는, 마치 장발 청년이 연주하는 듯한 인도 악기 시타르의 선율 사이로 귀에 익은 발소리가 점점 가까워져 왔다.

"아스와아! 있니이?"

있어요, 네. 아스와, 여기 있습니다.

"슬슬 점심 먹을 때가 되지 않았나 해서 왔지."

롯카 이모는 현관에서 장화를 벗자마자 싱글거리며 그렇게 말하더니, 테이블에 엎드려 자고 있는 이쿠를 발견하고 깜짝 놀란다.

"누구셔?"

예의를 갖춰 묻는 목소리가 들리자 이쿠가 잠에서 반쯤 깬 표정으로 고개를 들더니 환호성을 질렀다.

"우와아! 아스와 언니시죠? 꼭 닮았네요!"

헉!

틀림없이 "헉!" 하는 소리가 들렸다. 내가 "헉!" 하면 했지, 왜 롯카 이모가 "헉!"이야?

"안녕하세요. 와타나베 이쿠미입니다."

이쿠는 그대로 의자에서 벌떡 일어났다. "헉!" 한 상태로 입을 벌리고 있는 롯카 이모에게 악수라도 청할 듯한 기세였다.

"아스와한테 늘 신세를 지고 있습니다."

그런 반면에 롯카 이모는 네, 아, 아니, 어쩌고 하면서 갈피를 못 잡고 있었다.

"아니야, 이쿠 씨. 이쪽은 우리 이모야. 요 근처에 살고 있어서 늘 이렇게 훌쩍 놀러오고 그래. 잘 봐봐. 그렇게 안 닮았지?"

"어? 그런가? 똑같이 생긴 것 같은데. 아하하하!"

우리를 번갈아 보며 말하던 이쿠는 웃으면서 휘청휘청 뒷걸음질을 쳤다. 그러고는 다시 의자에 앉아 폭 고꾸라졌다.

"에너지가 팔팔 넘치는 애네."

롯카 이모 입이 겨우 떨어졌다.

"이모야말로 웬일이야. 갑자기 그렇게 버벅거리다니."

"나, 낯을 가리거든. 그렇게 안 보인다는 말을 듣고 있긴 하다만."

이쿠와는 정반대다. 그렇게 안 보이지만 평소에는 얌전하고 매사 조심스러운 애니까.

"이거 점심?"

결국 반 이상 남은 콩수프 냄비가 가스레인지 위에 놓여 있는 것을 롯카 이모가 봤다.

"콩 샌드위치도 있었는데 벌써 다 먹어 버렸어."

"아니, 괜찮아. 그냥 찬밥이라도……."

괜찮다고 하면서도 롯카 이모는 내가 냉동실에서 밥을 꺼내 한 공기 가득 레인지에 데워주기를 기다리고 있는 눈치다.

"우와, 맛있네! 이 수프, 잘 팔리겠는데?"

"팔고 왔어요. 바로 오늘!"

"세토구치가 말이야."

자고 있는 줄 알았던 이쿠가 갑자기 이야기를 시작했다.

"태어나서 처음으로 여자한테 반했대. 아스와를 딱 보고는, 바로 이 사람이 자기가 찾던 사람이란 생각이 들었다는 거야."

나는 밥을 데우다 말고 레인지 앞에서 뒤를 돌아다봤다.

"오늘 왔었거든."

"뭐라고? 협동시장에? 몰랐어. 알려주지 그랬어!"

"말하지 말라고 그랬거든. 세토구치가 그러는데 말이야. 아스와를 본 순간, 뭔가가 딱 왔다거나 팍 온 게 아니라, 쾅 하고 왔대. 아하하하하!"

이쿠는 웃었다. 쾅 하고 왔다는 것이 첫눈에 반한 것을 형용하는 말로 과연 적당한 건지?

"지금 그게 웃을 일이 아닌 것 같다……고나 할까. 근데 세토구치가 누구야?"

롯카 이모가 얌전하게 끼어들며 콩수프를 한 숟가락 떴다.

"야아, 좋겠다! 나도 누가 쾅 하고 와줄 사람이 있었으면 좋겠는데. 아하하하."

그렇게 웃는가 했더니 이쿠는 다시 테이블에 풀썩 엎어졌다.

"이, 이쿠 씨. 쾅 하고 오지 않아도, 조용히 서서히 와도 좋은 거라고 말한 거, 이쿠 씨였잖아. 안 그래, 이쿠 씨?"

"소용없어."

롯카 이모가 숟가락을 들고 있지 않은 쪽 손을 휘휘 저었다.

"저앤 지금 완전히 취해서 그 어떤 말을 해도 소용없다고."

"아니, 별로 마시지도 않았어. 한 잔밖에."

"아와모리 소주(알코올 도수가 높은 오키나와 특산주-옮긴이)를 말이지?"

"죄송합니다아……."

이쿠는 다시 한 번 테이블에서 얼굴을 들더니 "쿵!" 하고 이마가 부딪칠 정도로 고개를 떨구었다.

"저런, 저런! 이마 괜찮을까?"

"저는 거짓말을 했습니다아. 저는 친구를 팔았습니다아."

테이블에 이마를 갖다 댄 채로 이쿠가 훌쩍거린다.

"친구를 팔았다니. 그거 혹시 날 팔았다는 얘기야?"

"사실은 다시 한 번 아스와 씨를 데리고 오라는 부탁을 받았거든. 내가 그걸 아스와 씨에게 비밀로 했잖아. 아스와 씨랑 콩수프를 파는 것이 너무나 좋았어. 순수하게 가게 여는 걸 도와달라고 했더라면 얼마나 좋았을까? 세토구치를 위해서 아스와 씨를 불러들이다니, 내가 너무 불순했어."

"아니. 뭐 별로 그런 정도는 말 안 하고 지나가도 몰랐을 거야. 또울 정도의 일도 아니고."

"그래, 그래. 팔아버린 건 콩수프지 친구가 아니야."

별것 아니라는 식으로 위로하던 롯카 이모가 갑자기 진지한 얼굴이 되었다.

"혹시, 돈이 오고가고 그랬어? 아스와를 데려올 테니 얼마를 달라고 했다거나……."

"그런 짓은 안 합니다!"

"그럼 뭐, 별로 판 것도 아니네."

"으허헝. 아스와 씨랑 콩을 파는 게 정말 즐거웠는데……."

"술 취한 사람한테는 어떤 말을 해도 다 소용없어."

소용은 없을지 몰라도 의미가 없는 것은 아니다. 이 얘기는 이 얘기대로 나는 기분이 좋았다. 나와 함께 콩을 파는 것이 즐거웠다는 이야기를 하고 또 하면서 이쿠는 훌쩍거렸고, 나는 뭐라고 딱 꼬집어 말하기 어려운 행복감을 느끼면서 롯카 이모와 함께 천천히 콩수프를 먹었다.

완전히 잠든 이쿠를 롯카 이모와 함께 들어올려 침대에 뉘었다.

"가냘퍼 보이는데 꽤 무겁네."

"휴우." 하고 롯카 이모가 숨을 몰아쉬며 한마디 하자, 마치 그렇지 않다는 듯 이쿠가 도리질하는 시늉을 한다.

"울다가 웃다가, 참 정신없는 애인 건 맞는데……."

지금은 아기처럼 무방비 상태로 잠든 이쿠를 내려다보며 롯카 이모가 말을 잇는다.

"좀 마음이 놓인다."

"뭐가?"

"아스와한테도 이제 친구가 생긴 것 같아서."

그런 무례한 말씀을……이라고 답하려는데 기막힌 소리가 이어진다.

"술에 취해 잠든 친구한테는 매직으로 얼굴에 수염을 그려주는 게 예의지?"

"아, 안 돼!"

롯카 이모라면 정말로 그럴 수도 있지.

"그런데 아스와."

이모가 부엌 쪽으로 나를 부른다. 호지차라도 마시고 싶은 걸까?

"리스트는 어떻게 됐어? 요즘 못 봤는데."

"아, 리스트."

차가 들어 있는 통의 뚜껑을 열며 어떻게 설명할까 머리를 굴린다.

자기 자신을 예쁘다고 생각하래. 그리고 리스트에 매달리지 않는 것이 좋대. 그런 불가능 리스트 따위에 말이야. 물론 이렇게는 말하지 못했다. 롯카 이모에게 미안해서라기보다 나 스스로 반발심이 생겨서다. 뭐? 불가능? 하지만 그 목소리는 너무 작아서 내 귀에조차도 잘 들리지 않는다.

"리스트는 일단 잘 모셔 놓고 꼭 필요하다고 생각될 때만 꺼내서 볼까 하고."

"흐응. 그럼 지금은 그럴 때가 아니라는 거네?"

"으응. 그런 것 같아."

실은 지금도 주머니에 들어 있어. 겉으로 살짝 쓰다듬어 본다. 그래, 괜찮아.

"그런데 이모. '빵 한 조각'이란 이야기 알아?"

당연하다는 듯이 롯카 이모가 고개를 끄덕인다.

"가난한 모자 세 사람이 빵 한 조각을 주문해서 나누어 먹었다는 이야기지?"

"그건《우동 한 그릇》이잖아."

"아, 그럼 이건가? 그림 그리는 걸 좋아했던 소년이 같은 반 친구의 그림물감을 훔친 이야기?"

"그건 '포도 한 송이'지. 이모, 지금 일부러 그러는 거지?"

시선이 흔들린다. 아마도 지금 뭔가가 쑥스러워서 그러는 것이리라. 누가 진지하게 이야기를 하려고 하면 할수록 딴청을 부리고 싶어지는 거야, 롯카 이모는.

"근데, 왜? 그 빵이 어떻게 됐어?"

"응. 리스트가 나한테 마치 빵 한 조각과 같은 게 아닐까 싶어서."

그렇게 답하자 롯카 이모는 눈썹을 위로 살짝 띄워 올리면서 무슨 말인가를 하려는 눈치다.

셔츠 주머니에 들어 있는 빵 한 조각을 슬쩍 만져보면서 여기에 빵이 들어 있다고 안심하는 것. '빵 한 조각'이라는 이야기다. 전쟁 중에 포로로 잡혀 있던 선원이 탈출한다. 도망치기 직전 같은 포로였던 한 승려가 빵 한 조각을 건넨다. 이것을 가지고 가라고. 그러면서 한 가지 충고를 덧붙인다. 배고픔을 참을 수 있을 때까지 참으라고. 참고 또 참다가 정 안 되겠으면 그때 봉지를 열고 꺼내서 먹으라고. 배고픔과 피로와 공포가 찾아올 때마다, 선원은 주머니에 들어 있는 빵을 만져보며 끝끝내 그 충고를 지킨다. 그리고 마침내 살아남는다.

나는 무엇을 하고 있는가? 무엇을 하면 좋은가? 무엇을 하려고 하는가? 이런 생각을 하는 것이 리스트의 역할이었다는 생각이 든다.

"으음, 그러니까 말이야. 리스트는 어떤 계기 같은 것이 아니었나 싶어. 지금의 나 또는 앞으로의 나를 생각하는 계기. 그러니까 일단 썼으면 주머니에 넣어놓고, 그 다음은 나아가는 수밖에 없어. 내가 쓴 걸 믿으면서 말이야. 이게 있으니까 괜찮아, 이 길이 틀림없어. 이렇게 생각하면서."

"그런 걸 보통……."

이쿠다. 자는 줄 알았던 이쿠가 침대에 누운 채로 이쪽을 바라보고 있다.

"기회라고 부르지."

"어?"

"계기라는 게 곧 기회를 말하는 거잖아."

아직 절반은 자고 있는 듯한 얼굴이다.

"그런데 말이야."

롯카 이모가 끼어들었다.

"'빵 한 조각'은 기회가 아니라 희망에 관한 이야기 아니었나?"

"맞아요. 드리프터스 리스트도 계기이자 기회이자 희망이라는……."

의기양양하게 이야기를 이어가던 나한테 롯카 이모가 "흥!" 하고 코웃음을 날렸다.

"바보 같기는!"

"왜?"

"너무 과대평가하고 있어."

"뭐를?"

"리스트를! 리스트에 너무 매달리지 않는 게 좋다는 말이야."

"어?"

"그 리스트를 쓴 건 너야. 그러니까 그렇게 애지중지하지 않아도 되는 거 아니냐고."

이쿠가 침대에서 우리의 모습을 흥미롭게 바라보고 있다.

"아까 네가 말했잖아. 리스트는 계기라고. 저기 술 취한 친구는 그게 기회라고 했고."

"와타나베 이쿠미예요."

"계기와 기회를 손에 넣었으니 이제 종이 쪼가리를 부적처럼 갖고 다닐 필요는 없을 것 같은데."

롯카 이모는 진심으로 그런 말을 하고 있는 걸까? 알 수 없다. 리스트를 쓰라고 권할 때는 언제고, 이번에는 그것을 놔버리라니……. 아, 그건가? 그런 말인가?

"혹시 이제 하산하라는 말? 이제 리스트에서 손 뗄 때가 되었다는 말이야?"

롯카 이모는 다시 한 번 "흥!" 하고 코웃음을 친다.

"넌 참 바라는 것도 많다."

그러더니 "잘 먹었어." 하고는 자리에서 일어난다.

"아스와의 그 빵 말이야. 딱딱하게 바싹 마른 빵 한 조각과는 다르다고 본다. 먹으려 들면 언제든지 먹을 수 있어. 한없이 그냥 두면 발효도 될 거야. 너무 발효되어 폭발하기 전에 주머니에서 꺼내야 한다는 걸 잊지 마. 그럼 간다."

롯카 이모는 물개를 연상시키는 까만색 긴 장화를 신고 돌아갔다.

내가 지금 그 무슨 위험물을 주머니에 넣어 놓고 있는 것일까? 작은 폭발음을 내며 튀어나오는 리스트를 상상하니 오히려 유쾌한데?

대충 설거지를 하고 콩요리 키트를 정리하고 있는데 이쿠가 일어났다.

"어? 일어나도 괜찮겠어?"

"응. 이제 괜찮아. 고마워. 자고 일어났더니 좋아진 거 같아."

조금 부끄러워하는 것 같긴 해도, 불평불만을 쏟아놓고 웃었다가 울었다가 한 것은 잘 기억하지 못하는 것 같다. 만약 다 기억하고 있다면 부끄러워서 견딜 수 없겠지.

"물 한잔만 줄래? 그리고 냄비는 두고 가도 될까? 아직 수프가 많이 남아 있지? 미안해."

"왜, 벌써 가려고?"

"응. 오늘 정말 고마웠어. 괜찮으면 다음에 또 같이 가게 열자."

이쿠는 평소와 같이 귀엽고 청초한 얼굴로 미소 짓는다.

누가 부탁해서 그런 게 아니지? 정말로 나와 함께 하고 싶었던 거지? 안쓰럽게도 이쿠는 세토구치의 부탁을 받아 나를 팔아넘겼다는 고백을 하고 울어 버린 사실을 기억하지 못하는 듯하다. 그렇다면 앞으로도 계속 그런 죄책감에 시달릴 텐데……

"이쿠 씨, 힘 내! 나는 언제나 이쿠 씨 편이야."

물을 들이켜던 이쿠가 이상하다는 표정이 되더니 살짝 고개를 끄덕였다.

이쿠를 역까지 배웅하고 돌아오는 길, 상가를 벗어나는 지점에 이르렀을 때, 문득 그리운 무엇인가가 눈앞을 가로질러 갔다. 걸음을 멈추고 주변을 둘러보며 시선을 모아 본다. 비, 우산, 아스팔트, 얕은 물웅덩이, 편의점을 막 지나친 참이었다. 그리운 무엇인가가 안 보인다. 그 대신 나는 호주머니 속에 들어 있는 휴대전화를 꽉 쥐고 있다.

아아, 그렇구나. 나는 호주머니 속에서 손을 놓고 무엇을 착각했는지 깨달으며 웃는다. 그리운 무엇인가는 눈에 보이는 것이 아니었다. 들리는 것이었다. 그러지 말자고 생각하면서도 걸음을 멈출 수 없다. 하나, 둘, 셋, 넷, 다섯 걸음. 천천히 걷는다고 생각했지만 틀림없이 빨랐을 것이다. 나는 편의점 앞으로 되돌아와 섰다. 들어갈 용기는 없다. 누군가 안에서 문을 열고 나온다. 밖으로 흘러나오는 가게 안의 멜로디.

그리움이 먼저 달려가는 바람에 실제로 무슨 일이 일어났는지 알 수 없었다. 노래다. 편의점에서 그리운 멜로디가 흘러나오고 있었다. 너무나 좋아했던 노래.

2년 전 봄, 학교 다닐 때 친구가 불러서 나간 모임에 이 노래가 방송으로 흘러나왔다. 이 노래 참 좋지요? 유즈루가 그렇게 말을 건네왔고, 거기서부터 우리는 신나게 이야기를 주고받기 시작했다. 처음으로 둘이 갔던 라이브에서 마지막 곡으로 불렀던 노래. 유즈루의 착신 멜로디는 2년 동안 줄곧 이 노래였다. 지금 내 휴대전화에는 이미 유즈루의 이름도 없고, 주소도 없고, 이 노래도 없다.

비가 내리는 길을 일부러 물웅덩이를 밟으며 걸어간다. 올해는 여름이 뒤끝 없이 지나갔다. 오봉(음력 7월 15일인 우란분재 또는 백중-옮긴이)이 지나면서부터는 비가 왔다 싶으면 바로 날씨가 서늘해졌다. 요즘엔 비가 오는 게 쌀쌀하게 느껴질 정도다.

그래도 오늘은 샤워만 해야겠다. 욕조에 몸을 담그는 것은 피해야지. 오늘은 까딱 잘못하다가 유즈루 생각에 울어 버릴지도 모른다.

조금 슬픈가? 화가 나는가? 잘 모르겠다. 유즈루를 생각할 때 느껴지는 아픔은 이미 조금씩 누그러지고 있다. 그렇게나 좋아했던 노래를 그냥 선선히 듣지 못하게 되었다는 것 때문에 슬프거나 화가 나는 것인지도 모른다. 언젠가 이 노래를 들었을 때, 가슴 아프기보다는 그냥 좋아했지 또는 즐거웠지 정도로만 생각했으면 좋겠다.

아파트 계단을 올라가며 뺨이 젖어 있다는 것을 깨닫는다. 알고 있어. 비 때문이지. 우산을 접고 2층 복도를 걷는다. 어차피 이럴 거면 욕조에 몸을 담그자. 뜨거운 물을 받아 놓고 푹 잠겨보자. 에코 효과 좋은 욕조 안에 들어가 큰 소리로 이 노래를 불러볼까?

마지막 장 오늘 먹는 밥

하늘이 완연히 높아졌다. 조금씩 해도 짧아지고 있다. 전에는 아직 밝을 때 집에 들어온 적이 종종 있었는데, 요즘은 전무하다.

출근하기 전에 물에 담가 둔 금시두콩이 르크루제 안에서 불어나 있다. 그것을 냄비째 불에 올려놓고서 겨우 한숨 돌린다. 아파트 계단을 올라오면, 그 여세를 몰아서 현관에서 부엌으로 직행해 가스레인지에 냄비를 올려놓는 것이 요령이다. 이렇게 하면 일부러 어깨춤 같은 걸 출 필요도 없이 관성의 법칙에 따라 움직일 수 있다.

냄비가 끓기 시작하면 불을 낮추고, 요맘때 날씨 같으면 그대로 20분 정도 놔두면 된다. 그러면 콩이 포근포근 부드럽게 익는다. 그 사이에 소송채를 씻고 마늘을 찧어 놓는다. 그 다음은 잘 익은 금시두콩과 함께 올리브유를 넣고 볶으면 끝이다. 사실은 말린 새우나 조개 같은 해산물을 써서 맛을 내면 더 좋은데, 오늘은 생략. 프라이팬에서 숟가락으로 한 술 떠 맛을 본다. 황홀하다. 소금밖에 안 넣었는데 어떻게 이렇게 좋은 맛이 나는 걸까? 신기할 정도다.

신기하다면 신기하달 수 있는 것이 또 하나 있다. 옛날의 내가 이 시간에 무엇을 하고 있었는지, 그렇게 오래된 이야기도 아니건만 이젠 생각이 나지 않는다는 것이다.

회사 일이 바빠져서 잔업이 늘어났다. 이사를 해서 회사가 부모님 집에서 다닐 때보다 더 멀어졌기 때문에 집에 있는 시간이 확실히 줄었다. 집에 오면 빨래하기, 목욕물 받기, 쓰레기 버리기 등을 다 내가 해야 한다. 근무 시간에다가 집안일까지 늘어났으므로 당연히 피곤하다. 그런데 대체로 매일, 아니 거의 매일, 잘 생각해 보면 정말 매일, 왠지 모르겠으나 스스로 밥을 해먹고 있다.

역에서 내려 걸어올 때는 "아아, 피곤해." 이런다. 식당 이치카와에서 해결할까 하는 생각을 안 하는 것도 아니다. 그런데도 왠지 이치카와 앞을 그냥 지나쳐 아파트 바깥 계단을 쿵쿵거리며 올라갈 때쯤 되면, 어느새 머릿속에 저녁 메뉴가 떠오른다. 돼지고기가 반 팩 정도 남아 있을 거라든지, 냉동실에 삶아놓은 은수망콩이 있을 거라든지 하는 식으로 말이다. 그럴 땐 마음이 가볍지만, 아무런 메뉴도 떠오르지 않아 발걸음이 무거울 때도 있다.

어느 쪽이든 간에, 요즘 들어 곰곰 자주 생각하게 되는 것이 엄마였다. 엄마는 정말 위대하다. 엄마는 매일매일 밥을 했다. 그냥 밥하는 게 전부라고, 지금까지는 그렇게 생각하고 있었다. 당연하다는 듯이 만들어주는 걸 받아먹었지만, 그건 전혀 당연한 것이 아니었다. '매일'이라는 건 얼마나 위대한가! 부모님과 함께 살 때는 몰랐다. 참으로 벌 받아 마땅한 딸이다.

프라이팬의 불을 끈다. 전기밥솥에서 슉슉거리며 수증기가 올라오고, 햅쌀이 익어가는 냄새가 폴폴 난다. 아아, 맛있겠다! 나의 식사는 이것으로 충분하다. 하지만 가족이 있다면 이걸로 안 되겠지. 국도 있어야 할 것이고, 반찬도 몇 가지 더 만들어야 할 것이다. 그것도 매일! 엄마는 역시 위대하다.

매일이란 것에 얽매일 필요는 없다고, 자기 자신을 구속할 필요는 없다고, 그렇게 생각하면서도 매일매일 밥을 한다. 그것은 엄마가 지금까지 그렇게 해왔다는 것을 깨달았기 때문이고, 또 리스트에 '매일'이라고 썼기 때문이다. '매일' 밥을 한다. 매일이든 아니든, 어디에 있는 그 누구와도 무관한, 그저 나 자신의 기분 문제일 뿐이겠지만 말이다.

슬슬 때가 됐지? 나는 벽에 걸린 시계를 본다. 어디에 있는 그 누구와도 무관하다면서, 꼭 그렇지만도 않은 모양이다. 대충 요 시간, 잔업을 조금 하고 돌아와 간단히 식사 준비를 마칠 즈음이면 문 바깥에서 부르는 소리가 들린다.

"아스와아! 있니이?"

만약 내가 없다든지 밥을 안 하고 있으면 이 사람이 실망하겠지. 누군가 먹어 주는 사람이 있다는 것도 '매일'이라는 것에 영향을 미치고 있을 것이다.

들어오자마자 가스레인지 위의 프라이팬 앞으로 달려가 내용물을 확인하고 "으음, 으음." 고개를 끄덕이던 롯카 이모가 입을 뗐다.

"답지 않게 풀죽어 있는 것 같더라."

"어? 누가?"

"금시두콩은 진득진득하게 졸여졌을 때가 맛이 있어. 그치?"

롯카 이모는 맛보기로 한 숟가락 입에 넣더니 이쪽을 돌아다본다.

"야스히코. 떨어졌나보더라, 시험에."

그러고 보니 오빠가 자격증 시험 본다는 이야기를 들은 기억이 난다. 소믈리에 시험이다. 정말 시험을 봤을까? 농담이겠지 하고 웃어 넘겼는데.

"지난번에 만났을 때 보니까 야스히코가 꽤 진지하게 이야기하더라고. 참, 이제 밥 퍼도 될까?"

밥공기를 하나씩 놓고, 오목한 접시에 금시두콩과 채소 볶은 것을 담아서 놓고, 그리고 김조림이 들어 있는 자그마한 병을 꺼내 놓은 다음에 두 손을 모은다. 잘 먹겠습니다!

"그러니까, 타인의 아픔을 이해하는 소믈리에가 되고 싶대나. 뭐, 그러더라고."

"오빠가? 무슨 얘긴지 이해가 안 가네."

"응. 원래는 야스히코가 아르바이트하고 있는 주류 판매점의 책임자가, 소믈리에 자격증 따면 정사원을 시켜 주겠다고 했다나봐."

"역시 정사원이 되고 싶다는 생각은 하고 있었나보네."

"아니, 처음에는 별로 귀담아 듣지 않았던 모양이야. 그다지 정사원이 되고 싶은 것도 아니라면서……."

"되고 싶지 않았단 말이구나!"

"그런데 갑자기 지금까지 자기가 살아온 모습을 돌이켜보게 됐대.
지금까지의, 소믈리에와 무관했던 인생을 말이야."

"……라기보다는, 소믈리에가 있으면 그걸 피해 가는 인생이었겠
지. 아무튼 오빠는 제대로 된 길과는 별로 상관없는 인생을 살았으니
까."

"그래, 그래. 그래서 그랬다는 거야. 자기 같은 소믈리에를 필요로
하는 인간이 틀림없이 있을 거라고 말이야. 진짜 기염을 토하더라고.
허망하게 떨어지고 말았지만."

참 다양한 동기와 이유가 있구나 싶어서 마음이 찡해져 왔다.

"그러니까 오빠는 그냥 '추리닝' 입은 소믈리에가 되고 싶었던 거
구나. 화려한 식당에서 고급 코스 요리를 주문하지 않더라도, 그러니
까 이치카와 같은 식당에서 싸고 맛있는 음식을 먹을 때 마실 수 있
는 와인을 골라주는 소믈리에에……."

말을 하는 도중에 퍼뜩 드는 생각이 있었다. 고개를 돌리다가 롯
카 이모와 눈이 딱 마주쳤는데 우리 둘은 약속이나 한 듯 고개를 끄
덕였다.

"야스히코도 부르자!"

노천시장에 참가할 계획이 잡혀 있었던 것이다. 이번 시장은 지난
번의 협동시장과는 그 규모가 달랐다. 지난 여름처럼 산 밑에서 대대
적으로 열리는데, 다종다양한 가게가 열리는 것으로 이름이 나 있었

다. 명성만큼 참가하는 것도 쉽지가 않아서, 정해진 포맷에 따라 서류를 작성해 제출해야 했다. 자세한 내용을 기입해서 내고 심사를 받는 것이다. 이쿠와 나는 머리를 맞대고 서류를 꾸몄다.

정식으로 심사를 통과한 다음에도 우리는 이것저것 준비하고 또 준비했다. 우선 다양한 콩을 구입하고, 이런저런 방법으로 몇 가지 콩요리를 만들어봤다. 롯카 이모는 평소처럼 나한테 와서 시험 삼아 만든 콩요리 맛을 평가해 주었고, 뜻밖에도 훌륭한 손글씨로 직접 광고판도 만들어주었다. 바로 그 노천시장이 드디어 코앞으로 다가온 것이다.

"그래. 오빠도 부르자!"

말을 마치자마자 마음이 들뜨기 시작한다. 선별해 놓은 다섯 가지의 콩요리에다 각각 거기에 어울리는 와인을 곁들인다면 훨씬 재미있을 것이다. 술을 팔 수는 없으니까 작은 잔으로 한 잔씩 서비스를 하는 거야.

"오늘은 좀 기분이 그럴 테니까 내일, 날 밝은 다음에 말하는 게 낫겠지?"

"응. 그게 좋을 것 같아."

풀죽을 정도로 진지하게 생각하리라고는 상상도 못했는데, 오빠가 다시 보인다. 하지만 우리 오빠가 누군가? 주말까지는 확실히 털고 다시 일어설 것이다.

"아스와 씨가 만든 서류, 아주 보기 좋게 정리되어 있어서 크게 도움이 됐어요."

프로젝트 팀 멤버인 주임 디자이너가 그렇게 말을 건네온 것은 다음날 퇴근 무렵이었다.

"고맙습니다."

인사를 하고 스쳐 지나간다. 내 목소리가 저절로 통통 튀고 있다. 서류를 잘 작성했다고 칭찬까지 해주는 사람은 별로 없다. 같은 회사에 있으면서도 사무 부서와 영업 부서 사이에는 거리가 있었고, 제작 부서와는 거리가 더 멀었다. 그런데 지금은 이렇게 서로 말을 건넬 정도가 되었다. 물론 더 중요한 건 서류의 내용이라는 것, 잘 안다. 나는 그저 멤버들의 생각을 정리해서 서류로 작성했을 뿐이다.

계단에서 세 번째 기둥의 왼쪽. 역에 들어오면 홈에서 늘 정해진 자리에 가서 선다. 전철이 들어와 맞은편에 보이던 광고판의 글자가 가려진다. 하마 유아복 본점……. 좋은 회사라는 생각이 든다.

아기와 아기엄마들이 좋아할, 최고로 귀엽고 아기에게 편안한 유아복을 판매하고 싶다. 하지만 그것을 디자인하고, 원단을 구하고, 바느질하는 것은 내가 아니다. 회사에서 나의 시야가 흐릿해졌던 건 그 때문이었다. 그저 사무만 보는 것이라면 어떤 회사를 가든지 마찬가지 아닌가? 내가 특별히 유아복에 공헌하고 있는 바가 없지 않은가? 나는 계속 그런 의문을 품고 있었다. 그런데 프로젝트 팀에 합류하면서 조금씩 시야가 트여, 어슴푸레하나마 내 일의 의미 같은 것이 보이기 시작했다. 모두가 다 창조적인 일을 해야 하는 것은 아니다. 팔고 싶은 것을 팔려면 사무직의 프로페셔널도 필요한 법이다. 그런 생각을 하며 전철 안 손잡이를 꽉 잡는다. 모두가 함께 유아복을 만들고 있다. 모두가 함께 회사를 만들고 있다. 이것이 과연 엉뚱한 나만의 생각일까?

예전의 내가 결혼에 들떠 진지하게 업무에 임하지 않았다는 걸 주변 사람들은 다 알고 있었을지 모른다. 파혼을 했다니 안됐네. 그렇게 생각하는 마음속에 고소하다는 생각이 조금 섞여 있다 해도 할 수 없는 노릇이다. 결혼이 없었던 일이 되었다고 프로젝트 팀에 들어가다니, 진짜 잘났어. 이렇게 생각하는 사람도 있을지 모른다. 그런데도 팀의 일원으로 받아들이고, 서류를 잘 만들었다고 칭찬까지 해주다니…… 정말 다들 성숙한 사람들이구나 싶다. 이 회사에 들어와서 다행이고, 프로젝트 팀에 참여하게 해주어서 감사하다.

협동시장을 경험한 것이 큰 도움이 되었다. 자기가 정말 좋다고 생각하는 물건을 파는 것은 유쾌한 일이다. 팔고 싶은 것을 팔자! 그런 인식을 분명히 할 수 있었던 것은 협동시장 경험 덕분이다. 내가 만약 어떤 일을 시작하게 된다면 정말로 팔고 싶은 것을 팔겠다! 그때는 그렇게 생각했는데, 회사에서 일을 하다 보니 회사 업무도 마찬가지라는 것을 알 것 같다. 팔고 싶은 유아복을 파는 일, 그러기 위해서 내가 할 수 있는 일도 필시 있을 것이다.

전에는 내가 하는 일과 좋은 옷을 파는 일이 어떻게 연결되어 있는지 전혀 몰랐고, 알려고도 하지 않았다. 그런데 정말로 팔고 싶은 것을 팔려면 어떻게 해야 할까? 구매한 사람도 기분이 좋으려면? 그리고 회사도 이익을 내려면? 아직 생각하고 배워야 할 것들이 산더미 같다. 하지만 생각하려고도 하지 않고 배우려고도 하지 않던 때에 비하면 조금씩 발전하고 있을 것이다.

전철 안에서 흔들리며 살그머니 어깨를 돌려본다. 괜찮아. 아직 여유 있어. 너무 잘하려고 애쓰지 말자. 하나씩 착실히 해결해 나가는 게 내 장점이잖아.

프로젝트 팀에 들어간 초기에는 너무나 어깨가 굳어 있어서, 집으로 가는 전철 안에서는 팔을 들어올릴 수도 없을 정도였다. 실수하지 않으려고 긴장한 나머지 온몸에 힘이 들어가 있었던 것이다. 잘못할까봐 두려웠다. 지금도 그렇다. 잘못할까봐 두려워하는 마음은 지금도 가슴 한복판에 자리잡고 있다. 파혼의 후유증인지도 모른다. 상처를 받는 것에 이상하리만큼 민감한 주제에 어지간한 일로는 상처 같은 거 안 받는다고 뻗대기도 하고, 요동치는 마음을 다잡는 것이 힘들었다.

내 마음을 알 수 없었다. 어떻게 움직일지 예측할 수 없었고, 쫓아가서 붙잡을 수도 없었다. 한편으로는 마음의 동요가 크면 클수록 좋다는 생각이 들었다. 팔짝팔짝 좋아했다가, 한없이 밑으로 가라앉기도 하면서 말이다.

지금은 많이 좋아졌다. 흔들리는 진폭이 작아져 다행이었고, 평온한 마음으로 숨도 쉴 수 있게 되었다. 그건, 내가 그것을 원했기 때문이다. 조용히 기뻐하고 가볍게 슬퍼하는, 평화로운 나날을 지금은 바라고 있다. 감정에 너무 많이 휘둘리지 않으면서 부지런히 하고 싶은 것들을 해나갈 수 있기를……

내가 선택한 것들이 나를 만든다. 좋아서 선택한 것이든 억지로 선택한 것이든, 그리고 선택하지 않았으나 무의식적으로 선택해 버린 것이든 말이다. 유즈루를 선택한 것도 나였고, 유즈루에게 선택받지 못한 것도 나였다. 다 나한테 일어난 일들이고, 그것들이 나의 일부가 된다. 내 몸의, 내 마음의, 그리고 내 인생의.

그리고 또 있다. 선택하지 않았는데도 나한테 온 것과 선택하고 싶어도 선택할 수 없는 것들. 나는 나인 것이다. 교도 아니고, 이쿠도 아니고, 롯카 이모도 아니다. 처음부터 주어져 있었던 것, 나에게 닥쳐온 것, 내 발목을 붙잡는 것. 수많은 일들이 일어나기도 하고 일어나지 않기도 한다. 다만, 할 수 있는 만큼 선택해서 가는 것이다. 이렇게 되고 싶다고 바라는 쪽으로. 그것을 문자화해서 표현한 것이 바로 드리프터스 리스트가 아닐까? 전철 안 손잡이를 붙잡은 채 다른 손으로 리스트가 들어 있는 주머니를 만져본다. 내가 이렇게 되고 싶다고 생각한 것, 그것이 나를 만들어 가는 것이다.

오늘은 꼭 이치카와에 들러야지. 개찰구를 나오면서 그런 생각부터 했다. 아무튼 너무 바쁘다. 노천시장은 모레로 다가왔다. 오늘은 집에서 밥해 먹을 여유가 없다. 게다가 좀 두려운 것도 있다. 이렇게 '매일'이라는 기록을 갱신해 나가다가는 그걸 깨뜨리는 데 굉장한 용기가 필요할지도 모른다는 두려움. 아니면 모종의 죄책감 같은 걸 느끼게 될지도 모른다. 밥은 매일 해도 되고 안 해도 그만인 것, 그런 정도로만 해두고 싶다.

그렇게 생각했으면서 어쩌다 보니 이치카와 앞을 또 그냥 지나치고 있다. 왜 이러는 거지? 내가 왜 내 발등을 찧고 있는 거지?

그렇게 집으로 돌아와 놓고는 평소와 달리 시동을 걸지 못하고 있다. 해야 할 일이 많을 때, 그런 때일수록 당장 안 해도 되는 일을 열심히 하는 것이 내 나쁜 버릇이다. 테이블 위를 정리하고, 아직 쌓이지도 않은 빨랫감을 세탁기에 밀어 넣는다. 그리고 세제를 녹이려다 말고 세탁기 돌아가는 거 바라보는 걸 좋아했던 사람을 떠올리고 만다.

세탁기 돌아가는 거 바라보고 있으면 기분이 좋아. 유즈루는 그렇게 말했다. 이상한 소리를 하네. 그의 말에 그런 생각을 했더랬다. 그 무렵에 나는 부모님과 살고 있었다. 네 빨래는 네가 좀 직접 하라는 소리를 수없이 들었건만, 나는 못 들은 척 시치미를 떼고는 툭하면 내 빨래를 빨래 바구니 안에 던져 넣곤 했다. 어차피 빨래는 세탁기가 하는 거고, 한 사람분 빨래가 늘어난다고 손이 더 가는 것도 아니라고 생각했던 것이다. 진짜 나 좋은 대로만 생각하고 살았다 싶다. 잘못한 게 한두 가지가 아니다. 아스와, 네가 해 봐라! 그 당시의 나에게 이렇게 말해 주고 싶다. 해보면 안다. 빨래를 했으면 널어야 하고, 널어서 말랐으면 걷어야 하고, 걷었으면 착착 나누어서 갠 다음 제각각 있을 자리에 갖다 놔야 하는 것이다. 게다가 빨래만 하면 다 되는 것도 아니다. 하루 종일 잡다한 집안일을 하는 짬짬이 그걸 처리해야 하는 것이다. 그렇게 손이 많이 가는 일은 아니라고, 누구한테 그런 말을 할 수 있단 말인가?

그런데 세탁기 돌아가는 걸 보는 건, 정확히 말해 세탁기 안에서 물과 빨래가 세제와 섞여 돌아가는 것을 지켜보는 건 굉장히 기분 좋은 일이다. 혼자 자취를 하게 되면 한가하게 빨래 돌아가는 거나 지켜볼 여유 같은 건 없을 거라 생각했다. 그런데 그게 아니었다. 중요한 일과의 하나라고 생각하며 하는 빨래는 그 맛이 다르다. 물속에서 옷들이 흔들흔들 빙글빙글 돌아가는 걸 지켜보노라면 우아한 기분마저 드는 것이다.

마찬가지로 주전자에서 물이 끓기를 기다리는 것도 우아한 일이다. 뚜껑을 열고 보면 아주 작은 공기방울들이 점점 커지면서 그 수가 늘어나는 게 보이고, 좀 더 있으면 이윽고 부글부글거리면서 큰소리를 내기 시작한다. 그 과정을 지켜보노라면 굉장히 흥미진진하다. 아무리 봐도 질리지 않는다. 물론 이런 이야기는 입 밖에 내지 않는다. 남한테 말해 봐야 별로 이해받지 못할 테니까.

미안해, 유즈루. 나라면 이해해 줄 것 같아서 그런 사소한 이야기를 했던 거겠지? 그런데 조금도 이해하지 못했더랬어. 나, 집안일도 한다. 이런 걸 강조하고 싶어서 그러는 건가 하고 내 맘대로 생각했어.

르크루제 냄비도 그렇다. 신혼생활을 동경하는 마음의 상징이었지만, 그냥 그대로 결혼을 했더라면 그 사랑스러움을 이렇게나 확실하고 충만하게 느낄 수 있었을까? 그 따뜻한 노란색 광택과, 냄비에 뚜껑을 덮을 때 전해져 오는 묵직한 느낌과, 부드러운 열기가 퍼져가는 기운 같은 것들을 말이다. 그리고 냄비 안에서 뭔가가 천천히 익어가는 것을 이렇게나 느긋하게 기다릴 수 있었을까? 모레 사용할 메추라기콩이 들어 있는 냄비 앞에서 나는 흐뭇한 웃음을 짓는다. 지금 이 냄비 앞에 있는 시간이 더할 수 없이 소중한 것이라면, 이 자리에 서 있는 나 자신에게 좀 더 긍지를 가져도 되지 않을까…….

"아스와아! 있니이?"

귀에 익은 소리가 들린다. 오늘 저녁에도 올 거라고 생각하고 있었다.

"있긴 있는데, 밥은 아직 안 됐어."

문을 열며 대답하자 롯카 이모는 "으으응." 하며 마루로 올라와, 불이 들어와 있지 않은 전기밥솥과 비어 있는 프라이팬을 들여다보고는 유감스런 표정을 짓는다.

"오늘 나 무지 바쁘거든. 노천시장 준비 초읽기에 들어갔다고."

"그렇게 보기에는 얼굴이 태평한데?"

"원래 그렇게 타고났거든요."

"혹시 무슨 고민이라도 있니? 그러고 보니 그 드리프터스 리스트는 어떻게 됐어?"

"그건 아직도 빵 한 조각."

'아직'인지 '이미'인지 모르겠다. 내가 선택한 것이 나를 만든다면 리스트는 곧 나다. 내가 리스트라면 하나하나 꺼내서 쓰고 지우고 할 것도 없는 일이겠지.

"종이와 연필은 참는 데 선수니까 뭐."

롯카 이모가 혼잣말을 한다. 혼자 웅얼거리는 듯했지만 확실하게 들렸다. 롯카 이모는 속이 너무 잘 보인다. 겉과 속이 반대인 것이다. 뭔가를 웅얼거릴 때는 상당히 자신 있게 말하고 있는 거라고 보면 된다.

"고민이 있으면 리스트에 써도 돼. 남한테는 말할 수 없는 것이라도 리스트는 언제든지 받아줄 테니까 말이야."

"특별한 고민 같은 건 없어."

"그럼 고민거리가 아니더라도, 누가 내 얘기 좀 들어줬으면 싶을 때가 있잖아."

롯카 이모는 고개를 숙인 채로 말을 잇는다.

"들어줬으면 한다기보다, 들어주지 않으면 위험해진다고 해야 맞을지도 모르겠다."

"폭발한다고 했던 거?"

"그렇지. 폭발할 수도 있겠고, 복잡한 데서 길을 잃고 헤매다가 끝내 못 빠져나오는 사람도 있거든. 누군가에게 자기 이야기를 한다는 것이 때로는 아주 중요한 일이라고."

롯카 이모도 그럴까? 이모도 자기 이야기를 누군가가 들어주지 않으면 폭발하거나 헤매거나 할 것 같은 때가 정말 있는 걸까? 고개를 숙이고 있는 롯카 이모의 얼굴을 슬쩍 본다. 그런데 롯카 이모가 웃고 있었다. 아니, 웃고 있다! 몰래…… 만화를 보고 있었던 것이다!

"이모! 진지한 이야기하고 있던 거 아니었어?"

"아하하하하하하!"

롯카 이모가 소리 높여 웃었다. 너무 웃어서 꾸깃꾸깃해진 얼굴로 이쪽을 보면서 말이다.

"하고 있어. 하고 있다고, 진지한 얘기!"

진지해지는 것이 너무나 쑥스러워서 저러는 것일까? 아니면 저 모습이 진짜일까? 분간할 수가 없다.

"미안, 미안. 이 만화《은혼》만큼은 꼭 보고 싶어서 말이야."

사과까지 하는 걸 보니 역시 얘기 중에 만화를 보고 있었던 모양이다.

"너도 이거 읽었니?"

"안 읽었어요!"

"어어, 너, 그럼 인생 손해 보는 거다."

"손해 봐도 됩니다. 그것보다도 나 좀 도와줘. 노천시장 준비로 바쁘단 말이야."

"알았어. 뭘 도와줄까? 콩수프 끓이는 거?"

그 말에 멈칫한다. 태양의 파스타가 떠올랐던 것이다. 언젠가 롯카 이모가 만들어 줬던 그 요상하고 맛없던 스파게티.

"뭐야? 왜 그렇게 고개를 설레설레 흔드는 거야?"

"어? 아, 그럼 오늘 저녁밥을 부탁할까요? 뭐하면 오랜만에 이치카와에 가서 먹어도 좋고……."

나는 조심스레 말해 본다. 노천시장에서 팔 음식을 롯카 이모에게 도와달라고 할 수야 없겠지만, 둘이서 먹는 밥 정도라면 어떻게 넘어갈 수 있을지도 모른다. 롯카 이모는 내 속내를 전혀 눈치채지 못한 듯 냉장고 문을 열고 대충 훑어보는가 싶더니 느릿느릿 한마디 던진다.

"그러면은, 오랜만에 돼지눈이나 만들어볼까?"

"돼지…… 눈?"

돼지 귀는 들어본 적이 있다. 오도독거리며 씹히는 것이 맛있다고. 하지만 눈은 모르겠다. 눈이라면 눈알을 말하는 건가? 아니면 가자미처럼 눈이 있어야 할 자리 주변에 붙어 있는 고기가 맛있다든지. 아니지. 이건 돼지라는데.

"저기, 이모. 미안하지만 나, 돼지눈이라는 거, 맛있게 먹을 자신이 없는데……."

"그래? 싫어하니? 돼지고기랑 마늘눈, 아니 마늘쫑을 굴소스로 볶은 건데?"

"아이고, 참. 그걸 그렇게 줄여서 말하면 어떡해?"

"모레, 그 노천시장 말이야."

롯카 이모는 태평스레 딴 소리를 한다.

"이왕이면 죄다 부르자. 교한테는 연락했니?"

"응. 그런데 근무를 해야 하니까, 올 수 있으면 오겠대."

사쿠라이 게이한테도 연락을 했다. 긴장이 되었지만 야마부키 선배한테도 이야기를 했더니 "어머나! 재미있겠네!" 했다.

"야스히코는?"

"일단 전화는 했어."

노천시장에 나간다는 이야기를 하고 와인을 골라줄 수 있겠느냐 물었더니, 대뜸 "예쁘냐?" 한다. 당연히 되물었다.

"뭐가?"

"그야 당연히 이쿠라는 애지. 뭘 묻냐?"

역시 오빠는 안 오는 게 나을지도 몰라……. 이쿠한테 접근하지 말아주면 좋겠는데…….

"그런 것도 아니면 내가 왜 너네들한테 비싼 와인을 내주겠냐?"

"어? 지금 너네들이라고 했어?"

"너네들?"

"그래, 너네들. 그거 나랑 롯카 이모를 가리키는 거지? 이모가 들으면 화낼걸?"

나는 들으라는 듯이 한숨을 쉬며 말을 이었다.

"흐이유. 만화나 드라마 같은 데 나오는 오빠들 보면 다들 멋지던데, 현실은 왜 이런 것일까?"

한껏 비꼬아서 한마디 하자 오빠는 전화기 저쪽에서 "헤헹." 하고 웃는다.

"만화나 드라마 같은 데 나오는 여동생들 보면 어쩌면 그렇게 다들 귀엽고 예쁜지 모르겠어."

전혀 풀죽어 있는 분위기가 아니다. 오빠는 아마도 부담 없는 캐주얼 와인을 적당히 골라 들고 나타날 것이다.

마늘쫑을 다듬어서 자르던 롯카 이모가 무슨 생각이 났는지 고개를 들었다.

"이번에 새로 짠 이치 씨 레이스 말이야. 그거 굉장한가보더라."

이치 씨는 노천시장의 단골 멤버로서 유명인사에 속하는 듯했다. 듬직한 호남형의 남자가 화려한 레이스를 짜는 모습이란, 역시 그 인상이 강렬할 것이다. 이쿠도 그를 이미 알고 있었는데, 내가 사는 집

근처 식당의 마스터라고 하자 깜짝 놀랐다.

아아, 정말 기대된다. 이치 씨의 레이스는 얼마나 멋질까? 푸른 하늘 아래서 먹거리를 팔다니! 연락 받은 사람들은 다 오겠지? 그리고 오빠는 어떤 와인을 갖고 올까? 아아, 그 모든 것이 기대된다. 지난번에 복수를 다짐했던 청년들도 다시 만날 수 있을까? 참, 세토구치 씨도 온다고 그랬다. 이번에는 이름을 밝히기로 이쿠와 약속했다지.

나한테 한눈에 반하다니, 그 사람은 어떤 사람일까? 살짝 궁금하다. 아니, 솔직히 말하면 좀 많이 궁금하다. 아마도 나, 기분이 좋은 거겠지? 알지도 못하는 사람이 나를 좋아한다는데, 기분 좋다고 하면 좀 이상하게 들릴지 모르겠지만, 참 기특한 사람도 있네 하는 생각이다. 웃음이 나올 것 같다. 아, 이런 거였지. 기쁘다는 거, 이런 거였지. 다시는 누군가를 좋아한다거나, 누군가가 나를 좋아하는 일이 일어나지 않을 줄 알았는데……

세토구치라는 사람은 어떤 사람일까? 아마도 그저 그런 사람이겠지. 그냥 좋은 사람이라고만 한 정도니까. 실제로 좋은 사람이라 하더라도, 그냥 좋은 사람이기만 할 가능성이 크다. 그렇지 않다면 멋진 사람이라든지, 성격 좋고 재미있는 사람이라든지, 뭐 다른 설명이 있었을 거야. 아니면 어떤 다른 형용사보다도 단연 좋은 사람이라고 표현할 정도로 굉장히 좋은 사람일까?

지난번 협동시장에도 왔다는데, 누구였지? 혹시 이 사람이 아닐까 싶은 사람이 없는 것도 아니다. 가게를 열고 나서 얼마 있다가 나타난, 좋은 느낌을 주는 사람이 하나 있었다. 특별히 나한테 말을 걸

거나 한 건 아니었지만, 아무렇지도 않은 척하며 나를 살펴봤을지도 모른다. 후후후, 어쩌면 그 사람? 맞은편에서 CD를 팔던 사람 중 장발이 아닌 쪽의 남자. 아니, 그 사람은 좀 멋있었잖아. 설마 아니겠지. 그 사람은 좋은 사람이 아니고 멋있는 사람이었어. 그럼, 혹시 그 사람? 그날 아침, 무거운 짐 옮기는 것을 나서서 도와준, 체격 좋고 눈썹이 짙은 사람. 참 친절하고 믿음직해 보였는데. 그런데 그 사람은 틀림없이 이쿠한테 마음이 있는 것 같았어. 그러니까 그렇게 잘 보이려고 열심히 도와준 거겠지.

"왜 그러니, 아스와! 왜 그렇게 헬렐레하고 있어?"

"헬렐레는 무슨 헬렐레라고 그래요? 앗! 르크루제 같은 주물냄비는 빈 상태로 불 위에 얹으면 안 된다니까."

"괜찮아. 좀 대범하게 사용해도 괜찮다고!"

"그래도 이모는 너무 대범해."

나는 가스레인지 위에 올려놓은 르크루제를 내려놓고 철 프라이팬을 얹는다.

"빨래가 다 된 것 같은데 지금 널어도 돼?"

"나중에 해. 이제 다 됐어, 돼지눈. 맛있으면 적당히 콩에 섞어서 노천시장에 내놓을까?"

"맛있으면."

롯카 이모는 내 말을 전부 수긍할 수 없다는 듯 입술을 삐죽 내밀었지만, 이내 다른 뭔가가 생각난 듯했다.

"오는 길에 주류 판매점에서 샀다. 자, 이거."

롯카 이모가 종이봉투에서 꺼내 보여준 것은 레드와인 하프보틀이었다.

"웬일이야?"

"응. 미리 분위기 좀 띄워볼까 해서."

"와아, 그거 좋네. 나도 세련된 코멘트 한마디쯤 미리 연습해 놔야겠다."

"나랑 같은 생각을 했네. 우리 야스히코 코를 납작하게 만들어주자고."

조금 생각해서 납작하게 만들어줄 수 있는 코라면 오빠가 소믈리에 시험에 떨어진 건 당연한 일이리라.

돼지눈을 접시에 담고 희희낙락하면서 와인 코르크를 땄다. 그런 다음에 와인을 살짝 잔에 따르고 롯카 이모가 눈을 감았다.

"음, 이건 말입니다. 돼지족발 냄새……."

"아, 잠깐, 잠깐. 그런 와인은 마시고 싶지 않다고요."

"그래? 돼지눈과 완벽하게 어울리는 조합인데?"

"어디 줘봐. 아, 이 냄새, 알아. 이건 그거야. 레코드 냄새."

"곡명은?"

"정확히 말하자면, 아버지가 손질하고 난 다음에 나던 레코드 냄새. 뭔가를 슉슉 뿌린 다음에 부드러운 헝겊으로 정성껏 닦곤 했지. 그때 나던 냄새야."

"그럼 정전기 방지용 스프레이 냄새란 말이야? 으음, 그런 와인이 마시고 싶을지 모르겠네."

"음……. 안 되겠다, 우리는."

"음, 안 되는 것 같아, 우리는."

그렇게 포기하고 우리는 각자 자기 잔에 레드와인을 따랐다.

"자, 건배!"

"무엇을 위해서?"

"비밀!"

노천시장을 위해서! 드리프터스 리스트를 위해서! 그리고 내 앞에 있는 롯카 이모를 위해서!

내가 선택한 것이 나를 만든다. 그럴까? 정말 그럴까? 아니, 적어도 절반은 그렇지 않을까?

부적처럼 주머니에 넣어놓고 때때로 만져보고 있는, 그러나 필시 이미 너덜너덜해져 버린 종이쪽을 언젠가 나는 꺼내서 펼쳐보게 되리라.

이젠 안 보고도 외울 수 있는 리스트의 항목들.

예뻐진다.

매일 냄비를 사용한다.

하고 싶은 것을 한다.

여행을 한다.

새로운 것을 한다.

콩.

이젠 이 항목들이 사랑스럽게 느껴질 정도다. 그리고 그렇게 느끼고 있는 나. 매일 냄비를 사용하고, 콩을 찾아다니며, 필사적으로 수면 위로 얼굴을 내밀려고 애쓰던, 물에 빠져 죽을 뻔했던 나.

나에게 콩이란 어떤 것일까? 틀림없이 '매일'과 관계있는 어떤 것이겠지. 하지만 아직은 뭐가 뭔지 확실히 보이지 않는다. 여기저기 짚이는 것들, 물을 주고 햇빛을 쪼여주면 언젠가 싹이 틀까?

빵 한 조각은, 선원이 빵이라고 믿고 있던 그것은, 한 조각의 나무토막이었다. 겉으로 보이는 건 나무토막이어도 좋고 종이쪽이어도 좋은 것이다. 선원은 그것이 나무토막이었다는 것을 뒤늦게 깨닫고, 그것을 건네준 승려에게 마음 깊이 감사했다. 나도 그렇다. 고마워요, 롯카 이모. 리스트를 썼기 때문에 나는 지금 이렇게 어찌어찌 뭍으로 나와 서 있게 되었어……

"카아라니, 이모! 이거 맥주 아니거든?"

그리고 또 하나의 빵 한 조각. 거기에 있다고 생각하는 것만으로도 나한테 힘이 되어 준, 이것이 있으니까 괜찮다고 믿을 수 있었던 또 하나의 빵 한 조각. 그것은 언제나 내 옆에 있어 준 사람들이다. 우리 가족, 롯카 이모, 교, 이쿠, 회사 사람들, 모두 고마워요. 가슴 깊이 감사해. 앞으로 만나게 될 사람들 속에서도, 틀림없이 나는 또 새로운 한 조각 빵을 만나게 될 것을 믿어.

〈끝〉